나의 미스터리한 일상

BOKU NO MISTERY NA NICHIJYO

by Nanami WAKATAKE

나의 미스터리한 일상

와카타케 나나미 소설 | 권영주 옮김

차례

세 통의 편지

첫 번째
편지

✉

전략前略

선배, 요즘 어떻게 지내세요? 선배가 여전히 유유하게 살고 있다는 이야기를 풍문으로 듣고 오오, 라고도, 그럼 그렇지, 라고도 생각했답니다. 선배가 뭔가에 휘둘린다든지 이성을 잃고 푹 빠져버린다든지 할 것 같지는 않거든요. 사회에 나가서도 분명히 태연자약한 태도로 일관하고 있겠죠. 저 그 지진 때 일 아직 안 잊었어요.

옛날이야기는 이쯤 하고, 부탁드릴 게 있어서 오랜만에 편지 드렸어요. 실은 제가 다니는 회사에서 이번에 사내보를 만들게 됐거든요. 사내보라는 게 다이아몬드부터 돌멩이까지 수준이 천차만별이라, 외부업체에 발주해서 올 컬러로 제작하는 근사한 것부터 워드프로세서(컴퓨터 프로그램이 아닌 문서 작성 편집기기를 뜻함-옮긴이)와 복사기로 만드는 수제품까지 다양한데, 저희 회사에서 만드는 건 굳이 말하자면 돌멩이에 가까워요. 그래도 가끔 가다 컬러 사진도 넣고 하는 어엿한 사내보인데, 글쎄 제가 제작을 맡게 됐지 뭐예요.

그런데 이게 엄청난 오산이었어요. 제가 지금 다니는 회사는 중견쯤 되는 건설 컨설턴트 회사거든요. 직원도 2천 명이 넘는 규모가 꽤 큰 곳이죠. 그런데 딱 잘라 말해서 일이 눈곱만치도 재미가 없어서 슬슬 그만둘까 궁리하던 차에 내시內示를 받은 거예요. 예산은 이만큼, 연 12회에 특집호 1회를 합쳐 총 13회, 분량은 48쪽, 전국 지점과 영업소, 거래처 등을 자유롭게 취재할 수 있다, 당분간 이 일을 전담해봐라. 이런 말을 들으면 제가 아니라도 누구나 어깨에 힘이 들어가지 않겠어요? 어깨에 힘이 들어간 것까지는 좋았는데, 생각해보니 이 분야에 깜깜무식인 인간이 느닷없이 2천 부씩이나 찍는 잡지를 만들려니 여간 큰일이 아니더라고요. 물론 저도 학교 다닐 때 회지 정도는 제작해봤죠. 돌아가면서 하는 거긴 했지만 편집장을 맡은 적도 있고요. 다행히 같은 부서 선배들이 협조적이라 연줄을 발휘해서 다른 회사 사내보를 모아주었어요. 덕분에 편집 방침도 대충 정해졌고, 취재도 조금씩 하기 시작했고, 카메라 다루는 법도 익혔어요. 일은 귀찮지만, 모르는 사람에게 '사내보 만드는 언니'라고 불리기도 하면서 제법 재미있는 나날을 보내고 있답니다.

그런데.

얼마 전 회의에서 되도록 업무나 훈화 같은 딱딱한 내용을 피하고 오락성을 강조해달라는 의견이 나왔어요. 하이쿠나 여행기 같은 것뿐 아니라 소설을 좀 실어보라는 거예요. 이건 난제예요. 프로 작가에게 의뢰할 만한 예산은 없죠, 취미로 소설을 쓴다는 회사 사람을 찾아내서 소설을 받아 읽어보면 고풍스럽고 딱딱한 순수문학이죠, 가까이에 적당한 소설을 쓸 수 있는 사람이 도무지 없는 거예요. 그래서 선배에게 부탁이 있어요. 선배, 지금도 소설 쓰세요? 한 달에 한 편씩, 원고지 30매에서 40매쯤 되는 단편을 써줄 수 없을까요? 선배가 장편을 좋아하고 단편은 두부보다도 씹는 맛이 없다고 버릇처럼 말하곤 했던 건 지금도 잊지 않았어요. 하지만 달리 부탁드릴 데가 없다고요.

장르는 연애소설이든 SF소설이든 아무거나 좋아요. 저는 미스터리가 좋지만요.

지금이 2월 말이죠. 다음 달 말에는 창간호를 발행해야 해요. 부탁이에요. 저 살려주는 셈치고 단편 작가가 되어주세요. 그 은혜는 죽을 때까지 안 잊을게요. 얼마 안 되지만 고료도 드려요. 원하시면 선배 사진을 손 많이 봐서 저자 사진으로 실어드릴 수도 있어요. 총무부 예쁜 여자들을 소개해드릴게요. 소개뿐이지만요.

혹시 몰라 저희 회사 홍보자료를 동봉합니다. 좋은 대답 기다
릴게요.

1990년 2월 27일
사타케 노부히로 선배에게
선배의 귀여운 후배 와카타케 나나미

두 번째
편지

✉

와카타케 군에게

편지 잘 받았다. 여전히 저 혼자 앞서가는 데는 정말 못 당하
겠군.

기대에 부응하지 못해 유감이지만, 한 달에 단편 한 편씩이라
니 나에게는 당치도 않아. 게다가 30매에서 40매라니. 하지도
못할 일을 괜히 덥석 맡았다가 되레 폐를 끼칠 것 같으니 이
이야기는 거절하련다.

다만 친구 중에 미스터리풍 이야기를 쓰는 녀석이 하나 있어.
왜 그런지 단편을 좋아하는 데다가 제법 시건방진 문장을 쓰
지. 다만 본인도 말하듯, 아예 아무것도 없는 상태에서 이야기
를 만들어내는 힘은 없어. 하지만 자기가 체험했거나 다른 사

람한테 들은 이야기에 생각지도 못한 해석을 부여하는 묘한 재능을 갖고 있거든. 그러니 미스터리풍이라 해도 될 것 같지 않나? 와카타케 군은 대학 시절에 살인이 등장하지 않는 미스터리는 벤케이가 나오지 않는 간진초(勸進帳, 가마쿠라 시대의 유명한 호걸 벤케이가 활약하는 가부키 극 - 옮긴이)라고 했는데. 나이를 좀 먹었으니 지금쯤은 생각이 달라졌겠지.

나로서도 후배가 부탁하는데 모른 척할 수도 없는 노릇이라 이 녀석에게 이야기를 해봤더니 흥미를 보이는군. 너만 괜찮으면 써보고 싶다고 한다. 다만 앞에서도 썼듯이 이야기를 창작해내는 재능은 없어. 어느 정도 각색은 하겠으나 어디까지나 실제로 있었던 일이 바탕이 되는 거다. 그런 의미에서는 소설이라 할 수 있을지 나도 조금 고민이 되지만, 해석은 이 녀석의 오리지널이야.

서론이 길어졌군. 요컨대 작가의 신원, 이름 등을 일절 공개하지 않을 수 있다면 그쪽에서 원하는 대로 단편소설을 매달 보내줄 수 있다, 이게 유일한 조건이야. 필명을 쓸까도 생각해보았으나, 본인이 익명이면 된다고 하니 가급적 그리 해줬으면 좋겠다. 녀석이 일기를 뒤져서 쓸 만한 이야기를 골랐는데, 그중에는 사람이 죽는 이야기도 있고 세간에 알려지는 것을 그리 원치 않을 것 같은 이야기도 있어. 물론 인축人畜에 무해한 게 거의 대부분이니 안심해라. 다만 녀석은 가급적 익명으로 발표하고 싶다고 해.

4월호에 쓸 수 없겠느냐며 녀석이 들고 온 원고를 동봉한다. 이걸 읽어보고 판단해주길. 도저히 안 되겠다면 돌려보내면 돼. 혹시 그럴 일은 없겠지만, 괜히 나에 대한 의리를 따질 필요는 조금도 없으니 네가 원하는 대로 해라.

그리고 고료는 와카타케 군, 네가 보관하고 있어줘라. 언젠가 가지러 갈 테니까. 원고는 모두 나를 경유해서 보낼 거다.

이상.

  사타케 노부히로

세 번째
편지

✉

경복敬復

보내주신 편지와 원고 잘 받았습니다. 선배가 말씀하신 조건을 수락하겠습니다. 원고 마감은 매달 1일. 다음 5월분 원고는 4월 1일까지 우송해주세요. 미나토 구에 있는 본사 주소가 적힌 봉투를 열두 장 동봉했으니 작가분께 전해주시고요.

호기심이 동해 근질거립니다만, 이 일 년이 지나면 선배와 그 베일 속의 작가를 뵐 수 있을 것이라 기대하며 참겠습니다.

그럼 익명 작가에게 안부 전해주세요.

　사타케 노부히로 귀하

　와카타케 나나미 배상

르네상스

표지 제자 建字 건설성 장관 히가시카키 구니오

표지 사진 도쿄만 횡단도로 건설 현장(촬영 : 본사 토목설계4과 아지마 겐)

벚꽃이
싫어

생각해보면 나는 벚꽃을 좋아한 적이 한 번도 없었던 것 같다.

벚꽃은 4월, 새 학기의 상징이다. 나는 4월이 싫었다. 주변이 갑자기 어수선해지고, 반이 바뀌고 자리가 바뀌면서 좋든 싫든 익숙해진 것들과 헤어져야 한다. 인간관계를 처음부터 새로 쌓아야 하는 것이다. 초등학교 때부터 나는 그 어수선한 분위기가 지긋지긋하게 싫었다. 그런 주제에 소심하기까지 해서 학급 내 인간관계에서 소외되지 않으려고 친구를 확보하는 데 전력을 다했다. 학교가 끝나고 집으로 돌아오는 길이면 등에 멘 책가방이 어깨를 짓누를 정도로 무겁게 느껴지고 온몸이 나른했던 기억이 지금도 남아 있다.

대학에 입학한 다음에도 일 년 중 가장 싫은 때가 4월이었다. 보통 때의 몇 배는 더 될 것 같은 인파. 신입생을 환영하는 동아리들. 벚꽃 꽃잎이 흩날리는 가운데 DJ의 멘트를 빙자한 소음, 고막에 무슨 원한이라도 있나 싶은 음악 관련 동아리의 연주가 범람한다. 하나하나 따져보면 그냥 들어 넘기지 못할 정도는 아닌데도, 그것들이 한꺼번에 캠퍼스를 휩쓸면 고문이 따로 없다.

어쩌면 사람들은 벚꽃의 에너지에 지지 않으려고 발버둥치는 건지도 모른다. 그렇게 냉정하게 생각할 수 있게 된 건 아마 사회에 나와 4월이 특별히 소란스러운 달이 아니게 된 탓일 것이다. 4월에는 모두들 큰 소리로 떠든다. 자기주장을 한다. 적어도 학생들은 그렇다.

아무튼 그런 연유로 이번이 태어나 처음 하는 벚꽃놀이다.

"세상에, 넌 일본 사람 자격 없다."

아시바 도코가 휴대용 가스버너에서 보글보글 끓고 있는 된장 전골을 덜어주며 말했다.

"그 나이 되도록 벚꽃놀이를 해본 적이 없다니, 거의 국보급이네. 꽃은 벚나무, 사람은 무사武士. 벚꽃을 사랑해야 일본 사람 아니겠어?"

"자격 없어도 돼요. 평민이라도 괜찮고요. 흙과 바람의 기운을 빨아 올려 흐드러지게 피는 꽃을 섬뜩하게 생각하면 생

19

각했지 사랑할 마음은 없어요."

우리는 사쿠라죠스이 공원에 있었다. 통나무를 대충 잘라 만든 테이블을 둘러싸고 서른 명쯤 되는 사람들이 이 밤, 벚나무 밑에서 콩 주먹밥과 산적, 유채꽃 겨자 무침 등을 안주로 술을 마시는 중이다. 아시바 도코는 나의 대학 선배이자 이 벚꽃놀이를 주최한 사람의 친구다. 나는 사람이 많으면 많을수록 좋다는 이유로 어젯밤 갑자기 강제로 참가하게 되었다.

벚꽃은 어둠 속에서 하얗게 빛을 발하고 있었다. 꽃샘추위라는 말 그대로 요 며칠 바람이 얼음처럼 차다. 나는 종이컵에 옆 사람이 건네준 보온병에서 청주를 따라 마시며 궁둥이 밑에 깔고 있던 왼손을 빼고 대신 오른손을 넣었다.

날씨가 워낙 추우니 다들 잘도 마신다. 잘게 채 썬 우엉을 듬뿍 넣은 전골이 바닥을 드러내자, 공원 수도에서 냄비를 씻어와 한 되들이 병에 든 청주를 콸콸 붓고 끓이기 시작했다. 그런 식이니 취하기도 빨리 취한다. 한 시간도 채 못 돼서 한 사람이 코가 비뚤어지게 취해 벌떡 일어나더니 노래를 부르기 시작했다. 환호성과 박수갈채가 쏟아졌다.

괜히 까다롭게 굴 생각은 없었지만 하도 시끄럽고 불편해서, 나는 슬그머니 신문지를 몇 장 들고 조금 떨어진 벚나무 밑으로 자리를 옮겼다. 울퉁불퉁한 나무껍질에 들러붙은 황갈색 나뭇진 곁으로 개미가 분주하게 오가고 있다. 머리를 뒤로 기대고 위를 올려다보니 분홍색 구름이 출렁이며 하늘을 향해 에너지를 쏘아 올렸다.

사이교(12세기 일본 시인-옮긴이)를 읽은 것도 사카구치 안고(20세기 초 일본 소설가-옮긴이)를 안 것도 봄은 아니었다. 그들이 지닌 벚꽃의 이미지에 압도당한 나는 벚꽃이 피기를 학수고대했다. 그러나 막상 피고 보니 그저 성가실 뿐이었다. 로버트 B. 파커를 읽고 맥주가 마구 당겨서 마셨더니 자신은 맥주를 전혀 좋아하지 않는다는 사실을 깨닫게 되는 일과 비슷할지도 모른다. 처음에 마음을 사로잡은 이미지가 너무 근사한 나머지 실물에 만족하지 못하는 것이다. 하긴 나는 벚꽃만 그런 것이 아니었다. 소설 줄거리가 꽤 그럴싸해서 본편을 읽어보니 기대에 못 미친다든지, 잘 만든 예고편에 끌려 영화를 보고 실망하는 일이 한두 번이 아니다.

"뭘 그렇게 혼자 폼 잡고 있어?"

키 148센티미터에 몸집이 가냘픈 도코가 좌우로 흔들흔들 춤추는 듯한 걸음걸이로 다가와 끙차 소리를 내며 내 옆에 앉았다.

"인파는 싫다, 시끄러운 데는 질색이다, 그러면서 남보다 세 배는 더 떠들어댈 때도 있는 주제에."

"성격이 제멋대로라는 뜻인가요?"

나는 그녀가 내민 그릇을 받아 들었다. 플라스틱 용기에는 활짝 핀 채로 응고된 벚꽃이 들어 있었다.

"매실주 젤리야. 속에 든 건 소금에 절인 겹벚꽃. 5년 전 꽃이라고."

도코는 비슷한 그릇에서 스푼으로 반투명 젤리를 떠 입으로 가져갔다. 벚꽃은 새큼 짭짤하면서 씹으면 희미하게 단맛이 났다.

"벚꽃이 싫어?"

"좋지는 않아요."

"난 막연히 벚꽃을 싫어하는 사람은 없을 거라고 생각했지 뭐야. 나쁜 버릇이지. 내가 좋아하는 걸 남들도 좋아할 거라는 근거 없는 자신감이 나한테 있더라고. 그걸 부정하는 사람이 나타나면 괜히 튀려고 저런다고 단정해버리고 말이야."

이번에는 중국어 노래가 시작되었다. 〈제비〉다. 이 추운 날씨에 달랑 티셔츠 하나 입고 열창하고 있다. 가슴에는 힌두교의 신이자 물의 수호자인 나가가, 등에는 코끼리가 그려져 있다.

"티셔츠 멋지군요."

내가 무심코 중얼거리자, 도코는 짐짓 어깨를 으쓱하며 말했다.

"올해가 저 녀석 띠 해거든. 그리고 코끼리는 보현보살이 타는 거잖아. 자기 수호불이라고 저게 자기 트레이드마크래. 직접 만들었다던데. 나중에 소개해줄게."

"아뇨, 뭐 별로."

나도 모르게 사양하자, 도코는 어이구, 너나 나나 참, 하며 말을 이었다.

"생각이 이미 굳어버린 거겠지. 자각은 있는데 잘 고쳐지지 않네."

도코는 술내를 풍기며 한숨을 후 내쉬더니 내 쪽을 돌아보았다.

"그런데 말이지, 벗꽃을 좋아하지 않는다는 사람이 너 말고 한 사람 또 있었어."

✳

입사 첫해에 회사가 망했다.

도산하게 된 경위가 보통이 아니었다. 아니, 어쩌면 곧잘 있는 일인지도 모른다. 작은 편집회사였는데, 사장은 서른다섯 살 난 여자에 직원이라고는 도코와 두 살 위인 여자 둘, 모두 넷뿐인 곳이었다. 편집회사이기는 했지만 주된 업무는 어느 화장품 회사의 통신 판매 카탈로그에 실을 상품을 선별하는 것이었다. 회사 유지비는 거의 그 일을 해서 충당하는 셈이었다. 사장의 대학 때 친구가 하는 다른 회사가 카탈로그 편집을 맡고 있었다. 그런데 그 친구가 뒤로 손을 써서 상품 선별하는 일을 가로챈 것이다. 멍청하다면 이렇게 멍청한 이야기도 없겠으나, 일이 그 지경이 될 때까지 아무도 눈치채지 못했다. 뚱뚱하고 다정하고 얼빠져 보이는 그 친구가 그렇게 교활하고 비겁한 인간일 줄은 생각지도 못했다. 자기 회사 여직원을 써서 클라이언트에게 은근슬쩍 이쪽을 헐뜯지를 않나, 중간에 선 광고회사 사람에게 자기네 실수를 이쪽 실수로 보고하지를 않나. 그렇게 반년 전부터 계략을 꾸몄던 것이다.

일에 겨우 재미를 붙인 도코는 크게 낙심했다. 사장에게 배우고 싶은 것도 아직 수두룩했다. 결국 도산이 확정된 날, 그들은 가까운 케이크 가게로 달려가 회삿돈으로 케이크를 배터지게 먹으며 사장 친구와 클라이언트와 광고회사를 실컷 욕했다.

세 시간씩이나 신나게 흉을 보고 돌아오는 길에 도코는 육교 위에서 고슈 가도를 내려다보며 이 생각 저 생각을 했다. 이제 어떻게 하나? 뭘 해서 먹고살지? 한 달 정도는 먹고살 저금도 있고, 설마 굶어죽기야 하겠어? 때는 4월, 벚꽃 꽃잎은 10분의 7 정도 벌어져 있었다. 밤바람을 맞으며 벚꽃과 전조등 불빛의 물결을 바라보던 도코는 저도 모르게 웃기 시작했다. 배후공작이라니, 요즘에는 텔레비전 드라마에서도 창피해서 못 쓸 것 같은 치사한 수법이다. 아아, 유치해. 그까짓 일이 그렇게 탐이 나디? 그럼 기꺼이 줄게. 일류 화장품 회사 좋아하시네. 거들먹거리면서 사람을 있는 대로 부려먹은 주제에 하는 짓은 싸구려 연극만도 못하잖아.

이튿날부터 도코는 신문의 구인란을 훑어보며 아무 데도 나가지 않고 줄곧 집에 있었다. 회사일이 너무 바빠 막차로 퇴근하기를 밥 먹듯이 했었다. 덕분에 휴일은 늘 잠만 자다 끝났다. 취직과 동시에 이사 온 이 집에서 이렇게 한가롭게 지내기는 처음이었다.

처음 며칠 동안은 내처 잠만 잤다. 그러고 나서 부스스 일어나 팔을 걷어붙이고 청소와 빨래를 했다. 유리창도 닦고 커튼도 빨았다. 밀려 있던 책과 비디오를 몰아서 감상했다. 우엉조림과 캐비지롤을 만들고 빵을 구웠다.

창밖을 바라보며 식사를 했다.

도코가 사는 '벚나무 연립'은 동네에서 제법 이름난 명물이었다. 정남이나 정북에서 바라보면 딱 옛날 학교 건물의 축소판 같기 때문이다. 연립주택 부분은 각각 세 호씩 있는 단층건물 두 동이 마주 보고 있었다. 도코의 집 옆과 맞은편 집 옆부터 2층 건물이 되는데, 안마당을 바라보는 1층 부분은 뻥 뚫려 있었다. 즉 위에서 내려다보든, 정남이나 정북에서 보든, ㄷ자를 돌려놓은 모양인 것이다. ㄷ자의 중앙에는 이 또한 명물이 될 만큼 거대한 벚나무가 있었다. 가끔씩 변덕스러운 봄철의 남풍이 세차게 불어와 가지를 흔들면 도코의 방에도 꽃잎이 우수수 날아든다. 덕분에 나중에 청소를 다시 해야 하지만, 그런 것을 불평하면 풍류를 모르는 인간. 도코는 이 집이 대단히 마음에 들었다.

5제곱미터쯤 되는 부엌에 10제곱미터짜리 방. 목조건물인데다 낡았지만, 새 집만 찾는 사람이 촌스럽다고 생각하는 도코에게는 그게 오히려 더 좋았다. 도코의 집 옆 2층 건물에 사

25　　　　　　　　　　　　　　4월 ♦ 벚꽃이 싫어

는 주인집 사람들은 물론, 나머지 다섯 집 세입자들도 몰상식한 소음과는 거리가 먼 조용한 사람들이고, 얼굴을 마주치면 싹싹하게 인사를 주고받으니 더 바랄 게 없었다.

연립 남쪽에는 개천이 있었다. 그래서인지 평상복을 입은 아저씨가 개를 데리고 유유히 산책하는 모습을 자주 볼 수 있었다. 회사를 그만두고 남아도는 시간에 동네를 돌아보고 처음 안 사실이지만, 이 근방에는 이 '벚나무 연립'의 벚나무 말고는 벚나무가 없었다. 오래전 개발 붐 당시, 개인주택과 도로와 아파트 등에 밀려나 모조리 뽑혀버린 모양이었다. 5백 미터 이상 떨어진 공원에서 발견한 벚나무가 그나마 가장 가까웠다. 해도 너무했다.

하지만 그 덕분에 이 연립은 동네 사람들의 산책 코스가 되었다. 창밖을 보고 있노라면, 주머니에 손을 찔러 넣고 휘파람을 불며 어슬렁어슬렁 걸어오는 학생, 팔짱을 끼고 서서 싱글벙글 웃으며 벚꽃을 보는 노인, 땀을 닦으며 바쁘게 지나가면서 시선은 줄곧 꽃에 고정되어 있는 영업사원 스타일의 남자 등이 꿀을 찾아 날아드는 나비처럼 나타났다가는 사라진다. 집주인이 지나가는 사람들에게 사근사근하게 인사하며 벚꽃 꽃잎이 수북이 담긴 쓰레받기를 들고 안쪽으로 돌아간다.

도코는 갓 구운 빵의 하얀 속살에 든 따스한 공기를 들이마시며 빵을 물어뜯었다. 멀리서 어린아이의 목소리, 자전거 벨 소리가 들려오는 이른 오후. 한가롭고 평화로운, 꽃피는 이른 오후…….

　문이 열렸다 닫히는 달칵 소리가 난 것은 그때였다. 도코는 창 쪽을 돌아보았다. 물방울이 똑똑 떨어지는 수도꼭지 너머로 보이는 맞은편 동의 개천 쪽 6호 집에서 난 소리 같았다. 별 생각 없이 빵을 삼키는데, 남자의 고함 소리가 봄볕을 꿰뚫었다.

　"불이야!"

　도코는 펄쩍 뛰어올랐다. 샌들을 신는 둥 마는 둥 6호를 향해 일직선으로 달려갔다. 그 집에서 잿빛 연기가 맹렬한 기세로 뿜어 나오고 있었다. 도코는 비명을 질렀다.

　"소, 소화기! 소화기 어디 있습니까?"

　6호에서 뛰쳐나온 남자가 도코를 향해 소리쳤다.

　"제가 가져올게요!"

　도코가 주인집 1층 통로 옆에 있는 소화기를 들고 돌아왔을 무렵에는 이미 떠들썩한 소리를 듣고 이웃사람들이 제각각 양동이나 소화기를 들고 달려오는 중이었다. 맨 처음 화재를 알린 남자와 집주인 아저씨, 그 외에 두세 명이 소화기를 들고 6호에 뛰어들었다. 도코는 1호에 사는 스즈키 게이지라는 학원강사와 함께 익숙지 않은 연기에 콜록콜록 기침을 하며 양동이 릴레이를 시작했다.

　"방화라나 봅니다."

　　　　　　　　　　　4월 ♦ 벚꽃이 싫어

그날 밤 경찰 조사가 끝난 뒤, 스즈키 게이지는 화재를 맨 처음 발견한 요시모토 시게루 씨를 자기 집에 초대했다. 덤이야 아니겠지만, 도코도 불려가 함께 가볍게 저녁식사를 했다. 얼굴은 검댕으로, 허파는 재로 범벅이 되고, 게다가 실수로 소화기 거품까지 뒤집어썼다는 오늘의 공로자는 게이지의 욕실과 옷을 빌려 겨우 개운한 얼굴로 코밑에 난 수염을 문지르고 있었다.

"정말이지 깜짝 놀랐지 뭡니까. 아무 생각 없이 지나가는데 이상한 냄새가 나잖아요. 착각인가 했는데 옅은 연기가 눈앞을 가로질러 가데요. 대문으로 들어가서 시험 삼아 6호 현관문을 열어보니까 연기가 왈칵 쏟아져 나오는 거예요. 기절초풍해서 안으로 뛰어 들어갔지만, 이건 뭐 도무지 손쓸 도리가 없었습니다. 그래서 소리를 질렀더니 다른 분들이 와주신 겁니다."

침착하게 불을 끄던 때와는 딴판으로 요시모토 씨는 상당히 흥분해 있었다.

하긴 그러기는 게이지나 도코도 마찬가지였다. 게이지는 자기 집에 불이 난 것도 아니면서 '불이 났다'고 학원 일을 쉬었고, 도코는 도코대로 난생처음 경찰의 조사를 받고 머리에 피가 몰려 어쩐지 혼자 있을 수 없는 기분이었다. 상 위에 놓인 아보카도 연어 크림과 크래커에 손대는 사람은 아무도 없었다.

"등유를 넣는 빨간 플라스틱 통 있잖습니까. 그게 그 집 창문 바로 밑에 떨어져 있었어요. 담장 밖으로 통을 내던지고 성냥을 그은 다음 부리나케 내뺐겠죠. 하여튼 별일이 다 있습니다."

"벚꽃이 피어 있는 동안에는 벚나무 연립 대문이 내내 열려 있으니 말이죠."

게이지가 위스키에 더운물을 타며 말했다. 벚나무 연립은 도코의 키보다 머리 하나쯤 높은 블록 담장으로 둘러싸여 있고, 주인집 정면과 개천에 면한 반대쪽, 즉 정북과 정남에는 그야말로 학교에서나 볼 수 있을 것 같은 철문이 붙어 있다. 평소에는 잠그지만 않을 뿐 열어두지 않게 되어 있는데, 벚꽃이 피는 계절에는 동네 사람들을 위해 문을 열어놓고 누구든지 자유롭게 벚꽃을 구경하러 들어올 수 있게 했다.

"하지만 빨간 기름통을 든 사람이 있었으면 금방 눈치챘을 텐데."

도코가 게이지에게 말했다.

"그러게. 다만 요 며칠 벚꽃 때문에 드나드는 사람이 워낙 많았으니 눈치를 못 챘어도 우리 잘못은 아냐."

"게다가 어째서 6호 집 사람은 문을 안 잠갔을까요? 너무 허술하지 않습니까."

요시모토 씨가 말했다.

"경찰에서는 뭐라고 하던가요?"

"6호에 사는, 그 누구더라, 가사이 씨인가요? 그분하고 연락이 안 되나 봅니다. 오늘밤 비행기로 하네다 공항에 돌아올 예정이라고 들었어요."

"오면 깜짝 놀라겠네."

"당연히 놀라겠지. 딱하게 됐어. 우리집에 불이 나면 나 같으면 놀라 쓰러질걸."

"요시모토 씨가 있어줘서 망정이지, 하마터면 정말 그렇게 될 뻔했다고."

도코는 감사의 눈길로 요시모토 씨를 바라보았다. 그는 쑥스러운 듯 수염을 문지르며 말했다.

"아무튼 제가 도움이 돼드릴 수 있어 천만다행입니다. 경찰에서도 무슨 표창장 이야기를 하더군요."

"오, 그거 대단한데요."

"뭘요. 전 이 위스키 쪽이 더 좋습니다."

세 사람은 웃었다.

"요시모토 씨는 무슨 일을 하세요?"

얼마 동안 술을 마시며 화재 이야기를 하다가 분위기가 화기애애해졌을 무렵, 도코가 물었다.

"그냥 뭐, 별 대단한 건 아니고요, 프리랜서 카메라맨입니다."

"어머, 그럼 저희 벚꽃을 찍으러 오셨나 봐요?"

도코는 저도 모르게 자식 자랑 하는 어머니 같은 말투로 말했다.

 "아뇨, 실은 여기 주인댁을 찾아온 거였어요. 원래 좀 아는 분들이거든요. 아무 생각 없이 어슬렁어슬렁 왔더니 그런 소동이 벌어졌지 뭡니까. 사실 전 벚꽃을 싫어해요."

 "벛꽃을 싫어하신다고요?"

 "왠지 꺼림칙한 느낌이 들어서요. 벚꽃이 있는 곳에 마물魔物이 있다는 말, 정말일지도 몰라요. 벛꽃 근처에 있으면 어쩐지 뒤에서 누가 빤히 바라보는 것 같은 기분이 들거든요."

 그는 섬뜩한 듯 목덜미를 쓰다듬으며 살짝 웃었다.

 "전에 일 때문에 벛꽃을 찍으러 간 적이 있어요. 산속이었는데, 길을 잃고 헤매다 보니 그만 날이 저물어버리데요. 그야말로 누가 코를 비틀어도 모를 것 같은 컴컴한 어둠 속을 엉금엉금 기어 다니는 신세가 되고 말았죠. 그런데 그때 멀리 어렴풋하게 불빛이 보이더군요. 하늘이 나를 살리는구나 하면서 기를 쓰고 불빛을 향해 나아갔습니다. 그런데 가까이 가봤더니 불빛이 아니더라고요. 미친 듯이 흐드러지게 핀 벚꽃이었어요. 그 벛꽃의 빛으로 어둠 속에서 뭔가 하얗게 빛나는 게 쓱 날아와 그 속에 녹아들더군요. 이쪽저쪽에서 계속 날아와서는 녹아들어요. 제가 멍하니 서 있는 바로 그 곁으로도 하얀 빛이 희미하게 깜박이면서 날아와 벛꽃에 흡수되어 버리곤 했습니다."

 "그 하얀 빛은 뭐였죠?"

"글쎄요, 전 잘 모르겠습니다. 다만 어쩐지 벚꽃이 불러 모은 영혼처럼 느껴졌어요. 이렇게 환한 방에서 이야기하면 무슨 시시한 괴담 같습니다만, 저한테는 그렇게 생각되더군요."

"광기 어린 벚꽃입니까?"

게이지가 재미있다는 듯 말했다.

"아무튼 그래서 전 벚꽃이 싫습니다."

도코는 사실 기분이 조금 언짢았다. 설령 시시한 편애에 지나지 않는다 해도 그녀에게는 이 벚나무 연립의 벚나무가 큰 자랑이었다. 모임을 파하고 비좁은 현관 앞에서 신을 신으면서 요시모토 씨 신발 속에 벚꽃 꽃잎이 들어 있는 것을 발견했을 때, 조금 호들갑스럽게 그에게 알려준 것은 그런 연유에서였다.

"벚꽃 꽃잎이라고요?"

요시모토 씨는 신발 속을 들여다보았다. 꽃잎 몇 장이 안창에 붙어 있었다. 그는 얼굴빛이 변하더니 깜박 머리를 숙이지 않고 그냥 나가려다가 문틀 윗부분을 코로 들이받았다.

"이게 뭐야, 대체 어떻게 된 거지?"

요시모토 씨는 얼굴을 일그러뜨리며 신발을 거꾸로 들고 털었다.

"바람 방향에 따라 벚꽃 꽃잎이 안 날아드는 데가 없어요."

게이지가 도코에게 눈을 흘기고는 자기도 스니커즈를 꺾어 신고 두 사람을 배웅하러 나오며 말했다.

"그렇군요……. 아마 맨 처음에 뛰어 들어갔을 때 신발을 벗었나 봅니다. 이것 참 찜찜하네."

안은 홀랑 타버렸지만 밖에서 보기에는 평온하기만 한 6호를 잠시 바라본 뒤, 도코는 자기 집으로 돌아갔다. 집으로 돌아와 문을 열어볼 가사이 씨를 딱하게 생각하며.

"그 사람이 내가 아는 사람 중에 너 말고 유일하게 벚꽃을 싫어하는 사람이야."

도코가 청주의 마지막 한 방울을 핥으며 말했다.

"다만 요시모토 씨 경우는 어엿한, 이란 말은 좀 어폐가 있어도, 아무튼 너보다는 어엿한 이유가 있어서 싫어하는 거지만 말이야."

"화재는 어떻게 됐어요?"

"어떻게 되긴. 일주일 뒤에 가사이 씨랑 집주인이 체포됐어."

나는 눈을 부릅떴다.

"집주인은 알겠지만 가사이 씨는 왜요?"

"집주인을 협박했대……. 아니, 잠깐."

도코는 내 쪽으로 완전히 돌아앉았다.

"집주인이 체포당한 걸 어떻게 알았어?"

"문이 열려 있었다면서요. 그리고 눈에 띄는 새빨간 기름통이었다고."

"이 녀석, 정말 가끔 가다 알 수 없는 소리를 한다니까."

도코는 벚나무 가지를 향해 중얼거렸다.

"도코 선배, 벚나무 연립의 평면도를 그려보세요."

그녀는 의아하다는 표정으로 나를 바라보더니, 잔가지를 주워 땅에 그림을 그리기 시작했다.

"ㄷ자라고 했잖아. 뚫려 있는 쪽이 남쪽이고 개천을 마주 보고 있어. 여기가 대문, 이쪽이 주인집."

"스즈키 게이지 씨가 사는 1호는 개천 쪽이라고 했죠? 가사이 씨가 사는 6호도 개천 쪽이고요. 선배는 창문으로 6호가 보였다고 했으니까 반대쪽이고 게다가 주인집 옆이니까 3호. 번호를 참 이상하게 붙였군요."

"응, 뭐, 한 바퀴 빙 돈 거지."

"그건 그렇고, 선배."

나는 도코 선배의 얼굴을 올려다보며 씩 웃었다.

"뭐야, 기분 나쁘게."

"선배가 고백하지 않은 게 하나 있을 텐데요."

"뭐?"

"이 그림이 정확하고 선배의 행동에 잘못된 데가 없었으면, 선배는 중대한 사실을 일부러 빠뜨린 거다, 이 말이죠."

"뭘 그렇게 에둘러 말하는데."

그렇게 말하던 선배의 얼굴이 순식간에 빨개졌다.

"그럼 제가 말할까요. 선배는 여기 3호에 살고 있었어요. 맨 안쪽 집이죠. 그런데 선배는 식사를 하면서 창문 너머로 개천 옆을 지나 벚꽃을 구경하러 오는 사람들을 관찰하고 있었어요. 이게 쉽지 않은 일이거든요."

나는 다른 잔가지를 주워 들고 3호를 가리켰다.

"여기서 바깥을 관찰하려면 부엌 창문으로 윗몸을 거의 다 내밀지 않으면 안 된다고요. 꽤 힘들걸요. 게다가 식사 중이었는데요. 요시모토 씨가 6호로 뛰어드는 소리를 듣고 선배는 수도꼭지 너머로 밖을 내다봤어요. 어, 그거 이상하지 않나요? 이 그림에는 나와 있지 않지만 여기 안마당에는 깜짝 놀랄 만큼 커다란 벚나무가 있었잖아요. 6호와 선배가 사는 3호를 연결하는 대각선 거의 한가운데에 벚나무가 있었을걸요. 안 그러면 벚꽃이 피어 있을 때 대문을 열어놓을 이유가 없어요. 대문 쪽에 있었다면 굳이 대문을 열어놓지 않아도 동네사람들이 꽃을 감상할 수 있었을 테니까요."

나는 조용해진 도코의 옆얼굴을 흘깃 보았다.

"그렇게 되면 문제가 또 한 가지 생기죠. 이건 언어의 문제이긴 하지만, 선배는 '불이야!'라는 말을 듣고 뛰쳐나가 일직선으로 6호를 향해 달려갔거든요. 그거 큰일이네요. 일직선으로 달려가면 벚나무하고 충돌할 텐데요. ……말꼬리를 잡으려는 건 아니에요. 보통은 '불이야!' 하는 소리가 들려도 자기 눈으로 직접 보지 않으면 바로 믿지는 않잖아요? 선배는 집에서 나와 보고 한눈에 큰일 났다고 깨달았어요. 그래서 일직선으로 달려간 거고요. 즉 집에서 뛰쳐나오자마자 불이 난 걸 알 수 있었던 거죠. 무슨 일이지? 하고 의아해할 겨를도 없었어요. 눈앞에 바로 6호가 있었기 때문이죠."

나는 헛기침을 한번 하고 마무리를 지었다.

"그러니까 선배는 그때 3호가 아니라 6호의 정면, 즉 스즈키 씨가 사는 1호에 있었던 거예요."

"나 원 참."

선배는 느닷없이 내 코를 쥐고 비틀었다.

"기가 막혀. 하여튼 방심할 수 없는 녀석이라니까."

"아야야, 꼭 저희 누나같이 그러지 마세요."

"너희 누나도 코를 비틀어주고 싶은 일을 많이 당했을 테지."

"천만의 말씀. 저희 누나도 중요한 부분을 일부러 빠뜨리는 짓을 자주 한다고요."

"중요한 거 좋아하네. 내가 스즈키 게이지의 집에 있었던 거하고 집주인이 체포당한 거하고 무슨 관계가 있다는 거야?"

"직접 관계가 있는 건 아니죠. 하지만 간접적으로는 있거든요. 벚꽃 말이에요."

도코는 의아해하는 얼굴로 나를 바라보았다.

"요시모토 씨 신발에 벚꽃 꽃잎이 들어 있었잖아요. 그 꽃잎은 대체 언제 들어간 걸까요?"

나는 땅에 떨어진 분홍 꽃잎을 한 움큼 집어 바닥에 그려진 벚나무 연립 위에 훅 불었다.

"그날은 이따금씩 세찬 바람이 불었어요. 선배는 식사를 하면서 창문으로 꽃잎이 날아들겠다고 청소할 걱정을 하고 있었죠. 이건 그때 선배가 있던 1호가 아니라 선배가 사는 3호 이야기였어요. 그런데 1호는 벚나무보다 남쪽에 있거든요. 남풍이 부는데 남쪽 집에 있던 요시모토 씨의 신발에 어떻게 꽃잎이 날아들죠? 벚나무 연립이 막힌 구조라면 바람이 빠져나갈 수 없을 테니 벽에 부딪혀 돌아 나오면서 집 안에 꽃잎을 뿌리는 경우도 있을 수 있겠죠. 빠져나갈 통로가 있어도 뭐 얼마쯤은 돌아 나오는 바람도 있을 테니 1호나 6호에 꽃잎이 좀 들어간다 해도 이상할 건 없을 테고요."

나는 일어나, 여전히 신들린 듯 노래를 불러대는 사람들 틈에서 청주를 조금 따라 왔다.

"하지만 화재 현장으로 들어가면서 일일이 신발을 벗는 사람이 과연 있을까요? 뭐, 당황하다 보면 누구나 상식을 벗어난 행동을 할 수 있으니까 일단 요시모토 씨가 신발을 벗었다고 치죠. 하지만 그렇다고 해도 신발에 꽃잎이 들어갈 수는 없어요. 왜냐하면 6호에 뛰어든 다음에 문을 닫았으니까요. 문이 닫히는 달칵 소리를 선배가 들었잖아요? 그럼 현관 옆 창문이 열려 있었나? 그런 일은 있을 수 없어요. 만일 창문이 열려 있었다면 요시모토 씨는 먼저 문을 노크하고, 계십니까? 라든가 뭐 그렇게 사람을 불렀을 테죠. 선배도 6호에 사람이 있다고 눈치챘을 거고요. 하지만 관계자 모두가 6호가 빈 집이라는 전제하에 행동하고 있었어요."

도코는 어이없다는 듯이 고개를 움츠렸다. 나는 청주를 홀짝이며 말을 이었다.

"요시모토 씨의 행동에는 이상한 점이 또 한 가지 있어요. 이것도 꽤 중대한 부분인데요, 빨간 기름통은 6호 창문 아래 놓여 있었다, 그러니 담장 밖으로 기름통을 내던지고 성냥을 그어 던졌을 것이라는 이야기였죠? 그런데 담장은 선배 키에 선배 머리 하나쯤을 더한 높이라고 했어요. 선배 키가 148센티미터니까 담장은 160센티미터에서 170센티미터 정도 될 테죠. 요시모토 씨는 문틀 위쪽에 코를 부딪칠 정도니까 아무리 생각해도 185센티미터에서 190센티미터는 될 거고요. 선배네 연립이 에도 시대 사람들 키에 맞춰 지었을 만큼 오래됐다면 몰라도요."

"그건 아니야."

도코는 짤막하게 말했다.

"그렇다면 요시모토 씨는 어째서 먼저 담장 너머로 들여다보지 않았을까요? 담장 안에서 뭐가 타는 것 같으면 보통은 그쪽을 먼저 보지 않겠느냐 이 말이에요. 그런데 이 사람은 아무 소리 않고 대뜸 남의 집 현관문을 열고 뛰어들었거든요. 그러니까 요시모토 씨는 화재에 대한 예비지식이 있었던 거죠."

"아이구야."

도코는 고양이처럼 기지개를 켜더니 몸을 부르르 떨었다.

"추워졌네."

우리는 나란히 앉아 도코가 쓱싹해온 콩 주먹밥 남은 것을 먹었다. 간이 딱 적당해 맛있었다.

"뜨거운 엽차가 무서워요."(〈만주가 무서워〉라는 일본 라쿠고 작품에서 따온 말. '뜨거운 엽차를 마시고 싶다'는 뜻-옮긴이)

나는 말했다.

"이야기를 마저 해주면 마시게 해주지."

도코는 단호한 태도로 말했다.

"그럼 계속할까요. 벚꽃 꽃잎은 대체 어떻게 요시모토 씨 신발 속에 들어갔을까요? 근처에 다른 벚나무는 없어요. 즉 다른 데서 1호 스즈키 씨 댁으로 꽃잎이 바람에 실려 들어온 건 아니라는 얘기죠. 게다가 벚꽃을 싫어하는 요시모토 씨가 벚나무 연립에 오기 전에 어디 다른 데서 벚나무 아래에 앉아 벚꽃놀이를 했을 것 같지도 않고요. 하긴 뭐 저도 지금 이렇게 벚꽃놀이를 하고 있으니 별로 남 말 할 처지는 못 되지만요. 하지만 그보다 더 자연스러운 해답이 있거든요. 요시모토 씨는 친구네 집을 방문한 게 아니었을까. 집 안에 벚꽃 꽃잎이 수북하게 깔린, 벚나무로부터 바람이 불어오는 방향에 있는 집, 즉 벚나무 연립의 주인집 말이에요."

"그렇군."

도코는 신음했다.

"스즈키 게이지의 신발에는 벚꽃이 들어 있지 않았어. 그 사람은 스니커즈를 그대로 꺾어 신고 나갔으니까. 그러니 1호에서 꽃잎이 들어간 것도 아니지."

"요시모토 씨는 주인집에 있었어요. 신발을 벗고 들어가 있었죠. 그사이에 벚꽃 꽃잎이 신발에 들어갔어요. 그리고 집주인이 6호에 불을 지르려는 걸 알고 그걸 막으려고 자기가 화재를 발견한 척한 거죠. 그러니까 6호에 아무도 없고 문이 안 잠겨 있다는 걸 알고 있었던 거예요."

"집주인은 가사이 씨한테 협박당하고 있었대. 그해 봄에 유명한 사립 중학교에 입학한 손자가 초등학생 때 가게에서 물건을 슬쩍하다가 가사이 씨한테 들킨 적이 있다는 거야. 그 증거물을 가사이 씨가 갖고 있었대. 가사이 씨가 집을 비운 새에 협박 증거물을 훔쳐내고 흔적을 없애려고 불을 지를 계획을 세웠다나. 거기까지는 맞는데."

도코는 거기서 말을 끊고 나를 올려다보았다.

"계획을 세운 건 집주인이지만, 성냥을 그은 건 아무래도 요시모토 씨인 것 같더라. 그 사람은 줄행랑을 쳐서 끝내 못 잡았다는 것 같지만."

"어이구."

나는 머리를 긁적였다.

"선배도 사람이 못됐군요. 요시모토 씨가 범인이라는 이야기를 처음부터 해주면 좋잖아요."

"에이, 무슨 그런 말을. 후배한테 이렇게 당했는데, 마지막에 아니, 그 부분은 틀렸어, 라고 한마디쯤 해도 되지 않겠어?"

그녀는 다람쥐 같은 얼굴을 까닥거리며 덧붙여 말했다.

"요시모토 씨는 집주인의 부탁으로 점화 및 소화의 영예를 짊어진 셈이야. 다른 집에까지 불이 번지지 않게 하기 위해서 말이지. 증거물이라는 게 합금으로 만든 작은 장난감 로봇인데, 그때 본 쓰레받기의 벚꽃 꽃잎 속에 감춰서 몰래 들고 나왔다나 봐. 그런 게 무슨 증거가 되겠냐 싶긴 해도, 어린애니까 말이야, 만에 하나 학교에 알려지기라도 해서 그걸 눈앞에 들이대고 '이거 네가 훔쳤지?' 하면 금세 불었겠지. 할아버지 입장에선 손자가 열심히 공부해서 들어간 중학교에서 쫓겨나는 걸 보고 싶지 않았을 거야. 딱해라."

도코 선배는 얼굴을 살짝 찡그렸다.

"대낮에 불을 지른 건 밤에 했다가 혹시 불이 번져서 사망자라도 나오면 큰일이라고 생각해서였대. 말하기 좀 그렇지만, 계획이 너무 날림 아니야? 그날은 바람도 불었다고. 자칫 잘못하면 대형 참사란 말이야. 다만 가사이 씨가 집을 비우는 절호의 기회가 그때뿐이었고, 저쪽에서 입 다물어주는 대가를 주말까지 내놓으라고 협박하는 바람에 초조했나 봐."

"그랬군요. 그런데 선배."

나는 싸늘하게 식어버린 궁둥이를 들고 기지개를 켜면서 물었다.

"그러고 나서 스즈키 게이지 씨하고는 어떻게 됐죠?"

도코 선배는 겸연쩍게 이를 살짝 드러내며 웃었다.

"그야 벚나무 연립의 사랑이잖아. 화악 피었다가……."

"화악 피었다가?"

"화악 져버렸지."

르네상스

표지 제자題字 건설성 장관 히가시사카키 구니오

표지 사진 마나미아오야마 타이거즈 아파트(촬영 : 본사 설계 경관2과 무나카타 지로)

귀신

취직한 지 3년째 되는 해에 과로 탓인지 가끔씩 심한 기침 발작이 일어나는 알 수 없는 병에 걸렸다. 다행히 한약과 노송 욕조 목욕이 체질에 맞아 꽤 좋아지기는 했지만, 직장에 복귀하면 도로 아미타불이 될 염려가 있다. 어차피 직장에 별 미련은 없었으므로 깨끗하게 그만두고 우선 3개월 정도 느긋하게 요양하기로 했다.

그렇다고 온천에 갈 돈은 없다. 3개월 치 집세와 식비를 빼고 나면, 병아리 눈물만 한 퇴직금과 쥐꼬리만 한 저금이 남을 뿐이다. 나는 고속도로가 보이는 10제곱미터짜리 낡은 원룸에서 한약을 달이며 하루하루를 보내게 되었다.

집에만 있으려니 우울해져서, 오랫동안 방치해두었던 카메라를 꺼내 들고 근처 공원으로가 식물 사진을 찍었다. 다마가와죠스이 공원이라는 이곳은 다마 천의 상수를 메워 만든 곳이라 조금 구불구불하고 기다란, 길 같은 모양을 하고 있었다. 공원은 고슈 가도를 따라 한참 이어지는데, 건강에 나쁠 것 같은 도로 옆에 자리잡고 있다고 생각되지 않을 만큼 조용하고 식물도 기운차게 잘 자란다. 나는 흐린 날을 골라 초여름의 하얀 꽃들, 다정큼나무, 공조팝나무, 일본고광나무 등을 찍었다. 하얀 꽃은 내 실력으로는 도무지 잘 찍을 수 없어, 파인더로 봤을 때는 그렇게 섬세하게 보이던 꽃이 인화를 해보면 허옇게 뭉개져 있다. 어차피 달리 할 일도 없었으므로, 나는 오기가 나서 조리개를 바꿔보고, 셔터스피드를 바꿔보고 하며 이른 아침부터 날 저물 때까지 공원에서 하얀 꽃을 연거푸 찍어댔다.

그날은 다섯 시에 일어나 세수를 하고 멍하니 한약을 마신 다음, 삼각대와 카메라를 짊어지고 돈나무 꽃을 찍으러 갔다. 아직 날도 완전히 밝지 않았는데 햇빛 냄새가 주위에 감돌고 있다. 나무 아래 자라난 조금 축축한 풀을 밟고, 개망초 덤불을 빠져나가, 좋은 향기가 감도는 돈나무 밑에 삼각대를 설치하고 사진을 찍기 시작했다. 잎이 두껍고, 하얀색과 크림색 꽃다발 같은 돈나무. 나는 차츰 사진 찍기에 열중해서 빨간색으로 칠한 코끼리에 올라탔다가, 카메라를 직접 들고 찍었다가, 나무 밑을 빠져나갔다가 하기 시작했다.

정신을 차려보니 주위는 완전히 밝아져 있었다. 신문을 둥글게 말아 든 샐러리맨이 발걸음을 서둘러 공원을 빠져나가고 있다. 아침부터 삼각대까지 세우고 사진을 찍는 나를 개를 끌고 가며 호기심 어린 눈으로 바라보는 사람도 있다. 어쩐지 겸연쩍어진 나는 너무 밝아지기도 했고 배도 고팠으므로 슬슬 그만 가기로 하고 삼각대를 접기 시작했다. 뒤에서 말소리가 들려온 것은 그때였다.

"저, 죄송합니다만, 이거 돈나무인가요?"

그렇게 물은 것은 이제 나이 마흔을 바라볼 성싶은 여자였다. 어딘지 모르게 기품이 느껴지고 윤기를 잃어가는 머리칼을 짧게 자른 여자는 코가 뾰죽하고 눈이 서글퍼 보이는 잡종인 듯한 갈색 개를 데리고 있었다. 나는 조금 망설였다. 그 나무 밑에 '돈나무과 돈나무'라고 쓰인 하얀 표지판이 있었기 때문에 나도 이 꽃이 돈나무 꽃이라고 안 것이다. 그러나 이런 기분 좋은 아침에 굳이 변명을 할 필요도 없겠지. 나는 한없이 온화한 기분으로 이렇게 대답했다.

"네, 그렇게 쓰여 있군요."

"그래요……."

여자는 그렇게 말하고는 잠시 그 나무를 노려보더니, 입을 꽉 다물고 결연한 발걸음으로 개를 데리고 공원에서 나갔다.

나는 어안이 벙벙해서 그녀의 뒷모습을 바라보았으나, 배에서 꼬르륵 소리가 나는 바람에 뒷정리를 서두르느라 어느새 까맣게 잊고 말았다.

그로부터 너댓새, 5월답지 않게 비 내리는 날이 이어졌다. 난로를 켜지 않으면 안 될 만큼 추운 날도 있었으므로, 나는 요깃거리를 구하러 나갈 때 외에는 집에 죽치고 있으면서 사 다놓기만 하고 시간이 없어 읽지 못했던 책을 본다든지, 자연물 사진 기술을 연구한다든지, 텔레비전을 본다든지 하며 시간을 보냈다.

비가 갠 날 저물녘에 나는 또다시 카메라를 들고 공원으로 갔다. 엄청난 저녁노을이 서쪽 거리를 불태우고 있었다. 공원의 나무들은 먼지를 벗고 윤기 나는 푸른색으로 빛나고, 잎사귀에 남은 이슬은 저녁노을을 반사해, 마치 작은 플라네타륨이 여러 개 있는 것 같았다. 나는 카메라를 들이대려 하지 않고, 막연히 흡족한 기분으로 식물들을 돌아보며 천천히 발걸음을 옮겼다.

그때 어디서 비명이 들려온 것 같아 멈춰 섰다.

뭐지?

귀를 기울이자 어렴풋이 뚝 소리가 들렸다. 나는 왠지 모르게 불안해져 발걸음을 재촉했다. 전에 사진을 찍었던 돈나무 수풀에서 들려온 소리 같았기 때문이다.

끼익끼익.

조심조심 수풀 속을 들여다본 나는 하마터면 소리를 지를 뻔했다. 틀림없이 저번에 본 여자, 돈나무냐고 물었던 여자가 거대한 전지가위를 들고 돈나무 가지를 억지로 비틀어대며 자르려 하고 있었던 것이다.

때마침 붉은 저녁 햇살이 가지와 가지 사이로 비쳐들었다. 격하게 움직인 탓인지, 단순히 햇빛을 받아 그런 것인지, 짧은 머리칼을 헝클어뜨리고 이를 악문 채 나무를 흔들어대는 여자의 얼굴은 붉게 물들어 있었다. 나는 무서워졌다. 마치 돈나무가 무슨 증오스러운 남자라도 되는 것 같지 않나.

여자가 문득 고개를 들었다. 순간, 며칠 전 돈나무를 노려보았을 때처럼 나를 노려보더니 살며시 전지가위에서 손을 뗐다. 전지가위는 줄기에 박힌 채 공중에 대롱대롱 매달렸다.

나는 허파에서 솟구치는 꺼끌꺼끌한 숨 덩어리를 억지로 삼키며 물었다.

"이 나무에 무슨 원한이라도 있으신가요?"

"네?"

여자는 거북한 듯 나를 보더니, 눈길을 떨어뜨리고 자기 손을 내려다보았다. 여자치고는 손이 큰 그녀의 손바닥은 땀으로 흥건하게 젖어 있고, 손가락 뿌리 부분에 물집이 잡혀 있었다. 검게 밀린 때가 자석에 끌려온 쇳가루처럼 붙어 있었다.

"그래요, 있어요. 물론 그렇다고 공원의 나무를 멋대로 잘라도 되는 건 아니겠지만. 그래도 가지 하나쯤 갖고 싶어져서요."

그 사람은 나를 돌아보았다.

"그냥 못 본 척해주지 않을래요?"

나는 입을 벌렸다가 다시 다물었다. 잠시 말이 나오지 않았다.

"돈나무는 내 동생의 원수예요."

그래도 그녀는 내 눈에 어렴풋이 떠오른 호기심이라는 거품을 놓치지 않은 모양이다. 내 말을 가로막듯 이야기를 시작했다.

✳

지금으로부터 15년 전으로 거슬러 올라간다. 당시 스물두 살이던 오하라 유코는 숨을 가볍게 몰아쉬며 12월의 어두운 언덕길을 올라갔다. 이케부쿠로에 있는 영어회화 학원에서 접수 사무를 보는 그녀는 상점이나 공장 직원만큼은 아니라도 12월쯤 되면 나름대로 바빠지기 때문에 야근을 해야 했다. 여덟 시가 지나 배도 고프고 추위도 한결 심해졌으나, 그보다도 집에 있는 여동생이 걱정되어 발걸음을 서둘렀다.

유코의 부모는 그녀가 열여덟 살 때 잇달아 세상을 떠났다. 지금은 아버지가 남긴 낡은 집에서 그해 열일곱 살이 되는 여동생 사나에와 단둘이 살고 있다. 생활은 얼마 안 되는 유산에서 나오는 이자와 유코의 월급으로 그럭저럭 부족함 없이 꾸려나갈 수 있었으나, 여자들끼리 살다 보면 여러 가지로 위험한 일이 많은 법이다. 바로 며칠 전만 해도 같은 동네에 사는 회사 사장 집에 도둑이 들어 집 안을 홀딱 뒤집어엎은 끝에 고작 2천 엔을 훔쳐 달아난 사건이 있었다. 연말에는 아무래도 어수선하고 사람들 마음도 거칠어져 흉악한 사건이 빈발한다. 빈집털이 정도라면 그나마 낫지만, 강도라도 들면…… 유코는 몸을 부르르 떨고 코트 깃을 끌어모았다.

언덕을 다 올라가니 무수한 별들이 빛나는 겨울 밤하늘 아래 한적한 주택가가 펼쳐져 있었다. 가로등 하나가 며칠 전부터 수명이 다한 듯 지지직거리며 깜박이고 있다. 자갈길을 빠져나가 버릇대로 집에서 몇 미터 떨어진 곳에 있는 맨홀 뚜껑을 있는 힘껏 밟았다. 찰캉 하는 가벼운 금속음이 고요를 깨뜨렸다.

그때 몇 미터 앞에서 키 큰 그림자가 길로 뛰어나와, 이쪽을 흘깃 보더니 곧 자갈을 밟으며 달려가버렸다. 유코는 순간 몸을 움츠렸다.

'혹시 우리 집에서 나온 거 아냐……?'

그런 생각이 들자 조바심이 나서 그녀는 집으로 달려 들어갔다. 머플러를 풀며 큰 소리로 동생을 불러보았으나 대답이 없다. 유코는 당황해서 거실로 쓰는 방으로 들어가려다가 발이 미끄러져 넘어졌다.

"무슨 일이야, 언니?"

몇 초 동안 정신을 잃었던 모양이다. 정신이 들자 사나에가 어처구니없다는 얼굴로 자신을 보고 있었다. 유코는 머리에 손을 대고 일어났다.

"아, 우리 집에서 이상한 사람이 뛰어나오는 걸 본 것 같아서 걱정이 돼서……. 왜 빨리 대답 안 했니?"

안도감과 수치심에 그만 언성이 높아진 언니를 앞에 두고 사나에는 빨개진 얼굴로 느긋하게 웃었다.

"기다려도 언니가 안 와서 그만 거실에서 잠이 들어버렸지 뭐야. 금방 상 차릴게."

유코는 혹이 생긴 왼쪽 이마를 냉찜질한 다음 약상자를 찾아 옆방으로 이동했다. 고양이 이마빼기만큼 좁은 마당에 면한 6.6제곱미터 좀 넘는 방에는 작은 툇마루가 있고, 그 바로 안쪽으로 장식용 단상에 부모의 불단이 있었다. 약을 바르고 향을 피우고 여느 때처럼 합장을 했다.

"바쁜 일 끝나려면 아직 멀었어?"

된장국을 데우며 사나에가 물었다.

"응, 앞으로 얼마 동안은 더 늦어질 것 같아. 내일부터는 기다리지 말고 먼저 밥 먹어."

그렇게 대답하고 일어선 유코는 향의 연기가 미묘하게 흔들리는 것을 깨달았다. 툇마루 옆의 덧문이 조금 열려 있다. 이미 오래전부터 문이 잘 들어맞지 않아 걸쇠도 잘 끼워지지 않는 안창은 잠겨 있지도 않았다. 유코는 창문과 덧문을 열고 마당을 내다보았다.

옆집에서 새어나오는 불빛이 어렴풋이 마당을 비추고 있다. 툇마루 오른쪽에 아버지가 공들여 가꾸던 동백나무가 서 있다. 그 아래 어둠을 살펴보던 유코는 흠칫 놀랐다. 부드러운 흙에 명백히 유코나 사나에 것보다 더 큰 발자국이 찍혀 있던 것이다.

그날 밤, 뜨거운 물주머니에 다리를 비비대면서 유코는 잠을 이루지 못했다. 발자국을 본 사나에도 얼굴빛이 달라져 부들부들 떨며 말을 잃었다. 침입자는 담장을 넘어 마당에 숨어들어 집 안의 동태를 살폈을 것이다. 마침 그날, 사나에는 창문 걸쇠가 말을 듣지 않자 짜증이 나 문단속도 제대로 하지 않았다. 침입자는 용기를 잃었는지 결국 집 안까지 들어오지는 않았지만, 일이 잘못되었다면 사나에는 지금쯤 살해당했거나 다쳤을지도 모른다. 유코의 공포는 수그러들 줄 몰랐다.

그래도 날이 밝으니 젊은 두 사람은 조금이나마 안정을 되찾을 수 있었다. 마당에서 나무들을 손질하는 사나에를 대신해서 유코가 아침식사 준비를 했다. 식물에 관심이 전혀 없는 유코와는 달리, 아버지의 피를 물려받은 사나에는 마당의 식물들을 부지런히 돌보았다. 앞으로 식물학자가 되고 싶다고 진지하게 이야기할 정도로 비현실적인 면도 있었다. 아침식사를 하며 사나에는 끊임없이 매화 분재 이야기를 했다. 지난밤 이야기를 하고 싶지 않은 탓도 있었을지 모른다. 유코도 그런 생각은 하고 싶지 않았지만, 그래도 집을 나서기 전에 문단

속을 잘했나 두 번씩이나 확인하고 사나에에게도 단단히 일러두기를 잊지 않았다.

"너도 알고 있겠지만, 문단속만큼은 절대 귀찮아하지 말고 해야 돼. 난 아마 오늘도 늦을 것 같으니까 무슨 일 있으면 바로 옆집 노구치 씨 댁으로 가. 부끄러워할 때가 아니니까."

"옆집에 어제 이야기 해?"

사나에가 작은 목소리로 물었다.

"안 해도 되겠지."

그것은 이미 지난밤에 결정을 내렸다. 물론 낯선 사람의 발자국이 있었다고 이웃집에 이야기하고 신경 써달라고 부탁하는 쪽이 더 안전하겠지만, 그랬다가는 여자 둘이 사는 집에 남자가 숨어들었다는 소문이 퍼질 게 불 보듯 뻔하다. 그런 일은 반드시 피하고 싶었다.

"시집도 안 간 처녀한테 이상한 소문이 나면 안 되지."

유코는 짐짓 농담처럼 말했지만, 그것은 틀림없는 본심이었다. 사나에가 무사히 결혼해서 가정을 꾸릴 때까지 돌봐주겠다고 부모의 무덤 앞에서 맹세했다.

사나에는 웃었지만, 두려움이 다시 되살아난 듯 그 눈은 조금도 웃고 있지 않았다.

그해가 저물고, 새해 첫날은 하늘이 눈부시게 맑았다. 그 뒤로는 수상한 인물이 자매 주위에 모습을 드러내는 일도 없어져, 유코는 평온한 기분으로 새해를 맞이했다.

모양새만 갖춘 설음식으로 소박하게 상을 차려 먹은 뒤, 두 사람은 어머니가 남긴 외출용 기모노로 갈아입고 유시마에 있는 덴만궁(학문의 신으로 추앙받는 스가와라 미치자네를 모신 신사—옮긴이)에 새해 첫 참배를 드리러 갔다. 참배를 마치고 나오는 길에 길가에 있는 작은 가게에 들어가 단팥죽을 먹었다. 평소에 바쁘다는 핑계로 제대로 챙겨주지 못한 동생과 새해를 오붓하게 보내니, 유코는 마음이 흡족해져 평소의 그녀답지 않게 말수가 많아졌다. 집으로 돌아가는 길에 사나에가 제비점을 쳐보겠다고 우겨서, 인파를 헤치고 다시 덴만궁 경내로 돌아갔다.

제비를 뽑는 곳 앞에는 사람들이 길게 줄을 서 있었다. 사나에가 줄을 서 있는 동안, 유코는 비교적 사람이 적은 단풍나무 밑에서 멍하니 서 있었다. 가느다란 단풍나무 가지는 사람들이 묶어둔 제비 무게에 휘어져 있다. 무심결에 그 가지를 당겼다 놓았다 하던 유코는 문득 누군가의 시선이 느껴진 것 같아 눈을 들었다.

새전함 앞에 늘어선 인파 너머로 모양이 비슷한 단풍나무가 있고, 그 밑에 키 큰 남자가 이쪽을 보고 서 있었다. 낡은 외투를 입었고, 이마에 길게 늘어뜨린 머리카락 사이로 싸늘한 눈동자가 어둡고 흐릿하게 빛나고 있었다. 섬뜩했지만 이쪽에서 먼저 눈길을 돌리는 것도 싫어서 유코는 마주 쏘아보았다.

"언니, 기다렸지?"

사나에의 명랑한 목소리가 얼마 동안 계속되던 눈싸움을

중단시켰다.

"왜 그래?"

"아까부터 이쪽을 자꾸 흘끔흘끔 보는 사람이 있어."

"그래? 어떤 사람인데?"

"저쪽 단풍나무 밑에 있는 사람."

"없는데……? 어떻게 생겼어?"

"키가 크고, 복장이 지저분하고, 눈초리가 비열해 보이는 사람이었어. 정말 불쾌한 눈초리더라. 기분 나빠."

"그래……."

사나에는 무슨 말을 하려다 말고 말없이 들고 있던 제비를 펴보았다.

그것을 본 유코는 얼굴빛이 조금 변했다. '흉凶'이라는 글자가 보였던 것이다. 사나에는 아예 새파랗게 질려 제비를 든 손을 파르르 떨기 시작했다. 그때서야 비로소 유코는 조금 전에 본 그 남자가 언젠가 집에 든 침입자가 아닐까 하는 데에 생각이 미쳤다. 혹시 그는 자매를 노리고 주위를 맴도는 게 아닐까.

유코는 그런 줄 알았으면 사나에에게 쓸데없이 남자 이야기를 해서 겁먹게 하지 말 걸 그랬다고 후회했지만, 이미 엎질러진 물이었다. 사나에는 제비와 언니가 본 남자와 얼마 전의 침입자를 연관시킨 듯, 불길한 제비를 칠이 벗어진 신사 난간에 묶어두고 돌아오는 길에도 고민 어린 눈으로 입을 다물고 있었다.

그날부터 사나에는 묘하게 명랑함을 잃고 말수가 적어졌다. 죽은 아버지를 닮아 느긋하고 침착하던 아이가 신경이 날카로워지고 밤에 잠도 설치는 것 같았다.

한번은 이런 일이 있었다. 저녁을 먹고 치우던 유코가 실수로 동생의 발치에 빈 그릇을 떨어뜨렸다. 붉은 매화가 그려진 구타니 자기 밥그릇이 깨지면서 파편이 사나에의 발 주위에 흩어졌다.

"앗, 위험해. 움직이지 마. 얼른 주울게."

사나에의 발에 상처가 나 피가 흘렀다. 유코가 허둥지둥 깨진 그릇을 치우고 약상자를 들고 왔다. 사나에는 순순히 치료를 받았으나 별안간 무서운 눈을 하고 중얼거렸다.

"언니, 일부러 그런 거지."

"얘가 이게 무슨 소리야?"

유코는 경악했다.

"내가 너한테 일부러 상처를 입힐 리가 없잖아."

일부러 천천히 타이르듯 말하자, 사나에는 울기 시작했다.

"요즘 어쩐지 다들 무섭고……. 다들 나한테 상처를 주려고 하는 것 같고……. 얼마 전부터 이상한걸. 마당의 동백꽃이 꺾여 있질 않나, 매화 분재가 망가져 있질 않나. 저번에는 막 싹이 난 갯버들이 뽑혀 있었어. 그래서……."

자기가 생각하던 것 이상으로 그 남자가 동생의 마음에 상처를 남긴 것을 알고 유코는 암담해졌다. 이대로 가다가는 정신에 문제라도 생기는 게 아닐까. 최근 알게 된 노이로제라는 말이 유코의 뇌리를 스쳤다.

아침마다 출근하기가 고통스러워졌다. 자신이 집을 비운 동안 사나에가 어떤 상태일지 생각하면 일이 손에 잡히지 않았다. 사흘을 고민한 끝에 유코는 동생에게는 비밀로 하고, 부모가 살아 있을 때부터 가까이 지내던 옆집 노구치 부부와 의논해보기로 했다.

사나에가 강습을 받으러 나간 토요일 오후에 유코는 노구치 씨 댁을 찾아가 지금까지 있었던 일을 털어놓고 도움을 청했다. 지금까지 소문이 날 것이 두려워 이야기하지 못했다는 것, 동생의 정신 상태가 심상치 않다는 것, 자기가 직장에 가 있는 동안 사나에가 어떤지 은근슬쩍 살펴봐달라는 것 등을 숨김없이 다 이야기했다. 퇴직 경찰관인 노구치 씨와 그의 부인은 처음 듣는 이야기라며 놀라고, 지금까지 해온 이상으로 자매에게 신경 써주겠다고 흔쾌히 동의했다. 그러면서도 부부는 자기들이 소문을 퍼뜨릴지 몰라 지금까지 의논하지 않았다는 데에 기분이 조금 상한 듯, 짤막하게 빈정거리는 말을 여러 번 했다. 아무튼 의지가 되는 연장자에게 고민을 털어놓자 유코의 마음은 한결 가벼워졌다. 오후 늦게 들어온 사나에도 요즘 들어 보기 드물게 개운한 얼굴이라, 그날 밤 두 사람은 꿈도 꾸지 않고 푹 잤다.

노구치 부부의 감시 덕인지, 그 뒤로 남자의 그림자가 나타나는 일 없이 2월이 되었다. 사나에도 서서히 명랑함을 되찾았고, 예년에 없는 이상고온 현상에 겨울잠에서 일찍 깨어난 나무들을 손질하느라 바빴다.

3일 아침, 출근하려던 유코는 신발장 위에 상록수 가지가 꽂혀 있는 것을 보았다. 보통 때는 꽃 종류가 꽂혀 있는데 왜 오늘은 나뭇가지일까, 하고 유코는 이상하게 생각했다. 현관까지 배웅하러 나온 사나에가 언니의 궁금증을 알아차렸는지, 웃으며 말했다.

"언니, 그거 돈나무라고 해."

"돈나무?"

"응, 돈나무. 오늘이……."

사나에의 말은 도중에 멎었다. 노구치 부인이 현관 앞에 나타나 머뭇머뭇 인사했다. 그녀는 따뜻해 보이는 정장 코트를 걸치고 반짝반짝 잘 닦은 품위 있는 구두를 신고 있었다. 유코는 사나에에게 오늘 늦을 것이라고 말한 다음, 그녀와 함께 걷기 시작했다.

"어디 외출하시나요?"

"네, 긴자에 있는 화랑에서 여학교 동창이 개인전을 하거든요. 아아, 걱정 안 해도 돼요. 남편도 오후에 잠깐 외출하지만, 어두워지기 전에 돌아올 테니까요."

"고맙습니다."

유코는 짤막하게 인사를 했다.

"어머, 신경 쓰지 말아요. 우리 남편은 따분한 나날을 보내던 차에 되레 신이 난걸요. 아, 맞다. 일단 유코 씨도 알고 있는 게 좋을 것 같아서 하는 말인데요."

노구치 부인은 목소리를 조금 낮추었다.

"어제 오후에 웬 남자가 유코 씨 집 앞에 서 있었어요. 내가 말을 걸었더니 허둥대면서 이 집 아가씨랑 아는 사이라고 하잖아요. 아무래도 수상해서 남편을 부를까 생각하는 사이에 도망쳐버렸어요. 덕분에 남편한테 잔소리를 들었지 뭐예요. 유코 씨한테도 일찍 알리고 싶었지만, 알리러 가면 동생 귀에 들어갈 것 같아서 오늘 아침까지 기다린 거예요."

"그래요……."

"유코 씨랑 아는 사이라고 하다니 참 뻔뻔한 거짓말이 다 있죠. 남편도 어처구니없어하더라고요. 하지만 내가 말을 걸었으니 누가 보는 사람이 있다는 걸 알았을 거라고, 그러니 이제 집 주위를 서성대지는 못할 거라고 그러데요. ……너무 걱정 말아요, 괜찮아요."

그날은 의외로 일이 많지 않았다. 직장에서 남아도는 시간을 주체하지 못하던 유코의 가슴속에 또다시 불안이 먹구름처럼 퍼졌다. 노구치 씨 말처럼 남자는 이웃의 눈이 두려워 집 주위에 출몰하는 것을 그만둘지도 모른다. 그러나 어쩌면 되레 자포자기해서 직접적인 행동에 나설지도 모르는 일 아닌가. 무턱대고 나쁜 생각을 하는 것은 그만두자고 생각해도, 시커먼 공포는 그녀의 마음을 줄기차게 물어뜯었다.

"유코 씨, 왜 그래? 얼굴이 새파래."

동료가 걱정스레 바라보았을 때, 유코는 자기가 만들어낸
환상에 겁먹고 현기증을 느꼈다. 그녀는 조퇴를 신청하고 집
으로 달려갔다.

오후 네 시 정각에 유코는 집 현관 앞에 섰다. 저절로 손에
땀이 배는 것을 느끼며 더 이상 참을 수 없어서 현관의 미닫이
문에 달려들었다. 몇 번이고 힘주어 잡아당겼지만 문은 열리
지 않았다. 잠겨 있는 게 아니라는 것은 금세 알 수 있었다. 손
가락을 걸쇠가 걸리는 곳에 넣어봤지만 아무것도 없다. 그런
데도 어디에 걸렸는지 몇 번이고 미친 듯이 문을 덜컹거려봐
도 꼼짝도 하지 않았다. 유코는 울며 문을 쾅쾅 두들겼다. 문
이 흔들려 덜컹덜컹 요란한 소리가 났지만, 문은 끝내 열리지
않았다.

불안은 거센 공포가 되었다. 유코는 그제야 옆집에 도움을
청해야겠다고 생각하고, 핸드백 등을 죄다 내던지고 노구치
씨 집으로 달려갔다. 쿨쿨 자고 있었던 듯한 노구치 씨가 빨개
진 얼굴로 나와 미친 듯이 울부짖는 유코를 진정시키려고 이
런저런 말을 늘어놓았다. 그러다가 자기도 불안해졌는지 우
선 현관문을 열어보자며 게다를 꿰신고 함께 그녀의 집으로
갔다.

현관문이 열려 있었다.

유코는 저도 모르게 비명을 질렀다. 꿈속의 현실에게 복수를 당한 기분이었다. 현관문이 열려 있고, 사나에가 쓰러져 있었다. 가슴이 방울방울 흘러내리는 피로 얼룩져 있었다. 그리고 그 몸 위로 남자가 몸을 굽히고 있었다. 머리카락이 길고 어두운 눈을 한 남자가 이쪽을 돌아보았다.

노구치 씨가 뭐라고 고함을 친 것까지는 기억난다. 유코는 정신을 잃었다.

정신적으로 폐인이 되다시피 했던 유코가 회복했을 때는 사건이 있고 5년쯤 지난 뒤였다. 그때서야 그녀는 겨우 사건의 개요를 들을 수 있었다. 경찰의 조사에 따르면, 긴 머리 남자는 그날 집으로 침입해 사나에를 폭행하려다가, 때마침 돌아온 유코가 문을 열려고 소란을 피우자 당황한 나머지 가까이 있던 전지가위로 사나에를 찔렀다. 문을 막고 있었던 것은 신발장 위를 장식한 돈나무 가지였다. 이것이 우연히 문틈에 끼는 바람에 유코의 힘으로는 문이 열리지 않았던 것이다.

남자는 범행을 전면 부인하면서, 사나에와는 전부터 사귀고 있었다, 그날은 유코가 문 앞에서 소란을 피우는 것을 보고 그녀가 사라진 뒤에 문을 열어보니 사나에의 시체가 있었다고 진술했다. 그러나 사나에와 그의 관계가 확인되지 않았고, 평소에 수상한 남자가 주변을 맴돌아 유코도 사나에도 겁에 질려 있었다는 증언, 무엇보다도 범행 현장에 있던 전지가위

　　　　　　　　　　　　5월 ♦ 귀신

에 지문이 묻어 있었던 점 때문에 남자는 정신감정을 받은 뒤 종신형을 선고받았다.

"너는 문이 쉽게 열렸다고 하지만, 아무리 여자라고는 해도 동생이 걱정돼서 미칠 지경이던 언니의 힘으로도 안 열리던 문이 어떻게 쉽게 열리겠나? 나뭇가지는 엄청난 힘을 받아 휘어지기는 했어도 부러지지는 않았어."

취조관의 말에 남자는 입을 다물고 고개를 떨어뜨렸다고 한다. 돈나무 가지만 없었더라면 문은 열렸을 것이고, 문이 열렸다면 사나에는 죽지 않았을지도 모른다.

✻

돈나무 여인을 만나고 며칠 뒤에 다시 비가 내렸다. 맑은 날에는 사진을 찍고 비가 오는 날에는 독서라는 삶을 늘 마음에 새기고 있는 나는 빗속을 걸어 세 정거장 떨어진 도서관으로 갔다. 비 오는 평일의 도서관은 기분 좋을 정도로 한산했다. 나는 자리를 정한 뒤, 그야말로 마음 내키는 대로 책을 골라 평소에는 손도 대지 않는 장르의 책들을 한 무더기 안고 돌아와 즐겁게 읽었다.

19세기 사진집, 채식주의자를 위한 요리책, 심지어 중국 근대 정치사상사 등이 뒤죽박죽으로 섞여 있는 책 무더기 중에는 식물도감도 있었다. 나는 자리에 앉아 책들을 훑어본 끝에,

결국 식물도감을 펴고 돈나무를 찾았다. 그때 이야기를 마친 뒤, 그녀…… 말할 필요도 없이 오하라 유코 씨는 자르다 만 돈나무를 그대로 두고 가버렸다. 나는 그녀의 바닥 없는 슬픔에 불결한 손을 쑤셔 넣고 헤집은 것이다. 앞으로 돈나무를 볼 때마다 나의 마음속 어딘가에 아픔이 느껴질 것 같았다. 하지만 왜 그런지 돈나무에 관해 알고 싶어졌다.

희미하게 먼지 냄새가 나는 책장을 넘기자, 낯익은 하얀 꽃을 그린 삽화와 더불어 진절머리가 날 만큼 길고 학술적인 설명이 있었다. 무심히 글자를 쫓던 내 눈은 마지막 한 문장에 못 박혔다.

절분節分에 귀신을 쫓을 목적으로 이 나뭇가지를 문에 끼워두는 풍습이 있어, 그로부터 이것을 문의 나무, 문나무 등으로 부르다가 그것이 변형되어 돈나무가 되었다.('돈나무'는 일본어로 '도베라', '문'은 일본어로 '도비라'다-옮긴이)

귀신을 쫓는다.

나는 숨이 멎을 것 같았다. 한 가지 가능성이 갑자기 뇌리에 떠올랐다.

문에 끼워 귀신을 쫓는, 즉 귀신이 들어오지 못하게 막는 주술에 쓰이던 것이 돈나무 가지였다. 정어리 대가리, 콩과 더불어 절분에 빠뜨릴 수 없는 소품으로 호랑가시나무 잎이 있는

데, 옛날 사람들은 한겨울에도 청청한 상록수에서 불사不死와 연관된 신비를 발견했는지도 모른다. 그리고 15년 전, 그 신비 한 가지가 들어오지 못하게 막은 것은 범인이라 여겨진 남자 가 아니라 유코 쪽이었던 것이다.

만일 귀신이 유코였다면.

우선 남자의 진술대로 사나에와 남자가 사귀고 있었다고 해보자. 유코가 처음에 남자를 보았을 때, 자나 깨나 동생 생 각뿐인 언니의 눈을 피해 두 사람은 집에서 만나고 있었다. 언 니에게 들키는 것을 무엇보다도 두려워하던 사나에는 어떻게 든 남자의 흔적을 지우려 했다. 남자도 사나에를 위해 두 사람 의 관계를 감추려 노력했을 것이다. 그래도 가끔은 애인을 보 고 싶은 마음에 집 주변과 자매의 주위를 서성거렸다. 그리고 유시마 덴만궁 경내에서 처음으로 유코와 얼굴을 마주한 것 이다.

사나에가 걱정한 대로 언니의 반응은 냉담했다. 사나에는 고민에 빠져 말수가 줄었다. 유코가 말한 것처럼 공포 때문에 말수가 줄어든 것이 아니다. 그저 언니와 애인 사이에서 노심 초사하고 있었을 뿐이다.

한편 유코도 어렴풋이 남자의 정체를 눈치채기 시작했다. 고민 많은 성격인 데다 히스테리 기질인 그녀는 반쯤은 무의 식에서 나온 행동이겠으나 사나에를 벌주기 시작했다. 마당 에서 싹을 뽑은 사람도 유코일 것이다. 그러면서 동시에 동생을 감시하기 시작했다. 사나에는 그런 언니를 섬뜩하게 느끼고 있었다.

그리고 2월 3일, 절분. 그 얼마 전부터 사나에는 애인과 자신의 관계를 언니에게 털어놓으려고 결심한 상태였다. 결심이 서자 마음이 후련해진 사나에는 다시 밝아졌다. 그날, 남자가 자매의 집을 찾아와 유코에게 두 사람의 관계를 이야기할 생각이었는지도 모른다. 유코는 자신의 공포……, 동생을 잃을지도 모른다는 공포와 수상한 남자가 주변을 어슬렁거린다는 공포를 완전히 혼동해 일종의 착란상태에 빠졌다. 그녀는 집으로 돌아갔다. 낯빛이 달라져 돌아온 언니를 보고 죄다 들통 났다고 생각한 사나에는 남자를 기다리지 못하고 현관 앞에서 모든 것을 털어놓았다. 이성을 잃은 유코는 가까이 있던 전지가위로 사나에를 찌른 다음, 현관문을 닫고 일단 그 자리를 떴다.

식물을 좋아해 정성스럽게 가꾸던 사나에는 돈나무의 유래에 대해서도 잘 알고 있었을 것이다. 언니가 사라진 뒤, 두 번 다시 귀신이 들어오지 못하게 해달라는 소원을 담아 돈나무 가지를 문에 끼우고 숨을 거두었다. 그녀의 소원대로 돈나무 가지는 유코가 후회하고 돌아왔을 때, 그 귀신을, 동생의 목숨을 빼앗은 귀신을 안으로 들이지 않았다. 그리고 귀신이 아닌, 소녀가 사랑한 남자가 왔을 때 순순히 문을 열고 안으로 맞아들였던 것이다.

정신이 들자 도서관 창문으로 붉은 저녁 햇살이 들고 있었다. 나는 끝도 없는 상상을 접고, 책 더미를 안고 일어섰다. 어차피 상상에 지나지 않는 또 하나의 이야기에 나는 녹초가 되어버렸다. 유코가 돈나무 가지를 꺾으려 했을 때 들려온 비명은 무엇이었을까, 그리고 유코는 어째서 가지를 꺾으려 했을까 생각하며.

르네상스

사나다 건설 컨설턴트 사내보 I 제3호 1990.6

표지 제자題字 건설성 장관 히가시시카키 구니오
표지 사진 사이조다마코 역 앞 교차로(촬영: 본사 설계 경관2과 무나카타 지로)

눈 깜짝할 새에

6월에 들어와 기온이 하루가 다르게 올라가기 시작했다. 게으름을 부리느라 여름옷을 꺼내지 않고 있던 나는 더위를 더 견디지 못하고 마침내 벽장에서 옷상자를 꺼내 여름옷과 겨울옷을 바꿔 넣기 시작했다. 세탁기를 돌리고 탈수하고 넌다. 몇 번이고 이 과정을 반복해서 겨우 정리가 끝났을 때에는 녹초가 되어 있었다. 나는 방석 위에 몸을 둥글게 말고 낮잠을 잤다.

잠에서 깨어 보니 날이 저물고 있었다. 나는 무겁고 달콤한 잠의 여운을 하품으로 쫓아내고, 세수를 한 다음 저녁거리를 사러 나갔다.

가지와 푸른차조기, 무, 그린아스파라거스, 브로콜리, 캔맥주 두 캔을 샀다. 이어서 상가 한복판에 있는 헌책방에 들러 국내 미스터리 두 권. 그것들을 들고 돌아와 보니 친구가 집 앞 콘크리트 바닥에 주저앉아 담배를 피우고 있었다. 중학교 때 같은 반이었던 사가와 다카하루라는 남자였다.

"왜 이렇게 늦냐?"

그는 어처구니없는 말을 지껄이고 궁둥이를 탁탁 털며 일어서 담배를 짓밟아 껐다.

"전화하고 오면 될 거 아냐."

나는 울컥해서 그렇게 말한 다음, 꽁초를 줍고 문을 열었다.

"미안하다. 갑자기 네가 보고 싶어져서."

"상관없어."

아까부터 급격한 배고픔에 시달리고 있던 나는 장바구니를 내려놓고 채소를 꺼내 씻어 요리를 시작했다. 사가와는 방으로 들어가 텔레비전을 켜더니 드러누워 야구 중계를 보기 시작했다.

찐 가지에 푸른차조기와 산파를 채 썰어 얹고 가다랑어로 맛을 낸 식초를 끼얹은 것. 브로콜리와 아스파라거스와 베이컨 볶음, 무 깨무침. 치즈와 얇게 썬 토마토. 내가 생각해도 호화로운 저녁상이었다. 냉장고에서 맥주와 차갑게 식혀둔 유리잔을 꺼내고, 사가와를 재촉해서 상을 차렸다.

"착실하군. 요즘엔 여자들도 이렇게 많이 안 만든다."

사가와는 한 상 가득 놓인 음식들을 훑어보며 말했다.

"네 녀석이 여자 사귀는 방식에 문제가 있는 거 아니냐?"

내가 빈정거리자, 사가와는 쳇 하고 혀를 찼다.

"네 녀석이 그렇게 말하면 농담으로 안 들려."

그러고는 맹렬하게 먹기 시작했다.

외모나 성격과는 달리 사가와는 술에 약했다. 맥주를 작은 컵으로 한 잔 마시더니 금세 얼굴이 시뻘게져 야구 중계가 나오는 텔레비전을 향해 고래고래 소리를 지르고 있다. 나는 창가에 앉아 축축한 바람을 맞으며 치즈와 맥주를 번갈아 입으로 가져갔다.

소가 침 흘리듯 질질 끌 때가 많은 요즘 시합 같지 않게, 중계는 8시 반을 조금 지나 끝났다. 사가와는 아쉽다고 중얼거리며 자기 짐에서 커다란 믹스너트 봉지를 꺼내 내 쪽으로 던졌다.

"선물."

"어라? 너 견과류 싫어하지 않았냐?"

나는 그것을 보고 조금 놀랐다. 견과류가 싫다는 친구는 이 녀석 하나뿐이라 똑똑히 기억하고 있었다. 여드름이 생기든, 코피가 나든 견과류만큼은 절대 끊을 수 없다는 견과류 중독자와 이 녀석이 말다툼을 벌이는 것을 들은 적이 있다. 견과류는 금세 자잘하게 부서져서 이 사이에 끼기 때문에 음식으로

74

틀려먹었다고 주장한 사가와는 그런 걱정은 틀니를 낀 다음에나 하라는 반격에 아무 소리 못 했다. 내가 그 이야기를 하자 사가와는 쓴웃음을 지으며 말했다.

"지금도 견과류 따위는 인간이 먹을 만한 음식이 아니라고 생각해. 그렇다고 버리기는 아깝잖냐."

"선물받은 거냐?"

"그래. 말하자면 입막음의 대가지."

"입막음의 대가?"

나는 멍하니 되뇐 뒤 웃음을 터뜨렸다.

"사가와한테 입막음의 대가로 견과류를 주는 얼간이가 세상에 있을 줄 몰랐는데. 되레 떠들고 다녀달라고 부탁하는 꼴이잖냐."

사가와는 잠시 입을 다물고 있더니 갑자기 고개를 쳐들고 말했다.

"너 야구 좋아하냐?"

"아니."

"그렇겠지. 그럼 모를지도 모르겠네. 야구라는 건 말이다, 나잇살이나 먹은 어른들이 얼간이 짓을 하게 만드는 엄청난 힘을 갖고 있다 이 말이야. 뭐, 얼간이 짓 정도라면 양반이지. 잘못하면 피바다가 될 수도 있다."

나는 눈을 깜박였다.

"그게 견과류랑 무슨 상관이냐?"

"지금부터 이야기하지."

사가와는 퉁명스럽게 말하더니 거품이 꺼진 맥주를 꿀꺽 마셨다.

"내가 청과물 가게에서 아르바이트하는 건 알지? 그 청과물 가게가 다다마키라는 코딱지 만한 상가에 있거든. 그 상가 사람들은 다다마키 파이터즈라는 야구팀을 결성해서 근처 다른 상가 팀에 도전장을 내밀고 '원정' 나가는 게 낙이야. 그야말로 늙은이, 젊은이, 생선 가게, 두부 가게, 건어물 가게, 단팥죽 가게, 전파상, 구둣방 할 것 없이 다들. 연봉을 몇 천만 엔씩 받는 프로 선수들만 야구에 목숨 거는 게 아니라는 걸 난 그 상가에서 일하면서 알았지 뭐냐. 심지어 청과물 가게 주인아저씨는 아주머니를 변장시켜 라이벌 팀을 정찰하러 보낼 정도니까 엄청나지. 아주머니는 아주머니대로, 척 봐도 청과물 가게 아줌마처럼 생긴 사람이 정찰용이라는 명목으로 아저씨한테 뜯어낸 하이힐 신고, 보라색 투피스 입고, 모퉁이 미장원에서 기르는 말티즈까지 끌고 적진 정찰에 나서지 뭐냐. 처음에는 세상에 웬 미친 사람이 이렇게 많나 했는데, 나까지 그 열광의 도가니에 휘말리는 데 얼마 안 걸리더라."

✳

"야, 다카."

76

일을 마치고 주위에 흩어진 채소 찌꺼기를 쓸어 모으는 사가와에게 주인이 말했다.

"오늘 밤 혹시 데이트하냐?"

"아뇨. 그런 예정 없는데요."

"예정이 없으시다? 야야, 네 나이에 데이트 약속 하나 없어서 어떻게 하냐? 뭐, 좋다. 너 오늘 밤 나랑 어디 좀 가자."

"잠깐, 당신 또 술이야?"

저녁을 준비하던 아주머니가 고막이 찢어질 것처럼 큰 소리로 말했다.

"아냐, 쌀집 영감네서 작전회의하는 거야."

"작전회의에 다카는 왜 데리고 가는데?"

"쌀집 영감이 데리고 오래. 엉덩이는 큰 주제에 쫀쫀하게 잔소리 하는 거냐."

"뭐야? 내가 누구 때문에 엉덩이가 커졌는데? 청과물 가게로 시집 와서 혹사당하고 애를 다섯씩이나 낳지만 않았으면 내 허리도 아직 버들가지처럼 가늘고 낭창낭창할 거라고."

"버들가지가 듣고 웃겠다. 결혼 전에도 술통 두 개를 매단 것처럼 엉덩이가 처져 있었으면서."

"어쨌든."

사가와는 웃음을 참으며 끼어들었다.

"오늘 작전회의는 다음주 시합 때문입니까?"

"그래. 이번에야말로 그 망할 모모야마를 끽소리도 못 하게 해줘야지."

3월 말에 대항전이 시작된 이래, 다다마키 파이터즈는 모모야마 샤이닝에 6전 6패라는 치욕스러운 성적을 거두었다. 그러다 보니 다다마키 상가의 모모야마 상가에 대한 증오는 하늘을 찔러, "이번에도 지면 일주일 동안 술은 구경도 못 할 줄 알아요!"라며 부인들까지 거칠게 콧김을 내뿜는 형국이다.

"모모야마의 마사 청과 녀석. 저번에 시장에서 우리 유서 깊은 다다마키 파이터즈를 복대 두른 타이즈('복대'는 일본어로 '하라마키'-옮긴이)라고 빈정대잖아. 그 썩은 토마토, 악독한 당근 같은 녀석이."

"세상에. 잠깐, 당신 설마 그냥 듣고만 있지는 않았겠지?"

"그야 두말하면 잔소리지. 대꾸만 하는 걸로는 속이 안 풀려서 바나나 껍질로 트럭 배기구를 틀어막아줬어."

사가와는 놀랐다. 그건 거의 범죄행위 아닌가.

"잘했어. 여기는 그만 됐으니까 당신은 얼른 작전회의하러 가. 다카도 저번처럼 강력한 야유 구호를 생각해야 해."

사가와는 요시 청과 주인을 따라 쌀집으로 갔다. 작년에 사가와는 처음으로 '영예로운' 작전회의에 참석하는 영광을 얻었다. 사가와가 중학교 때 문예부였다는 이야기를 어디선가 주워들은 주인이 "부탁한다. 저 가증스러운 모모야마 샤이닝을 꼼짝 못 하게 할 말을 생각해줘"라고 애원한 것이다. 문예부는 제비뽑기에 져서 할 수 없이 들어간 것이고, 지은 시라고는

단팥 풀빵의 곰팡내 장마철 비

뿐이라고 말할 수도 없는 노릇이었으므로, 머리를 쥐어짠 끝에 생각해낸 야유 구호가 상가 사람들에게 대히트를 친 것이다.

샤이닝, 샤이닝, 번들번들 빛나리, 샤이닝

이것을 다다마키 상가 응원단이 목이 찢어져라 절규해대는 것을 듣고 사가와는 혀를 깨물고 죽어버리고 싶은 심정이었다. 그러나 효과는 직방이었다. 모모야마 샤이닝의 감독은 분개한 나머지, 뒤통수까지 벗어진 널찍한 이마를 시뻘겋게 붉히고 "좌우지간 날려버려!"라고 으르렁거렸다.

이성을 잃은 승부의 결과는 불을 보듯 뻔했다. 덕분에 다다마키 파이터즈는 작년에 모모야마와의 경기에서 전승을 거두었고, 사가와는 상가 일동의 감사장과 더불어 특별 MVP상을 수상하고 부상으로 맥주 상품권 반년 치를 받았다.

"아저씨, 또 저한테 야유 구호를 생각해내라고 하시려고요? 그것만은 제발 봐주세요."

"무슨 소리냐, 다카. 넌 재능 있는 놈이야. ……하지만 오늘 쌀집 영감이 너를 부른 건 다른 이야기를 하려고 그러는 것 같더라."

주인은 쌀집 뒤쪽으로 난 계단을 올라가 빨래 너는 곳을 빠져나간 뒤, 정면의 커다란 창문을 두들겼다.

"영감, 나야, 요시 청과. 다카 데리고 왔어."

"쉿, 목소리 좀 낮추게."

유리창이 열리고, 기다란 센다이 가지에 눈 코 입을 붙여놓은 것처럼 생긴 쌀집 영감이 얼굴을 쑤욱 내밀었다.

"첩자가 어디에 있을지 모르는데 조심해야지. 다카 군, 잘 왔네. 자, 들어오게."

나팔꽃과 도라지 화분을 뒤집어엎지 않도록 조심하며 사가와는 창을 넘어 신발을 벗어 들고 방으로 들어갔다. 먼지 한 톨 없이 청결한 10제곱미터짜리 방에는 벽마다 다다마키 파이터즈의 과거 시합 사진들이 붙어 있었다. 특히 북쪽 벽 한복판에는 타자석에 선 영감의 용맹한 모습을 커다랗게 확대 인화한 사진이 다 함께 몇 마디씩 돌아가며 적은 종이와 함께 눈에 띄게 장식되어 있었다.

"내 은퇴시합 때 사진이지."

영감이 맥주병을 따며 말했다.

"지금 돌이켜 생각해도 가슴이 뛰는군. 후배들에게 길을 내주려고 은퇴를 결심하고 들어선 마지막 타석. 투수는 가증스러운 가자미 도넛팀의 미카와 상점 건달 아들놈. 4대6으로 맞이한 8회 말 공격. 초구, 날카로운 슬라이더를 이 내가 딱 한가운데로 받아쳐서……."

영감이 현란한 몸짓을 섞어가며 자랑을 늘어놓기 시작한 순간, 창문이 열리고 다다마키 파이터즈의 4번 타자 기무라도고가 여느 때처럼 쑤욱 들어왔다.

"들어올 때는 뭐라고 한마디 하고 들어오게. 적의 첩자인 줄 알잖나."

빵집 사위는 그 말에 아무 대꾸 없이 고개만 꾸벅 숙였다. 그래도 시합에만 나가면 마귀같이 활약을 하니, 사람은 역시 겉만 보고는 모르는 법이다.

"자, 그럼 다들 모였으니 회의를 시작할까."

쌀집 영감은 청과물 가게 주인과 기무라 도고, 사가와 세 사람을 둘러보며 입을 열었다.

"뭐야, 우리 네 사람뿐이야? 영감네 아들 안 기다려도 돼?"

"오늘은 극비회의거든. 알겠나? 오늘 이 자리에서 한 이야기는 당분간 마누라한테도 비밀로 해야 해. 이건 다다마키 파이터즈의 존망과 관련된 중대사니까."

영감이 눈을 묘하게 치켜뜨고 말했다.

"다름이 아니라 이번 시즌 모모야마 샤이닝하고의 시합 말이네만, 내가 얼마 전에 시합 내용을 살펴보다 이상한 걸 발견했다네. 보게, 이번 시즌에 모모야마와 한 시합은 모두 여섯 번. 그중 네 번은 스퀴즈에 실패해서 졌어. 말하기 조심스럽네만, 우리 팀에서 강타자는 기무라 군 한 사람뿐이잖나. 다리하고 재치가 우리 다다마키 파이터즈의 가장 큰 무기야. 그런데 그게 이번 시즌에 모모야마한테 통하질 않고 있어. 번트하고 도루를 간파당해서야 날개 떨어진 잠자리하고 똑같은 꼴 아닌가."

"영감, 대체 무슨 말을 하고 싶은 거야?"

"아까부터 말하잖나. 이쪽에서 쓰는 수가 죄다 상대방한테 간파당하고 있어. 작전 사인이 모모야마한테 유출되는 게 아닌가 싶네."

청과물 가게 주인은 마시던 맥주를 내뿜었다.

"그 이야기는 뭐야. 우리 중에 배신자가 있고, 그놈이 사전에 사인을 모모야마한테 알려준다는 거야?"

"바로 그거야."

영감은 침착한 얼굴로 맥주를 쭉 들이켰다.

"터무니없는 놈이군. 대체 어디의 누구야? 영감, 가르쳐줘. 내 가서 그 녀석의 목덜미를 붙들고 썩은 부추랑 마늘이 든 비닐봉지에 처박아주겠어."

"흥분을 가라앉히게. 이제부터가 본론이니까. 사인은 감독인 가구점 사다고로 씨하고 타격 코치인 다카기가 정하지. 그때가 시합 이틀 전. 선수들이 알게 되는 건 시합 직전에 갖는 미팅에서야. 그렇다면 수상한 건 감독하고 다카기라는 말이되지."

"사다 씨는 한평생 이 동네에서 살았고 다다마키 파이터즈를 누구보다도 사랑하는 사내야."

"그건 나도 아네."

"그럼 다카기인가."

다카기 헤이로쿠는 팀에서 유일하게 상가 사람이 아니다.

과거에 고교야구 감독을 한 적이 있다는 이야기를 들은 사다고로가 삼고초려로 타격 코치로 맞아들인 보험 판매원이다. 덕분에 온 상가 사람들이 보험에 가입하는 신세가 되었으나, 고교야구 감독으로 활동한 기간은 고작 반년에 지나지 않았다는 소문이 그 직후부터 은밀히 돌고 있었다.

"그 자식이군."

요시 청과 주인은 불같이 화를 내며 벌떡 일어섰다.

"어쩐지 전부터 그 상판대기가 마음에 안 들더라니. 이 자식, 어디 두고 보자."

맥주병을 거꾸로 쥐고 당장이라도 창문으로 뛰쳐나갈 것 같은 주인을 사가와 기무라 도고 두 사람이 뒤에서 붙들었다.

"에잇, 이거 못 놔!"

"아저씨, 진정하세요."

"이게 지금 진정할 일이냐? 이거 놔, 놓으라니까!"

"아직 다카기 씨가 범인인지 아닌지 확실한 것도 아니잖아요."

"바로 그걸세."

태연하게 담배를 뻐끔거리던 영감이 말했다.

"뭐야, 그럼 지금 그건 영감의 억측이야?"

"그렇지만은 않지."

영감은 폼을 재며 바닥에 '축 다다마키 상가 50주년 기념'이라고 금박으로 새겨진 유리 재떨이에 담뱃재를 톡 떨었다.

83　　　　　　　　　　　　　　　　　　6월 ♦ 눈 깜짝할 새에

"지난 한 달 동안 다카기의 행동을 지켜봤네. 그자는 영업하러 모모야마 상가를 도는 것도 아니고, 바깥에서 모모야마 쪽 사람하고 만나는 일도 없더군. 하지만 우리가 진 지난주 시합에서도 사인이 유출됐다고 확신한 나는 다카기 코치의 시합 이틀 전 행동을 다시 한번 체크해봤지. 수상한 점이라 할 수 있는 건 단 하나. 그자는 다다마키에서도, 모모야마에서도, 회사에서도 떨어진 어느 작은 프랑스 식당으로 식사를 하러 가고 있어."

"그게 어디가 수상하다는 거야?"

"그 가정식 프랑스 식당 주인의 마누라가 모모야마의 대머리 감독의 사촌 여동생이라네. 아이는 다카기네 애하고 같은 유치원에 다니는 모양이더군. 내가 변장하고 그 식당에 들어갔을 때도, 안쪽에서 큰 소리로 그림 그리기 노래 같은 걸 부르는 어린애 목소리가 들려왔어. ……사인은 그 가게에서 유출되는 게 틀림없네."

"질문 있는데요."

사가와가 손을 들었다.

"어째서 그렇게 번거로운 일을 하죠? 전화를 쓰면 되잖습니까?"

"다카기의 마누라도, 아이도, 다다마키 파이터즈의 열렬한 팬이야. 시합 때마다 응원하러 올 정도로. 십중팔구 그 대머리 놈한테 돈으로 포섭당했겠지만, 그런 일이 식구들한테 알려지면 큰일일 테지. 눈 깜짝할 사이에 집에서 쫓겨날걸?"

다카기의 부인은 키가 180센티미터에 달하는 덩치 큰 미녀로, 검도사범 대리를 맡은 적도 있다고 한다. 남편이 회사 여직원에게 손을 대려 했다는 이야기를 듣고 남편 얼굴에 가로세로로 프랑켄슈타인 저리 가라 할 정도로 상처를 낸 전력이 있다.

"다카기는 소심한 녀석이라, 만에 하나 사인을 유출시키는 현장을 들키더라도 그게 사인 유출인지 아닌지 알 수 없게 손을 써놨을 게 틀림없네. 하지만 현장에서 붙들지 않으면 사다 씨를 비롯해서 팀원들이 수긍할 수 없을 게 아닌가. 확실한 증거도 없이 다카기를 팀에서 내몰았다가 팀 내 인간관계에 금이라도 가게 되면 안 될 일이야."

사실은 다카기 씨의 부인이 무서운 게 아닐까 하고 사가와는 생각했다.

"그래서 말이네만."

영감은 사가와를 찬찬히 살펴보았다.

"다카 군, 아카이시 요시코라는 아가씨 알지? 4가 목욕탕 집 딸."

"요시코요? 고등학교 때 같은 반이었는데요."

"호호, 요시코라. 젊은 사람들은 좋겠어."

영감은 살가죽이 팽팽한 뺨을 일그러뜨리며 저속하게 웃었다.

"그 아가씨가 프랑스 식당에서 아르바이트를 하고 있어. 다카 군이 가서 한번 떠봐."

그 때문에 일부러 나를 불러냈나. 사가와는 맥이 빠졌다.

"다카, 성공하면 내 특별수당을 주마. 필요하면 유혹이라도 해."

"이게 마지막 남은 수단일세. 무슨 일이 있어도 반드시 배신자 다카기의 정체를 밝혀내주게. 우리 다다마키 파이터즈의 운명이 다카 군 어깨에 걸려 있어."

"싫습니다."

사가와는 부르짖었다.

"요시코는 어렵단 말입니다. 뭣보다도 제가 왜 그런 포졸 앞잡이 같은 노릇을 해야 되죠? 절대, 절대, 싫습니다."

"다카기 씨?"

요시코가 두 개째 초콜릿 파르페를 스푼으로 떠서 입으로 가져가다 말고 말했다.

"사가와가 갑자기 날 만나자고 해서 분명히 무슨 꿍꿍이가 있겠거니 생각하긴 했지만, 그런 거였어?"

"그런 거라니?"

"다다마키 상가의 가지처럼 생긴 야구 할배가 이 더위에 종장宗匠 두건(테두리가 없고 정수리가 납작한 타원형 두건. 일본 문예 및 기예의 종장, 즉 스승이 주로 썼다-옮긴이) 쓰고 우리 레스토랑에 걸핏하면

나타나더라고. 아무래도 다카기 씨를 미행하는 것 같다 했더
니 아니나 다를까."

요시코는 바나나에 생크림을 듬뿍 묻혀 한입에 넣고 우물
우물 씹어 삼키더니 투덜거렸다.

"두 개째는 크림을 대충 저었네. 더 굳을 때까지 휘저어야
지. 굳은 정도가 아이스크림하고 안 어울리잖아."

단 음식을 싫어하는 사가와는 보기만 해도 속이 메스꺼워
고개를 돌리고 담배에 불을 붙였다.

"무슨 이야기인지 안다니 잘됐군. 다카기 씨가 너희 가게
주인을 통해서 사인 순서를 모모야마 샤이닝에 유출한다는
의혹이 있어. 그렇다고 대놓고 불라고 할 수 있는 일도 아니니
까 조사에 협조 좀 해줘라."

"나야 뭐 괜찮지만, 맨입으로는 안 돼."

요시코는 생긋 웃었다.

"결혼하고 난 뒤로 생활비를 절약하고 있거든. 남편한테 용
돈도 제대로 못 주는데 내가 밖에서 아이스크림이나 먹어댈
수는 없잖아. 덕분에 좀처럼 단걸 못 먹었지 뭐야."

"너 결혼했냐?"

"어머, 뭐야, 그 뜻밖이라는 표정은?"

요시코는 콧방귀를 흥 뀌더니 물었다.

"그래서 거래할 거야, 안 할 거야?"

"꼭 부탁드립니다."

내가 왜 이런 녀석한테 고개를 숙여야 하는 건데, 라고 생각하면서도 사가와는 눈물을 삼키고 요시코의 조건을 수락했다.

"사가와, 너 나한테 고개 숙이기 싫다고 생각하고 있지?"

요시코는 초능력자 같은 말을 했다.

"뭐, 괜찮아. 여기요, 푸딩 알라모드 주세요."

가게 안쪽을 향해 큰 소리로 말한 다음, 요시코는 사가와의 담배를 한 개비 빼앗았다.

"다카기 씨가 우리 가게에 오는 건 늘 점심시간이 끝난 다음이야. 늘 10분도 더 걸려서 음식을 고르거든. 주문은 늘 내가 받는데, 주문할 때도 굉장히 천천히 불러. 내가 전표에 받아 쓸 때까지 기다렸다가 다음 주문 내용을 말하는 거야. 하지만 먹는 건 빠른 편이라, 눈 깜짝할 새에 먹고 전표에 사인하고 나가."

"그리고?"

"그게 다야."

사가와는 머리를 싸안았다.

"주인장을 만나지는 않고?"

"아니. ……그러고 보니 사장님은 단골손님들이 오면 대개 가게로 나와서 인사하는데, 다카기 씨한테는 인사하는 걸 한 번도 본 적이 없네."

"다카기 씨는 단골이냐?"

"그야 그렇지 않겠어? 카드도 아니고 현금도 아니고, 달랑 사인 하나로 지불이 끝나는걸. 단골도 대단한 단골이 아닐까?"

"그것도 이상한데. 그 사인 본 적 있어?"

"그야 내가 테이블을 담당하고, 사인도 내가 받고, 배웅까지 내가 하니까. 이상한 사인이야. '불타는 투혼, 다카기 헤이6' 뭐 그런 식."(다카기의 이름 헤이로쿠는 '平六'이라고 쓴다-옮긴이)

납작한 어항처럼 생긴 그릇에 생크림과 푸딩 세 개가 올라앉아 있고 주위가 색색가지 과일로 장식된 무시무시한 디저트를 먹으며 요시코는 웃었다.

"헤이6? 아라비아숫자로 쓰냐?"

"응. 가끔은 거울문자를 쓸 때도 있어. '듐낭 ㅓㅓㅌㅏㄷ ㅔㅇㅣㅇ'처럼. 그 사람 양손잡이인데, 왼손으로 쓰면 거울문자가 돼버린대."

그거 수상하군, 하고 사가와는 생각했다. 그러나 어디가 어떻게 수상한지를 모르겠다.

"야, 혹시 메모를 몰래 테이블에 남겨둔다든지 하는 일은 없냐?"

"없어."

"밑에 붙여둔다든지."

"없다니까."

"어떻게 그렇게 잘 아는데?"

사가와는 울컥했다.

"우리 레스토랑은 점심 영업하고 저녁 영업이 나뉘어 있거든. 세 시에 점심 영업이 끝나면 테이블까지 홀랑 뒤집어엎어 놓고 닦는단 말이야. 그 작업은 홀 스태프가 전담하고 사장님은 관여 안 해. 이제 이해가 가셔?"

"가신다."

"그래? 여기요, 푸딩 알라모드 하나 더 주세요."

사가와는 속이 뒤집힐 것 같았다.

"사가와도 먹으면 좋을 텐데. 커피만 마시면 몸에 안 좋아."

"네가 더 몸에 안 좋을 것 같다."

디저트 이름이 줄줄이 나열된 계산서를 한숨을 쉬며 바라보던 사가와는 문득 생각나는 것이 있었다.

"야. 메뉴판은 어때? 메뉴판 속에 끼워놓는다든지."

"메뉴판 속? 거기까지는 생각 안 해봤는데. 우리 메뉴판은 반으로 접어 끈으로 묶는 식이니까 그 속에 메모를 끼워놓으면 안 들킬지도 모르겠네."

"그걸까?"

또다시 화려한 푸딩 알라모드가 나왔다. 요시코는 입맛을 다시며 말했다.

"그건 그렇고, 그 다카기 씨라는 사람 취향 한번 괴상하더라. 저번에 왔을 때 뭘 시켰는지 알아? '완두콩 수프, 빵, 오렌지 소스를 곁들인 오리, 전계田鶏 마늘구이, 셰프 블렌드'더라고. 오렌지 소스랑 마늘구이를 같이 먹으면 속이 이상할 것 같은데."

"남이 뭘 먹는지 잘도 기억하는군."

사가와가 감탄했다.

"내가 원래 기억력 하나는 좋거든. 그 덕분에 아무개 씨가 졸업할 수 있었던 거 아냐?"

요시코는 생글생글 웃으며 말했다.

"원한다면 다카기 씨가 뭘 먹었는지 죄다 이야기해줄 수도 있어. 그 전에는 '그린 샐러드, 셰프 특선 수프, 삼각 파이, 누에콩 무스, 브레드 푸딩'. 그 전전에는 '콩 샐러드, 빵, 훈제 오리, 전계 마늘구이, 민트 셔벗'. 순서도 그대로야."

"이상한 녀석이군."

사가와는 어처구니가 없었다.

"그렇지? 삼각 파이랑 무스랑 브레드 푸딩이라고. 아무리 사람마다 취향이 제각각이라지만 희한한 조합이지. 하지만 그 사람, 자주 주문하는 것치고는 전계 싫어하나 봐. 늘 남기지 뭐야."

"전계가 뭐냐?"

"어머머. 개구리 말이야."

가게를 나설 때에 이르러 요시코는 카운터에 놓여 있던 커다란 믹스너트 봉지를 보더니 "이것도 주세요" 하고는 같이 계산을 시켰다.

"작작 좀 해라."

사가와는 넌덜머리가 나서 말했다.

"아냐, 이건 사가와 것. 오늘 사가와랑 만난 거 비밀이야. 남자랑 둘이서 찻집에 있었다는 걸 남편이랑 시어머니가 알면 난리 난단 말이야."

요시코는 생글생글 웃으며 손을 흔들었다. 무심코 덩달아 손을 흔들던 사가와는 결국 아무것도 확실하게 밝혀진 게 없다는 사실을 깨닫고는, 싫어해 마지않는 믹스너트 봉지를 품에 안은 채 무거운 한숨을 쉬었다.

❋

"그래서 곧장 집으로 돌아가면 당장 다다마키 파이터즈 패거리가 어떻게 됐느냐고 쫓아올 테니까, 그게 무서워서 우리 집에 왔다 이거군."

내가 캐슈너트를 와작와작 씹으며 그렇게 말하자, 사가와는 미심쩍은 얼굴로 나를 보며 어깨를 으쓱하고는 새 담배에 불을 붙였다.

"너 이런 거 잘하잖아. 어떻게 하면 다카기 씨의 꼬리를 잡을 수 있을지 생각 좀 해봐주라."

나는 으음 하고 신음했다.

"원한다면 초콜릿 파르페든 푸딩 알라모드든 너 좋다는 걸로 사줄 테니까."

"일없다……. 음, 예를 들어 다른 손님한테 정보를 건네줬다든지, 뭐 그런 건 아닐까?"

그렇게 말해놓고 나 스스로 그 말을 취소했다.

"그렇군. 다카기 씨는 점심시간이 끝난 다음에 온다고 했지? 그렇다면 손님도 많지 않겠지. 한가해지면 홀 스태프는 손님을 주목하게 돼. 그런 상황에서 정보를 넘기기는 어렵겠지. 그야말로 눈 깜짝할 새에 해치워야 할 거다."

나는 고개를 갸우뚱하고 머리를 쥐어짜봤으나, 결국 아아, 모르겠다, 하고 소리쳤다.

"그렇게 간단하게 포기하지 말고. 이대로 가다간 경비 청구도 못 하게 된단 말이다. 확실한 증거도 없이 다카기 씨를 뭇매질할지도 몰라."

"아무리 그래도……. 그런데 작전 사인이 뭐냐?"

사가와는 카펫 위에 나동그라졌다.

"이래서 야구를 모르는 녀석하고는 이야기가 안 통한다니까. 선수랑 감독이랑 코치가 미리 어디를 만질지를 정해두는 거야. 예를 들어 스퀴즈는 가슴, 도루는 모자 챙, 히트 앤드 런은 다리 같은 식으로. 하지만 거기만 만지면 상대방한테 들키니까, 키포인트를 정해두고 나머지는 적당히 여기저기 만지면서 적의 눈을 속이지."

"키포인트라면, 예컨대 그날은 오른쪽 귀 다음에 만지는 게 진짜 사인이다, 그런 식으로?"

"그래그래, 이해가 빠르군. 프로쯤 되면 그 키포인트를 세

번에 한 번꼴로 바꾸지만, 우리야 동네 야구고 그렇게 복잡하면 기억하지도 못하니까 그날 시합하는 동안에는 키포인트가 계속 똑같아."

"사인이 상대방한테 간파당하면 그 시합은 확실히 지는 거냐?"

"응. 팀에 따라 다르겠지만 우리 팀은 '재치와 다리가 유일한 강점'이니까. 다음번엔 번트라는 걸 알면 저쪽도 나름대로 경계할 거 아니냐. 그렇게 되면 기습공격이 먹히질 않아."

나는 큰대 자로 벌렁 드러누워 눈을 감았다가 다시 벌떡 일어났다.

"아무래도 개구리가 신경 쓰여. 좋아하지도 않는 개구리를 주문했다가 남긴다 이 말이지."

"그야 기분 나쁜 이야기이긴 하지만. 아, 개구리 속에 메모를 숨기는 건 어떨까?"

"어려울 거다. 개구리 아니냐. 그럴 거면 빵 속이라든지, 닭고기 완자 밑이라든지 쉽게 숨길 수 있는 데가 얼마든지 있을 텐데."

"그러게."

사가와는 신음했다.

"그보다 전표에 사인을 해서 지불한다는 것도 마음에 걸리는걸. 어째서 번번이 그렇게 묘한 사인을……."

나와 사가와는 얼굴을 마주 보았다. 사가와는 가방에서 커다란 메모장을 꺼냈다.

"혹시 몰라서 요시코가 기억하는 다카기 씨의 주문 내용을 적어놨지."

나는 지렁이가 몸부림치는 것 같은 메모를 들여다보았다.

전번 주문 : 완두콩 수프, 빵, 오렌지 소스를 곁들인 오리, 전계 마늘 구이, 셰프블렌드.

전전번 주문 : 그린 샐러드, 셰프 특선 수프, 삼각 파이, 누에콩 무스, 브레드 푸딩

전전전번 주문 : 콩 샐러드, 빵, 훈제 오리, 전계 마늘구이, 민트 셔벗.

"하지만 그 요시코라는 여자도 대단한데."

"내가 왜 옛날부터 그 녀석 앞에서 기를 못 펴는지 알겠지?"

사가와는 그렇게 말하며 코 밑을 문질렀다.

"알 것 같다. ……하지만 첫째 주문이 스퀴즈, 둘째 주문이 번트, 셋째가 키포인트 하는 식으로 암호가 되는 거라 쳐도, 그 사람들이 어떤 식으로 정해졌는지 확실히 모르면 증거가 안 될 텐데."

"그러게 말이다. 쳇, 난 이제 손들었다."

사가와는 어깨를 축 늘어뜨리고 장지문에 몸을 기댔다. 나도 책꽂이에 몸을 기대고 멍하니 달력을 바라보았다. 그해의

간지에 연관된 달력이라 뱀이 그려져 있다. 과외 선생을 할 당시 가르치던 여자아이가 준 것이다. 나는 눈으로 오늘 날짜를 찾았다.

'오, 오늘 6월 6일이군. 오멘의 날이잖아⋯⋯.'

나는 불현듯 몸을 일으켰다.

"야, 사가와, 6월 6일이야."

"오늘 말이냐? 나도 알아."

"아니 그게 아니라, 6월 6일이라니까."

나는 여전히 펼쳐져 있던 메모장을 뒷장으로 넘기고 노래를 부르며 그림을 그렸다.

"귀여운 요리사잖아. 그림 그리기 노래로는 기본 중의 기본이지. 그게 뭐 어쨌다고?"

"전표야, 전표. 아까 그랬잖아, 다카기 헤이로쿠는 아라비아 숫자로 사인한다고."

나뭇잎은 입, 개구리는 눈, 오리는 머리를 가리킨다. 삼각자는 다리, 롤빵은 발, 콩은 가슴, 단팥빵은 귀, 요리사는 셰프의 모자를 나타내고 있다. 이러면 신체 부위를 메뉴로 바꿔 표현할 수 있다.

예를 들어 '완두콩 수프, 빵, 오렌지 소스를 곁들인 오리, 전계 마늘구이, 셰프 블렌드'를 바꿔보자. 완두콩은 콩이다. 즉 가슴. 빵은 두 종류 있지만 발을 만지는 일은 없으니까 귀. 오리는 머리. 개구리는 눈. 셰프 블렌드는 요리사니까 모자 챙.

막대기가 하나
있었대

나뭇잎일까?

나뭇잎 아니야.
개구리야.

개구리 아니야.
오리야.

6월

6월에

비가 좍좍
쏟아져서

삼각자에
금이 가서

롤빵 두 개

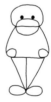

콩 세 개

단팥빵 두 개
주세요.

눈 깜짝할 새에
귀여운 요리사

97

"여기에 6이 더해지지. 잘 들어. 이 그림 그리기 노래에서는 6은 오른손, ∂은 왼손을 나타내. 그리고 사인할 때 쓰는 묘한 말의 글자 수로 그게 들어갈 위치를 지정하면 되는 거야. 불타는 투혼이라면 다섯 글자니까 다섯 번째. 근성이라면 두 번째. 나머지는 하나씩 뒤로 밀려나면 그만이지."

"그렇군. 거울문자라면서 사인한 건 그 때문이었군. 매번 다른 문구를 전표에 쓴 것도 그 때문이었고. 요시코가 받아 적는 내용을 일일이 확인해 가면서 천천히 주문한 것도."

"레스토랑 집 아이가 그림 그리기 노래를 부르는 걸 쌀집 영감이 들었다며? 내일 이 이야기를 해봐. 그래서 지난 시합 몇 번의 사인하고 맞춰봐서 일치하는 것 같으면……."

쳇 하고 사가와는 혀를 찼다. 분한 듯이. 조금 괴로운 듯이. 그러더니 불현듯 창밖을 보면서 말했다.

"비가 좍좍 쏟아진다."

르네상스

사나다 건설 컨설턴트 사내보 I 제4호 1990.7

표지 제자題字 건설성 장관 히가시사카키 구니오

표지 사진 사카쓰키즈하 맥주, 가미키타자와 공장(촬영: 본사 토목설계4과 야지마 겐)

상자 속의
벌레

"7월이 왜 줄라이^{July}인 줄 알아?"

나쓰미가 거대한 세숫대야 같은 그릇에 수북이 쌓인 빙수를 부지런히 입에 떠 넣으며 말했다.

"줄리어스 시저의 줄리어스에서 나온 거잖아."

나는 현기증이 날 것처럼 거대한 빙수가 빠른 속도로 사라져가는 광경을 아연히 바라보며 대답했다. 실제로 그 빙수는 2천 엔씩이나 하는 가격에 걸맞게, 몽블랑이나 마차푸차레처럼 우뚝 솟은 거대한 얼음산이었다. 딸기의 빨강, 멜론의 초록, 레몬의 노랑 시럽이 색동 무늬를 그리며 듬뿍 끼얹어져 있고, 통조림 체리와 황도, 귤, 파인애플, 종잇장처럼 얇게 자른 멜론 등이 산기슭을 빽빽이 메우고 있다. 4부 능선 부근에는 푸딩, 5부 능선에는 팥, 6부 능선에는 설탕에 조린 밤이 매몰되어 있다. 종업원이 날라온 순간, 나조차도 입이 딱 벌어지고 가게 안에 있던 다른 손님들이 일제히 돌아보았을 정도다.

보기만 해도 냉병에 걸릴 것 같은 이 빙수를 주문한 장본인인 나쓰미는 오늘 무사히 스물세 번째 생일을 맞이했다. 말하자면 이것은 그녀의 생일 케이크이다. 어쩌다가 그렇게 되었는지는 전혀 기억나지 않지만, 그녀가 열두 살 때부터 생일이면 만나서 같이 영화를 보고, 선물로 책을 한 권 사주고, 마지막으로 케이크를 먹는 것이 우리 둘의 연중행사가 되었다. 올해는 내가 몸이 아파 요양 중이라, 번잡한 번화가를 피해 나의 집에서 비디오를 한 편 보고, 근처 서점에서 책을 한 권 고르고, K상가(이 끝에서 저 끝까지 50미터쯤밖에 안 되는 초라한 곳이지만) 찻집에서 케이크를 먹는 것으로, 상당히 스케일을 축소한 일정이 되었다. 모처럼 생일인데 미안하게 됐네, 라고 하자 나쓰미는 입술을 핥으며 말했다.

"미안하다고 생각한다면 올해는 케이크 말고 다른 걸 사줘."

그녀가 노린 것이 이 '열대 스페셜' 빙수였다는 것은 굳이 말할 필요도 없으리라.

나는 보통 사이즈의 녹차 팥빙수를 주문해서 식도가 얼얼

해지는 느낌을 음미하며 천천히 먹었다. 기침 발작을 일으킬 정도니 나의 호흡기는 그리 튼튼하지 않고, 장도 마찬가지다. 한방에서 폐와 대장은 표리일체. 호흡기가 병들었는데 대장이 건강할 수는 없다는 것이 한의사의 설명이다. 요즘 빙수가게는 얼음을 먹이는 주제에 냉방을 세게 틀어놓는 형편없는 곳이 많은데, 이 집은 천장에서 선풍기가 천천히 돌고 있을 뿐이라 그리 춥지는 않다. 양심적이라고 해야 할까.

"오빠, 용케 그런 걸 먹네."

나쓰미는 내가 먹는 찹쌀 경단을 보며 서슴없이 한마디 했다.

"무슨 소리야? 하세가와 헤이조(에도 시대의 유명한 수사반장-옮긴이)도 찹쌀 경단에 설탕을 뿌려 먹었다는데."

"헤이조 님은 괜찮아. 헤이조 님이니까."

의미를 알 수 없는 소리를 하며 그녀는 칠기 스푼으로 얼음 뜨는 작업을 재개했다. 전부터도 그랬지만, 그녀의 두뇌회로는 다른 사람은 도저히 미루어 짐작할 수 없는 방식으로 연상작용을 한다. 다음에 어떤 말이 튀어나올지 아무도 예상하지 못한다.

어머니 남동생의 외동딸인 나쓰미는 모두 열여섯 명 있는 사촌형제 중에 가장 어린 데다가 가장 특이한 아이였다. 나는 다섯 남매 중 밑에서 둘째라는, 부모에게조차도 잊히기 쉬운 존재였던 데다가, 두 형은 하나뿐인 여동생(즉 나의 누나)을 귀여워하고 어머니는 동생을 귀여워했으므로, 나의 존재를 기억해주는 사람은 누나뿐이지 않을까 싶은, 상당히 비참한 환경에서 자랐다. 누나란 존재는 어머니보다도 눈치가 빠르다 보니 잔소리가 많은 타입이 드물게 있는데, 나의 누나는 그 '드물게'에 속하는 성가신 누나였다. 내가 묘하게 사람이 멍한 것은 그 탓이라 하지 못할 것도 없다. 어딘가 세상사에 초연한 것 같은 나쓰미와 내가 마음이 잘 맞는 것은 옆에서 보기에도 수긍이 가는 일이었을 것이다. 누나는 물론, 세 명 있는 남자 형제들도 모두 현실주의자였다. 현실이 위에 셋씩이나 버티고 있으니 나로서는 몽상가가 될 수밖에 없지 않겠는가. 지금은 그 누나도 없지만, 그렇다고 형들의 성격이 달라졌느냐 하면 턱도 없는 소리. 공백을 메우려는 건지 오히려 자나 깨나 앉으나 서나 현실이다.

나쓰미는 물이 흥건하게 괸 그릇에서 마지막까지 아껴두었던 황도를 건져 입에 넣고는 만족스레 한숨을 내쉬었다. 종이 냅킨으로 입을 닦고 나를 째려본다.

"왜 웃어?"

내가 입속으로 웅얼웅얼 변명하는 모습을 조금 울컥한 얼굴로 바라보더니, 문득 생각났다는 듯 옆 의자에 놓여 있던 종이봉투를 집어 들고 만족스러운 얼굴로 열어보았다. 아까 사준 생일선물, 조리스 카를 위스망스의 《거꾸로》 복각본이다.

"이거 나왔을 때부터 갖고 싶었거든."

목을 가르랑거릴 것 같은 분위기로 책을 이리저리 쓰다듬고 있다. 냄새를 맡아보질 않나, 작은 티끌을 털어내질 않나, 하여튼 바쁘다.

작년 생일에는 윌슨의 《살인의 심리》. 그 전해는 《귀신 헤이 수사록》(하세가와 헤이조를 주인공으로 한 이케나미 쇼타로의 시대소설. 작중에서 '귀신 같은 헤이조'라고 불린다―옮긴이) 문고판 열두 권. 맨 처음에는 분명히 요시카와 에이지의 《삼국지》였을 것이다. 지조가 있는 건지 없는 건지, 좌우지간 활자 중독이라는 것 하나만은 확실하다.

"엄마가 시험공부에 방해되니까 책을 좀 줄이라는 거야 글쎄. 너무하지. 그까짓 공무원 시험 때문에 내 귀여운 책을 버릴 수 있겠어? 그건 다 내 거라고."

책에 정성스럽게 커버를 씌우며 나쓰미는 말했다.

"외숙모도 걱정되시는 거겠지. 네가 제대로 공부를 하고 있나."

내가 얼마 없는 연장자의 위엄을 긁어모아 말하자, 나쓰미는 콧방귀를 뀌었다.

"엄마는 내 책을 차지하고 싶을 뿐이야. 조금만 방심하면 금세 남의 방에 들어와서 책꽂이 앞에 주저앉아 책을 읽는다고. 내가 개였으면 책마다 죄다 쉬 싸놓고 영역표시라도 해두었을 텐데."

나쓰미의 어머니도 도무지 알 수 없는 사람이었다. 눈이 크고 애교 있고 이목구비까지 뚜렷한 미인인데, 왜 그런지 상처의 딱지를 떼는 게 취미다. 초등학생 때 나쓰미의 여름방학 숙제를 도와주러 외삼촌 댁에 가자, 직접 구운 케이크와 평소 집에서는 먹을 수 없는 맛있는 초콜릿 등을 내와서는 어느 틈에 내 무릎에 앉은 딱지를 보고 "얘, 100엔 줄게 외숙모가 그 딱지 뜯자" 하면서 슬금슬금 다가왔다.

"저번에 잠깐 중국 여행을 갔다 왔는데, 그 틈에 내 소중한 《흑거미 클럽》을 빼갔지 뭐야. 앞으로는 미스터리를 다 읽으면 등장인물 일람표에 범인 이름을 써둘까 봐."

"블랙위도 같으면 그래봤자 의미가 없어."

나는 떨떠름한 얼굴로 말했다. 처음 《흑거미 클럽》이라는 제목을 들었을 때, 나는 무심코 청순가련한 여주인공이 찢어질 듯 비명을 지르는 페이퍼백 호러라고 착각했다. 나쓰미는 배꼽을 잡고 웃어댔지만, 나는 지금도 착각할 만하다고 생각한다.

나쓰미도 그때 일이 생각났는지 눈을 잠시 번득였으나, 《거꾸로》가 어지간히 좋은지 잠자코 넘어가주었다. 이런 일은 흔치 않다. 그녀는 실수담을 아주 좋아하기 때문이다. 물론 남의 실수는 몇 번이고 우려먹지만 자신의 실수도 여기저기 떠들고 다니기 때문에 그리 밉지 않다.

"오빠한테 이야기했던가? 고등학생 때 하코네에 여행 갔을 때 엄청난 실수를 했는데. 듣고 싶어?"

뒷말 같은 건 하는 게 아니라고 훈계해봤자, 오른쪽 귀에 경을 읽어주고 왼쪽 귀에 동풍을 불어넣은 말馬만큼도 느끼지 못할 게 뻔하다. 게다가 사실 나는 그녀의 '실수담'을 제법 좋아한다. 나는 씩 웃으며 자세를 고쳐 앉았다.

*

하코네 여행 이야기를 꺼낸 것은 부장인 래비였다.

"중등부 애들을 데리고 가면 여러 모로 성가시니까 고등부끼리 1박 2일. 숙박비는 없음. 아버지네 회사 휴양시설인데 장마철에는 손님이 없잖아. 손님이 없으면 관리인이 농땡이를 치고. 그걸 감시한다는 의미도 있으니까 공짜. 아침밥 포함. 어때, 괜찮지 않아?"

'하코네 프리패스'라는 티켓을 사면 왕복 열차부터 하코네 등산철도, 등산버스, 로프웨이, 케이블카, 아시노 호湖 유람선까지 얼마든지 탈 수 있다. 고등학생 용돈으로도 그럭저럭 가능할 만큼 저렴한 여행이라는 것을 알고 나쓰미는 마음이 동했다. 결국 고등부 아홉 명 중에 형편이 여의치 않았던 두 사람을 빼고 일곱 명이 여행에 참가하게 되었다.

나쓰미의 학교는 전부터 부잣집 딸들이 다니는 사립학교로 유명했다. 초록은 동색인지 부잣집 딸들이 다니는 학교에도 아웃사이더는 있어, 나쓰미가 속한 문예부는 그런 학생들의 소굴이었다. 래비는 여행 허락을 받기 위해 꼬박 사흘 동안 지도교사를 쫓아다녔다. 놀랍게도 이 학교에서는 학생들끼리 여행을 가려면 교사 세 명의 승인서가 필요했기 때문이다. 결국 여행에서 돌아온 뒤 각자 하코네와 관련된 작품을 제출한다는 조건으로 힘들게 허락을 받아냈다. 하코네 행 로맨스카에서 그 경위를 듣고 일동은 크게 낙담했다.

"여관에 틀어박혀서 걸작이라도 쓰라는 거야?"

마린이 캔 맥주를 벌컥벌컥 들이켜며 투덜거렸다.

"그렇게 심각하게 생각할 거 없어. 비축해둔 작품 중에 적당한 시라도 찾아서 하코네 지명을 끼워 넣어서 제출하면 그만이잖아."

래비의 이 제안은 일동의 야유에 묻혀버렸다.

"난 비축해둔 작품 같은 거 없는데."

사와가 흘러내리는 양말을 끌어올리며 말했다.

"지난번 그건? 그 왜, 템스 강 증기선에 관한 시. 그걸 아시노 호 유람선으로 고치면 되잖아."

"너무한다."

"차라리 유혈이 낭자한 스플래터라도 써볼까."

요즘 호러에 탐닉하고 있는 마나미가 중얼거렸다.

"하코네 산에 울려 퍼지는 비명. 담력 시험을 하던 여학생이 한 사람, 또 한 사람 사라진다. 긴타로(일본의 전설 속 호걸-옮긴이)에게 퇴치당한 산사람들의 신이 지진으로 되살아나고, 피의 참극이 시작된다…….”

“별로야.”

요코가 가차 없이 단정했다. 마나미는 어깨를 으쓱하며 말했다.

“줄거리는 안 중요해. 중요한 건 얼마만큼 사실적으로 묘사할 수 있느냐라고. 피부가 찢어지고, 내장이 튀고, 머리털이 뽑히고. 그걸 상세하게 쓰는 거야. 선생님이 당분간 밤에 화장실을 못 갈 만큼 걸작을 써주겠어.”

“웩웩 토하면서 화장실로 달려갈 가능성도 있을 것 같은데. 어이구, 마나미도 입만 다물고 있으면 미인인데 말이야.”

나쓰미가 마린의 맥주를 빼앗으며 말했다.

“칭찬해주셔서 황공무지하다. 나쓰 부인은 어떻게 할래?”

“미스터리를 쓰고 싶은걸. 본격으로.”

“수학Ⅱ 시험에서 낙제한 사람이 과연 논리적인 사고를 할 수 있을까?”

맥주를 빼앗겨 기분이 나빠진 마린이 퉁명스럽게 말했다. 나쓰미는 마린의 발을 있는 힘껏 밟았다.

“수학하고는 상관없어. 난 본격 추리의 무대를 사랑하는 거니까. 그리고 명탐정. 미스터리는 캐릭터가 생명이야.”

“그렇다고 동물을 탐정으로 하진 말아줘.”

저번 문집을 만들 때 워드프로세서 작업을 맡았던 사와가 웃으며 말했다. 나쓰미는 콧등에 주름을 잡았다. 네로 울프라는 소가 아치라는 목동을 조수 삼아 목장에서 일어난 수수께끼의 밀크캔디 도난 사건을 추적한다는 이야기를 나쓰미 자신은 꽤 마음에 들어하고 있었다.(네로 울프와 아치는 미국 추리작가 렉스 스타우트가 창조한 명탐정과 조수다-옮긴이)

"그건 미스터리 형식을 빌린 판타지였어. 작금에 미스터리 수법은 단순 탐정소설이라는 대중문학의 한 장르를 뛰어넘어 보편화되고 있다고. 예를 들어 그리스 신화에도⋯⋯."

"아아, 그래그래."

일동은 넌더리를 내며 이미 지겹도록 들은 나쓰미의 미스터리 강의를 중단시켰다. 나쓰미의 눈초리가 전투태세를 갖추고 올라가는 것을 보고 요코가 황급히 끼어들었다.

"난 가볍게 콩트라도 쓸까?"

"잠깐, 너 그게 무슨 소리야. 콩트는 하나도 안 가벼워. 장편이 무겁고 단편이 가볍다는 건 좌우지간 양만 많으면 된다는 일본인의 가난뱅이 근성이 문화에까지 영향을 끼쳐서 생긴 망상에 지나지 않아. 무지막지하게 긴 대하소설보다 스파이시한 콩트가 훨씬 무거운 경우도 있다고."

"어머, 대하소설을 무시하네. 성공한 대하소설은 신이 창조한 이 세상보다 훨씬 뛰어날 때가 많은걸. 인물 묘사, 복잡한 인간관계, 멋진 배경. 콩트가 그런 깊이를 표현할 수 있겠어?"

"콩트에 깊이가 없다고 한다면 그건 독자 쪽에 문제가 있는 거야. 판단력과 상상력이 없는 독자가 콩트를 몇백 편 읽어봐야 무슨 소용이 있겠어? 원래 일본은 뭐든지 상 다 차려놓고 떠먹여주기를 바라는 마마보이 피터팬들이 활개 치면서 어른 인 척하는 나라고, 일본인은 전 세계에서 유례를 찾아볼 수 없을 만큼 심각한 정신적 미숙아들이라고. 그래서 쓸모라곤 길이밖에 없는 소설 따위에 껌벅 죽는 거야."

"그렇게까지 일본인을 비하할 필요는 없지 않아? 세상에서 가장 작은 문학인 하이쿠를 만든 게 어느 나라 사람들이라고 생각하는 거니? 계절 변화에 민감하고, 화조풍월을 사랑하며……."

"일본인이 계절에 민감하다는 건 근거 없는 미신이라고 난 생각하는데. 그게 사실이라면 일 년 사시사철 딸기 생크림 케이크랑 토마토 샐러드를 먹겠어?"

"지금 우리가 이야기하는 건 콩트라니까. 하이쿠하고 콩트를 나란히 놓고 논해봤자 아무런 의미가 없다고. 애초에 콩트라는 건 말이지……."

덤불을 쑤셔서 뱀이 나오게 했다는 것을 깨닫고(긁어 부스럼을 뜻하는 일본 속담-옮긴이) 망연자실한 요코와 우아하게 마시멜로를 집어먹는 아스카를 제외하고, 모두가 신나서 논쟁에 뛰어들었다. 동아리의 논쟁들이 원래 그렇듯, 논점이 점차 흐려지고 어긋나면서 상대 진영에 대한 인신공격으로 전락하기까지는 그리 오랜 시간이 걸리지 않았다. 하코네유모토 역에서 내려 등산철도로 갈아타고 고라로 향하는 도중에도 설전은 계속되었다. 지칠 대로 지쳐 멍한 상태로 숙소에 짐을 내려놓은 일행을 향해 마나미가 더할 나위 없이 개인적인 결론을 내렸다.

"무섭기만 하면 콩트든 대하소설이든 상관없어."

온천에 들어갔다 나와 밥을 배터지게 먹고 트럼프와 군것질에도 슬슬 싫증나기 시작할 무렵, 마나미는 불을 끄고 집에서 가져온 양초에 불을 붙였다.

"고전적이라면 고전적이지만, 합숙에는 역시 괴담이 빠지면 안 되지."

그녀는 목구멍 속에서 으스스한 웃음소리를 냈다.

"짜부라진 개구리 같은 소리 내지 마."

실은 꽤 무서움을 타는 나쓰미가 짐짓 큰소리를 쳤다. 나쓰미가 과거에 앤서니 홉킨스가 주연한 〈매직〉이라는 영화를 보고 혼쭐이 난 것을 아는 마나미는 코웃음을 치며 말했다.

"겨울잠에서 깨어나 길을 건너던 개구리가 차에 치여 죽은 뒤 유령이 돼서 차를 운전하던 남자를 쫓아온다는 이야기라도 해주랴?"

"저속하긴."

"고상한, 오카모토 기도(20세기 초 일본의 극작가이자 소설가─옮긴이) 같은 괴담이면 좋겠다."

요코가 느긋하게 말했다. 그녀는 얌전한 생김새와는 달리 무서운 것에는 꿈쩍도 하지 않는다. 전에 후추에 있는 오쿠니타마 신사에서 요코와 마린이 유령의 집에 들어갔을 때, 놀래

주려고 나온 유령을 후후 웃으며 격퇴한 것이 요코, 겁에 질린 나머지 울부짖으며 손톱으로 할퀴어댄 것이 마린이었다.

"그럼 상자 속의 벌레라는 괴담을 해주지."

마나미는 만족스레 입술을 핥으며 말했다.

"누에를 모르는 사람은 없겠지? 비단실을 자아내주는 고마우신 벌레야. 어느 초등학교에서 자연수업의 일환으로 누에를 기르게 됐어.

애벌레를 싫어하는 아이들도 하얗고 부들부들한 누에가 일사불란하게 뽕잎을 먹는 걸 보면서 누에를 점점 귀여워하게 됐어. 그 반에서는 아이들이 각자 누에 한 마리씩을 하얀 상자에 넣고 농가에서 나눠 받은 뽕잎을 먹이며 키우고 있었거든. 그런데 그중 한 소년이 집에서 키우다 최근에 죽은 개의 이름을 누에한테 붙여주고, 점심시간에도 곁에서 떨어지지 않고 누에가 뽕잎을 갉아먹는 사각사각 소리를 듣고 있었대. 그 소년은 어깨가 구부정하고 살갗이 하얗고 뚱뚱했어. 즉 누에랑 닮은 데가 좀 있었던 거지.

누에는 몇 번이고 탈피를 되풀이하면서 점점 커지더니 드디어 실을 토해내기 시작했어. 다음 날에는 하얗게 빛나는 누에고치가 상자 구석에 만들어져 있었어. 소년은 기뻐했지. 이번에는 언제 성충이 된 피코(이게 그 누에의 이름이야)를 만날 수 있을까 하고 기대가 컸어. 그런데 아시다시피 자연수업에서는 이 고치에서 비단실을 얻는 게 최종 목적이잖아. 비커에 물을

114

끊여서 실 끝을 나무젓가락에 감고 고치를 삶으면서 실을 감아내는데, 사실 그것도 꽤 즐거운 작업이지. 소년은 실을 빼내면 피코가 죽을 줄은 꿈에도 몰랐어. 그저 실을 빼내면 성충이 된 피코가 나올 거라고만 생각하면서 비단 실을 감아냈어. 결과는 빤하지. 고치가 서서히 얇아지면서, 반투명이 된 주머니 속에 성충이 되어가던 피코의 앙상한 사체가 보였어.

누에를 진심으로 귀여워하던 소년에게 이건 상당한 충격이었어. 자기가 피코를 죽인 셈이니 말이야. 원래부터 내성적인 데다가 같은 반의 난폭한 아이들과 잘 어울리지 못했던 소년은 완전히 자기 껍데기 안에 틀어박히게 됐어. 그리고 그러면 그럴수록 다른 아이들의 눈에 거슬려서, 얼마 지나자 소년은 반에서 가장 심하게 괴롭힘을 당하는 아이가 돼버렸어.

어느 날, 소년을 가장 지독하게 괴롭히는 한 녀석이 가방을 열어 보니 그 안에 애벌레가 꾸물꾸물 기어 다니고 있었어. 사실 벌레를 싫어했던 그 녀석은 체면이고 뭐고 비명을 지르면서 교실을 뛰어다녔어. 그 모습을 보고 소년이 희미하게 웃은 걸 눈치챈 다른 악동 녀석들은 그 악랄한 장난이 소년 짓이라고 단정했어. 그래서 방과 후에 소년을 에워싸고 욕설을 퍼붓고는 과학 실험실에서 훔쳐온 누에와 뽕잎 한 무더기를 입속에 밀어넣었어. '이제 네가 그렇게 좋아하는 누에랑 같이 있을 수 있으니 불만 없겠지?'라느니 뭐니 그러면서. 그러고는 계단 밑에 있는 비좁은 청소도구함에 소년을 가두고 모른 척 집으로 돌아가버렸어.

밤늦도록 소년이 돌아오지 않자 소년의 집에서는 걱정이
돼서 학교와 경찰에 연락하고 소년이 갈 만한 곳을 찾아봤지
만 소년은 발견되지 않았어. 그렇게 일주일이 흘렀어. 하지만
소년의 행방은 여전히 알 수 없었지. 담임은 평소에 소년을 괴
롭히던 학생들이 생각나 그 아이들 집으로 찾아가서 소년에
대해 물었어. 처음에는 입 다물고 있던 아이도 경찰까지 나서
서 소년을 찾는다는 걸 알고 겁이 나서 훌쩍훌쩍 울며 소년을
가둬두었다고 자백했어. 소년의 부모와 경찰과 담임은 그 아
이를 데리고 서둘러 학교로 향했어.

청소도구함에서 사각사각 소리가 새어나오고 있었어. 모두
들 '지금 꺼내줄게 기다려'라고 했지만, 소년의 대답은 없었
어. 문에는 튼튼한 자물쇠가 채워져 있었을 뿐 아니라 그 자물
쇠가 줄넘기 줄로 꽁꽁 묶여 있기까지 했어.

그것들을 모조리 풀어내고 땀을 닦으며 문을 연 경찰관은
헉 하고 뒷걸음질쳤어. 청소도구함 안에 소년은 없었어. 대신
수백 마리나 되는 누에가 기어 다니고 있었어. 속수무책으로
그 광경을 멍하니 바라보던 어른들이 정신을 차렸을 때, 소년
을 괴롭히던 아이의 몸은 통통한 누에들로 뒤덮여 있었어. 마
치 거대한 하얀색 고치 같았어.

사람들이 필사적으로 누에들을 떼어냈을 때, 아이는 뼈만
남은 앙상한 시체가 되어 팔다리를 굽히고 누워 있었어. 문득

주위를 돌아보니 사방에 들끓던 누에들은 온데간데없고, 청소도구함에는 누에들이 먹다 남긴 듯한 푸른 잎사귀들만이 수도 없이, 수도 없이 흩어져 있었어."

순간 정적이 방 안을 지배했다. 그러나 곧 분노와 저주의 목소리가 터져 나오고, 베개 여섯 개가 마나미를 향해 빗발처럼 쏟아졌다.

"이게 무슨 오카모토 기도니? 그냥 〈크립쇼〉 아냐."

"무섭지도 않고 기분만 나쁘잖아."

"저속해."

"형편없어."

"아스카, 너 우아한 얼굴로 마시멜로 먹는 거 이제 하지 마. 딱 누에처럼 보인단 말이야."

마린의 엄청난 한마디에 지옥의 불가마 밑이 빠진 것처럼 소동은 한층 커졌다. 덕분에 이튿날 아침 잠 부족으로 얼굴이 통통 부은 일동이 식당으로 내려가자, 상을 차려준 관리인 아주머니는 "어젯밤에는 참 떠들썩하더군요. 즐거웠던 것 같아서 다행이에요"라고 빈정거렸다.

"네, 정말 즐거웠어요. 호호호."

어떤 일에도 흔들리지 않는 래비는 태연하게 웃어넘겼지만, 통통한 어묵이 동동 뜬 맑은 장국을 보고는 저도 모르게 속이 웩 올라와 입도 대지 않고 뚜껑을 도로 덮었다.

"오늘은 어디로 가나요?"

자신이 끓인 장국이 마나미를 제외한 일동의 혐오감을 부채질하고 있다고는 꿈에도 생각지 못하는 아주머니는 엽차를 마시며 말을 걸었다.

　"케이블카, 로프웨이, 유람선을 갈아타고 모토하코네까지 가서 거기서 감주 찻집까지 걸어갔다가 유모토로 갈 생각이에요."

　"그래요. 그런데 날씨가 궂어서 유감이네요."

　고라에서 보는 하늘은 구름으로 뒤덮여 있었다. 아침을 다 먹은 나쓰미는 〈벨벳 이스터〉를 흥얼거리며 머리를 땋은 뒤, 꾸물꾸물 준비를 하는 친구들을 버리고 먼저 밖으로 나왔다.

　"학생, 선물은 샀어요?"

　관리인 아주머니가 현관 유리문을 닦으며 말했다.

　"아뇨. 매실장아찌라도 살까 해요."

　"요 앞에 맛있는 일본과자집이 있는데요. 뭐라더라, 그 있잖아요, 6월 액막이 때 먹는 과자. 그거랑 비슷한 과자를 팔거든. 주라이水無月라고 하는데, 투명하고 네모난 우무 속에 팥이 들어 있고 그 위에 설탕에 조린 붉은 강낭콩이 한 개 붙어 있을 뿐이지만, 물양갱처럼 하나씩…… 아, 거기 찹쌀떡도 맛있어요. 하얗고 통통하고 쫄깃쫄깃하고."

　나쓰미는 몸을 부르르 떨었다.

　"이거야 원, 당분간 하얗고 통통한 건 못 먹겠어."

　어느새 내려와 있던 마린이 나쓰미에게 소곤거렸다.

"마나미 탓이야. 그 호러광. 언젠가 크리스털 호수, 아니 아시노 호에 하키 마스크를 씌워서 빠뜨려주겠어."

날씨는 점점 더 나빠졌다. 일행은 색색의 배낭을 짊어지고 케이블카 타는 곳으로 발걸음을 서둘렀다. 이렇게 나쁜 날씨에, 게다가 아직 장마철인데도 타는 곳에는 관광객 열 몇 명이 케이블카를 기다리고 있었다.

케이블카의 운행시간은 9분. 도중에 네 개 역에서 정차하고 종점인 소운잔에서 내렸다. 급경사를 힘들게 올라온 케이블카에서 내려 복도를 지나 얼핏 보기에는 공장처럼 생긴 로프웨이 승강장으로 갔다. 이 로프웨이는 전체 거리 403미터, 소요시간 28분. 경치가 꽤 근사하다고들 했기 때문에 나쓰미는 기대에 부풀어 있었다.

갑자기 뒤에서 홱 떠밀린 나쓰미는 깜짝 놀라 뒤를 돌아보았다. 어떤 여자가 뛰어온 참이었다. 머리는 온통 헝클어지고 표정은 다급했다.

"저, 여기 다섯 살쯤 된 남자아이 안 왔나요?"

계단에 줄 지어 서서 로프웨이에 탈 차례를 기다리는 사람들에게 물었다. 나쓰미는 친구들과 얼굴을 마주본 다음, 고개를 흔들었다. 그때 뒤에서 낮고 쉰 목소리가 들려왔다. 줄 맨 뒤에 선 두 노인 중 한 사람이었다.

"남자아이라면 아까 나갔는데요."

등이 구부정하고 얼굴색이 유난히 허옇고 뚱뚱한 노인이었다. 하얀 종이상자를 소중하게 품에 안고 있었다. 아이 어머니는 고개를 끄덕이더니 아무 소리 않고, 때마침 도착한 로프웨이에 냉큼 올라탔다. 줄 서 있던 사람들도 순순히 그녀에게 순서를 양보했다.

뒤에서 노인들이 우물우물 뭐라고 하는 소리가 들려왔다. 나쓰미는 노인의 얼굴을 빤히 응시했다. 입속에서 어쩐지 치아와는 다른 하얀 것이 얼핏 보인 것 같았기 때문이다. 전날 들은 누에 이야기가 생각난 나쓰미는 등골이 오싹해서 눈을 돌렸다. 트위들덤과 트위들디처럼 꼭 닮은 두 노인은 계속 뭐라 이야기하며 고개를 끄덕이고 있었다.

정원은 열세 명이지만 아홉 명 앉으면 꽉 차는 로프웨이에 순서대로 올라타다 보니, 나쓰미와 요코는 나머지 다섯 명과 떨어져 한 대 뒤에 타야 한다는 것을 알게 되었다. 그래도 그 두 노인과는 아슬아슬하게 다른 차에 타게 된다는 것을 알고 나쓰미는 안도했다. 로프웨이는 덜컹 흔들리더니 한 가닥 로프에 매달려 공중을 나아가기 시작했다.

주변은 온통 안개에 휩싸여 있었다. 우유를 풀어놓은 것처럼 완전히 하얀 세계. 우연히 한차에 타게 된 아홉 사람은 경관 설명이 흘러나오는 차내에서 어색하게 꿈지럭대며 밖을 내다보았다. 보이는 것이라고는 로프와, 가끔씩 스쳐 지나는 반대편에서 오는 로프웨이 뿐.

"나쓰 부인, 스티븐 킹의 〈안개〉 읽었니?"

"아니."

나쓰미는 퉁명스럽게 대답했다.

"어느 별장 지대가 갑자기 짙은 안개에 갇혀버리거든. 그 안개 속에서 정체를 알 수 없는 촉수가 뻗어나와⋯⋯."

"하지 마."

요코는 깰깰 웃더니 말했다.

"나쓰 부인, 너 아까 그 이상한 노인네들 생각하고 있지? 나아까 케이블카에서 그 사람들 옆에 있었는데, 이상한 소리를 하는 거야. 그 종이상자를 품에 안고 부스럭 대면서 '아이가 상자 속에 있고 어머니가 그 밖에서 바라보는 모양새로구먼요'라고 그러데."

"잠깐, 요코. 아무리 내가 겁이 많아도 그렇지. 그렇게 창작까지 해서 겁을 줄 건 없잖아. 화낸다."

"진짜라니까. 거짓말 아니야."

녹아내릴 것 같은 안개를 보고 있으려니 머릿속까지 하얘지는 것 같았다. 소리도, 빛도, 위아래 구분마저도 모두 덮어버리는 물의 커튼이 눈 속에 내려오기 시작한다. 한 치 앞도 보이지 않는 안개 속에서 높이조차 어림할 수 없는 세계에 로프 한 줄로 매달려 있으려니, 우유에 빠진 파리 같은 기분이 든다. 나쓰미는 열심히 안개 저편의 산과 하늘을 보려고 했다.

그래도 로프웨이는 점점 앞으로 나아가 오와쿠다니와 우바코, 두 역에 정차했다. 도겐다이가 가까워올수록 안개도 조금

씩 걷혀, 발밑에 있는 나무들과 멀리 흐릿하게 빛나는 아시노
호가 어렴풋이 보이기 시작했다. 밑으로 보이는 하이커들에게
손을 흔들다 보니, 나쓰미가 탄 로프웨이는 무사히 종점으로
미끄러져 들어갔다. 어이구야 하면서 일어나 내리려던 나쓰미
의 눈앞에 아까 그 아이 어머니가 불쑥 얼굴을 들이밀었다.

"헉."

"그 노인 어디 있지?"

어머니는 놀란 나쓰미가 엉덩방아를 찧은 것 따위는 안중
에 없다는 듯 따져 물었다.

"그분들은 저희보다 한 대 뒤에 올 거예요."

요코가 대답하자 아이 어머니는 말없이 모습을 감추었다. 먼
저 도착한 다섯 친구가 조금 굳은 얼굴로 플랫폼에 서 있었다.

"아이가 안 왔대."

마나미가 말했다.

"안 왔다고? 그럼 중간에 내린 게 아닐까?"

"다른 역에서도 직원한테 일일이 확인을 했나 봐. 두 역 모
두 아이가 내린 적 없다고 그랬다는데."

"아이가 상자 속에 있고 어머니가 그 밖에서 보고 있다."

요코가 나지막이 말했다. 나쓰미는 또다시 몸을 부르르 떨
었다. 그때 다음 로프웨이가 도착했다. 직원의 제지를 뿌리치
고 아이 어머니가 차에 매달렸다.

"나, 나쓰 부인, 저거."

무서운 것에는 꿈쩍도 하지 않을 요코가 갑자기 얼어붙은 표정으로 로프웨이 안을 가리켰다. 나쓰미는 그것을 본 순간 헉 하고 외마디 비명을 지르며 엉덩방아를 찧었다.

로프웨이 안에는 아무도 없었다. 그리고 바닥에 잎사귀…… 선명한 초록 잎사귀 몇 장이 떨어져 있었다.

✻

나쓰미는 이야기를 중단하고 조금 미지근해진 보리차를 입에 머금었다.

"터무니없는 사건이었지만, 마린이 수수께끼를 풀어냈어. 난 마른 억새에 겁먹고 엉덩방아까지 찧은 거지('유령의 정체는 마른 억새'라는 일본 속담에 빗댄 말-옮긴이). 또 여자로서 격을 떨어뜨렸지 뭐야."

나는 고개를 끄덕이고, 녹아가는 녹차 팥빙수를 스푼으로 떴다. 나를 현혹시킬 작정이었던 듯한 나쓰미는 예상이 빗나갔다는 얼굴로 말했다.

"뭐야, 오빠. 어떤 실수였는지 안 거야?"

"물론."

나쓰미는 의심스러운 눈으로 나를 바라보았다.

"그럼 설명해봐."

나는 씩 웃고는 팔짱을 끼고 이야기를 시작했다.

"문제는 그 전날의 '상자 속의 벌레'였어. 그 이야기를 들었기 때문에 나쓰미랑 다른 사람들은 벌레 같은 노인, 그 노인이 들고 있던 종이상자, 그리고 로프웨이 안에 흩어져 있던 잎사귀, 이것들에 과민 반응한 셈이거든. 그것들을 전부 빼버리고 사실만을 나열하면 돼. 사실이라는 건 이거야. 먼저 노인이 '아이가 상자 속에 있고 어머니가 그 밖에서 바라보는 모양새로구먼요'라고 했다. 다음으로 아이의 행방을 묻자 노인이 '아이는 아까 나갔는데요'라고 했다. 로프웨이는 중간에 두 번 정차했다. 마지막으로 아무도 없는 로프웨이 안에 잎사귀가 흩어져 있었다. 이것들뿐이지."

"아이가 중간에 내린 건 아니라고 했잖아."

나쓰미가 대들듯한 얼굴로 말했다.

"알아. 중간에 내린 건 노인들이야. 그 노인들은 내릴 때 종이 상자에서 잎사귀를 꺼내 아무렇게나 흩어놓고 갔어."

"뭐하러 그런 일을 하는데?"

"필요 없으니까."

"어째서?"

"먹을 수 없으니까."

나는 가게 구석에 놓여 있는 유리 진열장을 가리켰다. 그곳에는 벚나무 잎으로 싼 물양갱이 진열되어 있었다.

"종이상자는 일본과자를 포장해온 거였어. 노인들은 로프웨이에서 경치를 구경하며 과자를 먹을 생각이었어. 그 사람들은 줄 맨 마지막이었고 게다가 아슬아슬하게 너희하고는 다른 차에 타게 됐으니 둘이서 로프웨이 한 대를 독점할 수 있었지. 그 안에서 사온 과자를 꺼내 먹고 필요 없는 잎사귀를 슬쩍 바닥에 버린 거야. 행동거지가 나쁘다면 나쁜 거지만. 문제의 그 과자는 그날 아침 관리인 아주머니가 나쓰미에게 추천해준 주라이였고."

"어떻게 알았어?"

나쓰미는 분한 듯 말했다.

"아까 네가 느닷없이 7월이 왜 줄라이인 줄 아느냐고 물었잖아. 과자 이름도 그와 비슷하지, 분명히 이 집 물양갱이랑 뭐 그런 걸 보고 하코네 이야기를 연상하면서 덩달아 주라이까지 생각난 거겠지. 안 그러면 아무리 먹을 걸 밝히는 나쓰미라도 5년도 더 된, 먹어본 적도 없는 과자 이름을 기억하고 있을 리가 없다고 생각했다 이거야."

"그런 거 반칙이야."

나쓰미는 입술을 삐죽 내밀었다.

"그게 다가 아냐. 주라이는 네모난 우무 속에 팥이 들어 있고 그 위에 설탕에 조린 붉은 강낭콩 한 개가 붙어 있는 과자였어. 요코 씨가 들은 '상자 속에 아이가 있고 어머니가 그걸 바라본다'는 말은 그 과자 이야기였어. 노인은 팥을 아이에, 붉은 강낭콩을 어머니에 비유해서 그런 말을 한 거야. 그 과자는 '물양갱처럼 하나씩' 벚나무 잎에 싸여 있었던 게 분명

해."(일본어로 '상자'라는 말에는 '차량'이라는 뜻도 있다-옮긴이)

나는 컵에 남은 보리차를 마지막 한 방울까지 들이마셨다.

"나뭇잎이 떨어져 있던 이유에 대해선 합격. 하지만 문제의 소년 실종사건은 어떻게 설명할 거야?"

"노인들이 단순히 과자를 좋아하는 노인들일 뿐이라는 걸 알았으니 간단하지. 종착역을 포함해서 두 개의 역에서 내리지 않았다면, 답은 단 하나. 소년은 로프웨이에 안 탄 거야.

일본 사람은 '나가다'라는 말을 들으면 환한 곳, 즉 밖으로 나간다고 생각하는 경우가 많아. 로프웨이하고 케이블카를 갈아타는 통로는 어두컴컴한 실내였어. 너희는 고라에서 탔지만, 만일 이 모자가 하코네 등산철도를 타고 왔다면 몇 번씩이나 갈아타기를 되풀이했겠지. 어두운 실내에서 기차를 타고 환한 바깥으로 나가는 셈이야. 그래서 다른 승객들이나 어머니는 '나갔다'는 말을 로프웨이를 타고 밖으로 나갔다는 뜻으로 해석한 거고. 하지만 노인이 하고 싶은 말은 역에서 나갔다는 거였어. 다섯 살짜리 어린아이가 개찰구를 빠져나가도 주위 사람들은 의외로 눈치를 못 채는 법이야."

나는 낙담한 기색이 역력한 나쓰미를 보고 웃음을 터뜨렸다.

"뭐야, 그렇게 웃을 건 없잖아."

"다른 문예부원들하고 달리 넌 요코 씨를 통해, 또 관리인 아주머니를 통해 필요한 힌트를 죄다 갖고 있었어. 그래놓고 엉덩방아를 찧었으니, 입 험한 친구들한테 놀림 한번 실컷 받

126

았겠군."

"마린이 착각을 지적해서 바로 소운잔 역에 연락했더니, 아이는 진작에 발견돼서 기분 좋게 사탕을 빨고 앉았더래. 에잇, 이건 전부 마나미랑 그 아이 탓이야."

나쓰미는 조금 뾰루퉁한 듯싶더니 금세 히죽 웃으며 말했다.

"한 가지 궁금한 게 있는데."

"뭔데?"

"아까 주라이 이야기를 할 때 오빠, '물양갱이랑 뭐 그런 거'를 보고 내가 하코네 이야기를 떠올렸을 거라고 추측했잖아. 그 '그런 거'가 뭐야?"

"그야 물론 이거지."

나는 먹다 남은 녹차 팥빙수에서 찹쌀 경단을 하나 집어, 하얗고 통통한 그것을 나쓰미의 눈앞에 살랑살랑 흔들어 보였다.

르네상스

표지 제자題字 건설성 장관 히가시사카키 구니오

표지 사진 다이하쿠 도호쿠 아즈마 다리 (촬영 : 본사 토목설계4과 아지마 겐)

사라져가는
희망

여름이 되어 몇 년 만의 무더위가 찾아왔다. 나는 오히려 이 끔찍한 무더위를 즐기면서, 풍경風磬과 모기향을 갖춰놓고 유카타를 느슨하게 입고 다다미방에 앉아 나팔꽃 모양의 부채를 부치며 아침부터 저녁까지 워드프로세서 앞에서 지냈다. 에어컨은 물론이고 선풍기조차 쓰지 않는 것은 반쯤은 취미 같은 것이니 본인은 꽤 즐겁게 살지만, 가끔 가다 놀러 오는 사람들에게는 열탕지옥이 따로 없다. 자연히 백중을 맞이하기 전부터 손님의 발길이 뜸해졌다.

그런 연유로 다키자와가 나의 집에 온 것은 거의 한 달 만인

태풍이 찾아오고 공기에서 조금씩 가을이 느껴지기 시작했을 무렵이었다. 한약을 마시고, 입가심으로 먹으려고 데쳐낸 찹쌀 경단을 수돗물에 식히고 있으려니, 다키자와가 저녁매미 울음소리 속을 천천히 걸어오는 것이 보였다. 다키자와는 전부터 더위에 약해서, 고등학교 때 하숙 생활을 시작했을 때도 고향에 내려갈 비용을 죄다 쏟아부어 에어컨을 설치했다는 남자다. 당시만 해도 혼자 사는 사람에게 에어컨은 대단한 사치품이었으므로 나를 제외한 친구들은 모두 그의 집으로 앞다투어 몰려갔다.

아무튼 그를 방으로 들이고 찹쌀 경단에 깡통에 든 삶은 팥을 듬뿍 얹어 내준 다음, 나는 오랜만에 보는 그의 모습에 놀랐다. 몰라보게 수척해졌던 것이다. 아무리 더위를 탄다 해도 너무 심했다. 온몸에서 살과 함께 생기까지 송두리째 빠져버린 것 같아 어쩐지 섬뜩할 정도다. 무슨 《목단 등롱》(라쿠고 작품. 어떤 남자의 집에 밤마다 여자가 찾아오는데, 남자가 점점 수척해져 알아보니 여자가 귀신이었다는 이야기-옮긴이)도 아니고, 라고 농담처럼 말하자 그는 커다란 눈을 번득이며 나를 노려본 다음 고개를 수그렸다. 어떻게 이야기를 이어가야 할지 난처해진 나는 여름 동안 찍은 꽃 사진들을 다키자와에게 보여주고 잠시 동안 조용히 경단을 먹었다.

심드렁하게 사진을 넘기던 다키자와의 손이 문득 나팔꽃 사진에서 멎었다. 동네 아이가 화분에 키우는 커다란 보라색 나팔꽃을 아침 일찍 가서 찍은 사진이다. 중심이 새하얗고 가장자리로 갈수록 점점 짙은 보라색으로 물들어가는 근사한 꽃인데, 꽤 마음에 드는 사진이라 확대 인화해놓은 것이다.

다키자와는 몇 분 동안 그 사진을 뚫어지게 바라보았다. 그러더니 신음 소리 같은 것을 내며 고개를 쳐들었다가, 내가 스푼을 허공에 멈춘 채 자기를 바라보는 것을 깨닫고 사진을 내던졌다.

"나 노이로제인가 봐."

다키자와는 겸연쩍은 것을 얼버무리듯 머리를 긁적이며 말했다.

"아무래도 이상해. 해마다 여름만 되면……."

말하다 말고 몸을 부르르 떨더니 입을 다물어버렸다. 그다음부터는 날이 저물 때까지 두서없이 잡담만 하다가 그날 밤에는 우리집에서 잤다.

한밤중이 지났을 때였다. 나는 묘한 신음 소리에 잠에서 깼다. 방충망을 통해 시원한 밤바람이 들고 있었다. 바깥에서 비치는 가로등 불빛에 자명종을 보니 세 시 반을 가리키고 있었다. 나는 하품을 하고 일어나 다키자와를 보았다.

다키자와는 입을 크게 벌리고 뭔가를 쫓는 듯한 몸짓을 하고 있었다. 순간적으로 다키자와 위에 뭔가가 뻗어 있는 것처럼 보였으나 착각이었던 듯, 다음 순간에는 허공을 휘젓는 다키자와의 팔만 보일 뿐이었다. 시원한 밤인데도 그의 얼굴은 식은땀으로 범벅이 되어 있었다.

"야, 다키자와."

흔들어 깨우려 하자, 다키자와의 오른팔이 날아와 내 오른쪽 뺨을 날려버렸다. 책꽂이에 머리를 찧어 눈앞이 빙빙 돌았다.

"다키자와, 일어나."

책꽂이에 몸을 기대며 호통을 치자, 휘저어대던 손이 갑자기 멎더니 그가 엄청난 기세로 몸을 벌떡 일으켰다. 주먹을 쥐고 어깨로 숨을 몰아쉬고 있다. 나는 욱신거리는 머리를 손으로 누르며 일어나 불을 켰다.

"대체 무슨 일이야?"

다키자와는 멍하니 내 얼굴을 보며,

"나팔꽃이……."

라고 했다.

"나팔꽃?"

잠에 집착이 강한 나는 기분이 상당히 상해서 다키자와를 보았다. 그리고 오싹했다. 그렇지 않아도 수척해진 얼굴이 거무스름해지고 눈이 퀭했다. 전등 불빛 때문인지 머리카락도 허옇게 보였다.

"나팔꽃 여인이 꿈에 나와."

두 손에 얼굴을 묻은 다키자와의 어깨는 격하게 떨리고 있었다.

※

하숙 생활을 시작한 것은 열일곱 살 때였다. 아버지 아는 사람의 커다란 집 별채를 통째로 빌린 덕택에, 굳이 말하자면 혼자 있기를 좋아하는 다키자와는 기쁜 마음으로 그 방에 살기 시작했다. 별채라는 말이 주는 인상처럼 어두운 수풀 속에 있는 방이 아니라, 동쪽과 남쪽으로 창문이 난 밝은 13제곱미터짜리 방이었다. 남쪽에는 작은 툇마루가 있고, 그 옆에 수도가 붙어 있었다. 부엌도 욕실도 없었지만, 밖에 있는 수도가 의외로 유용해서 여름에는 비닐 풀에 물을 받아놓고 대충 몸을 씻곤 했다. 그 수도 옆에 동향 창문이 있었다. 그리고 그 밑에, 전에 누가 수세미 시렁을 만들었는지 가느다란 대막대가 비스듬히 세워져 있었다.

다키자와는 원예나 요리 같은 데 흥미가 전혀 없었지만, 친구 중에 그런 취미를 가진 사람이 한 사람 있었다. 그가 어느 날 집에서 키운 나팔꽃 씨를 가져와 동향 창문 아래에 있는 대막대 옆에 심었다. 꽃이라도 있으면 이 살풍경한 방도 달라 보일 것이라고 했다. 그 말대로 7월이 되어 보라색과 붉은색, 파란색 나팔꽃이 피기 시작하자 무미건조하던 다키자와의 방도 어딘지 모르게 환해졌다.

어쩐 일인지 자러 온 친구가 없던 밤, 다키자와는 꿈을 꾸었다. 투명한 아름다움을 지닌 긴 머리 여자가 자기를 보고 있

다. 그녀는 다키자와의 발치에 음전하게 앉아 그를 지긋이 바라보며,

"안아주세요."

라고 했다.

깜짝 놀라 잠에서 깼지만, 남자 고등학생이 그 정도의 성적인 꿈을 꾸는 것은 그리 드문 일도 아니었으므로 자기 자신을 비웃었을 뿐, 그날 밤은 그것으로 끝났다. 그러나 그로부터 사흘이 지나 역시 자러 온 친구가 없던 날, 또다시 꿈에 여자가 나타나,

"안아주세요."

라고 했다. 이번 여자는 지난번 여자와는 다른 사람 같았지만, 투명한 느낌이나 반질반질한 머리칼은 똑같았다.

이번에도 곧바로 잠이 깬 다키자와는 두 번이나 비슷한 꿈을 꾸다니, 하며 고개를 갸웃했을 뿐 특별히 신경 쓰지는 않았다. 그해에는 에어컨 사느라 써버린 차비를 고맙게도 아버지가 다시 보내주었으므로 바로 고향으로 내려가, 그 꿈을 다시 꾸는 일 없이 여름이 끝났다.

이듬해 여름은 선뜩할 만큼 기온이 낮았다. 다키자와는 남들과 마찬가지로 대학입시 준비에 바빴다. 밤에는 두 시쯤까지 공부하고 아침에는 일찍 일어나 새벽 특강을 들었다. 원예를 좋아하는 친구는 그해 여름이 시작되기 전에 전근 가는 아버지를 따라 인도네시아로 가버렸다. 그렇지 않아도 그런 방

면에 흥미가 없는 다키자와는 나팔꽃을 그대로 방치해두었다. 피었는지 안 피었는지조차 기억에 없을 정도다.

죽은 사람처럼 곤히 자는데 꿈을 꾸었다. 이번에는 상당히 어렴풋하고 몽롱한 꿈이었다. 머리맡에 여자가 앉아 있다. 전체적인 인상은 가녀린데, 허벅지와 볼, 손등에는 살이 통통하게 붙어 있다. 그녀가 입을 연다. 무슨 말인가를 하려 한다. 그러나 거기서 그녀의 모습은 모호하고 불명확한 의식 속으로 묻혀버린다.

그런 꿈을 이틀 연속으로 꾸었다. 그러나 자명종의 금속음이 곧 꿈을 갈가리 찢어놓았다. 다키자와는 잠이 부족해 멍한 머리로 커다란 자기 몸뚱이를 침대에서 질질 끌어내, 바깥에서 차가운 물로 세수를 하고 새벽 특강을 들으러 갈 준비를 했다. 옆집 담벼락 틈으로 비쳐든 한 줄기 아침 햇살에 가짜 대리석으로 만든 수돗가와 오래되어 기울어진 수도꼭지가 반짝반짝 빛나고 있었다.

나팔꽃은 열 송이도 더 피어 있었다. 다키자와는 별 생각 없이 손바닥에 물을 받아 나팔꽃에 뿌려주었다. 물방울은 소리에 놀란 송사리 떼처럼 땅으로 흩어졌다.

젖은 손을 털고 방으로 돌아가려던 다키자와는 문득 발걸음을 멈추었다. 누가 자신을 보고 있는 것 같았기 때문이다. 뒤를 돌아보고 다키자와는 한순간 오싹했다. 나팔꽃이 모조리 이쪽을 향하고 있었다. 짙은 보라색과 붉은색, 파란색의 중

심에 있는 하얀 부분, 그곳이 마치 외눈처럼 이쪽을 바라보고
있었다.

몇 분간, 아니 몇 초간, 갑작스레 오줌이 마려운 것을 참으
며 외눈박이 나팔꽃들과 마주보았다. 그러고는 게다를 차내
듯 벗어버리고 방 안으로 뛰어 들어갔다. 노이로제다, 하고 다
키자와는 우스꽝스러울 정도로 단호하게 자신을 설득했다.
수험공부를 너무 많이 한 탓이다.

그해 여름은 금세 끝났다. 다키자와는 '노이로제'에 걸릴 정
도로 공부한 보람이 있었는지 지망한 대학에 합격해, 아침부
터 저녁까지 친구들과 태평하게 노는 나날을 보내기 시작했
다. 장마가 걷힐 무렵부터 친구들이 냉방이 되는 그의 방으로
몰려왔다. 혼자 있기를 좋아하기는 하지만 마음 편한 친구들
과 시시한 이야기를 주고받는 것도 좋아했으므로, 오겠다는
사람을 막지는 않았다. 그 덕분에 하숙 생활 3년째에 이르러
다키자와의 방은 거의 아편굴이나 다름없어졌다. 하찮은 토
론, 여자 이야기, 외설스러운 이야기. 그리고 밤이 되어 이야기
도 지겨워지면 상자에 든 명란젓처럼 다닥다닥 붙어 쿨쿨 잤
다. 돌아눕기조차 힘든데도, 익숙해지고 나니 이 친구들의 땀
내가 진동하는 방에서 자는 잠이 묘하게 기분 좋게 느껴지니
이상한 일이다. 배를 걷어차였다느니 이 가는 소리가 시끄럽
다느니 하면서도 다키자와는 답답한 자세로 푹 잘 수 있었다.

그러자 또 꿈을 꾸었다. 여자가 앉아 있다. 여자는 다키자와

의 방에서 자는 남자들 모두를 내려다보고 있다. 다키자와는 꼼짝도 못하고 누운 채로 멍하니 그녀를 올려다보며 묘하게 화사한 여자군, 이라고 생각했다. 작년, 재작년보다도 조금 더 여윈 것 같은데, 그러면서도 묘하게 부드럽게 느껴진다. 여자의 눈은 작년보다도 컸다. 문득 그 눈에 빨려 들어갈 것만 같았다. 움직일 수 없는 채로 그녀를 가만히 쳐다보자, 그녀는 몸을 가볍게 돌렸다. 그러자 그녀의 뒤로 또 한 사람, 비슷한 여자가 보였다. 그리고 또 한 사람. 그리고 또 한 사람. 차례차례, 너무나도 비슷한, 그런데도 서로 다른 여자들이.

"안아주세요."

그녀들은 촉촉하게 젖은 커다란 눈으로 다키자와를 바라보았다.

"안아주세요."

"안아주세요."

"안아주세요."

"안아주세요."

누가 몸을 세게 흔들어 다키자와는 눈을 떴다. 유카와라는 선배가 내려다보고 있었다.

"왜 그래? 가위 눌린 것 같던데."

이미 날이 밝아 여름날 아침다운, 가슴 설레는 햇살이 마당을 비추고 있었다.

욕구불만인가. 다키자와는 생각했다. 여자가 줄줄이 나와

안아달라고 하는 걸 보면 틀림없다. 사내 녀석들만 기왓장처럼 포개져 있는 방을 보며 다키자와는 한숨을 내쉬었다. 별로 욕구불만 같지는 않은데. 자기도 모르는 마음속 깊은 곳에 욕망이 닻처럼 가라앉아 있는지도 모른다.

멍하니 그런 바보 같은 생각을 하고 있는데, 갑자기 발치에서 신음 소리가 들려왔다. 시마라는 동년배 친구의 이마에 연잎에 맺힌 이슬방울처럼 땀방울이 송골송골 맺혀 있다. 두들겨 패듯 깨워도, 얼마 동안 꼼짝도 않고 중얼중얼하며 잠과 의식의 경계를 떠도는 것 같았다.

"나 아무래도 이 방하고 궁합이 안 맞나 보다."

30분 걸려 겨우 잠에서 완전히 깬 시마는 담배를 피우며 그렇게 말했다.

"저번에도 그러더니, 이 방에만 오면 꼭 여자 꿈을 꿔."

앗 소리가 나오려 했지만 다키자와는 아무 말 하지 않았다. 유카와가 외설스러운 말로 시마를 야유하자, 시마는 울컥해서 말했다.

"그렇게 좋은 게 아니라고요. 이건 무슨 괴물이에요. 보라색이니 파란색이니 자홍색이니 화려하게 차려 입은 여자들이 줄줄이 나오니 기분 나빠 죽겠어요."

"하하하. 꼭 나팔꽃 같은데."

유카와는 웃으며 벽에 걸린 달력을 돌아보았다.

"그렇군. 오늘이 음력으로 칠석이야. 나팔꽃 유령이 나올

만도 하군그래."

까칠한 수염을 쓰다듬는 유카와를 다키자와는 의아하다는 얼굴로 보았다. 민속학을 전공하고 얼굴이 중년 아저씨 같은 선배는 묻기도 전에 싱긋 웃으며 말했다.

"상식이야, 상식. 나팔꽃은 칠석과 인연이 깊은 꽃이거든. 이리야의 나팔꽃 시장은 7월 7일에 서잖냐. 칠석이라고 조릿대 장식만 떠 올리면 안 되지."(일본에서는 칠석에 색지에 소원을 적어 조릿대 또는 대나무에 장식한다-옮긴이)

"칠석하고 나팔꽃이 무슨 상관인데요?"

"글쎄. 하지만 나팔꽃을 견우화라고도 하거든. 견우는 알지? 직녀는 나팔꽃 아가씨라고도 하고. 게다가 한방에서는 나팔꽃 씨를 이뇨제와 변비약으로 쓰는데, 그걸 견우자라고도 불러. 견우의 자식이라는 거야."

"오오, 변비약."

"야야, 그렇다고 나팔꽃 씨를 그대로 삼키지는 마라. 책에 따라서는 독극물로 취급하기도 할 정도로 다루기가 쉽지 않은 것 같으니까. 나팔꽃은 어느 초등학교에서나 1학년 자연실습 재료로 사용되니까 흔하디흔한 원예식물의 대명사처럼 여겨지지만, 사실 알고 보면 꽤 희한한 식물이거든. 만요슈(萬葉集, 일본의 가장 오래된 노래집-옮긴이)에 등장하는 나팔꽃은 실은 도라지라든지, 무궁화도 나팔꽃이라고 불렸다든지, 뭐 그래."

"그러고 보니 옛날에 남자 화장실에 깔때기 모양의 변기가 있었다죠. 나팔꽃 비슷하게 생겼다고 그것도 나팔꽃이라 불렀다나요."

신이 나서 나팔꽃 강의를 계속하는 유카와에게 시마가 당치도 않은 소리를 하는 바람에 다키자와는 웃었다.

"그런 옛날이야기를 잘도 아는군."

"어머니한테 들었어요. 전에 저희 어머니가 미국 사람 집에 초대받은 적이 있었는데, 가보니 골동품을 좋아하는 사람이더래요. 현관에 옛날 우체통이 놓여 있지 않나, 복고양이가 놓여 있지 않나. 일본인은 생각도 못 하는 식으로 물건을 쓰는 걸 보고 감탄하면서 거실을 들여다봤더니, 한가운데에 그 '나팔꽃'이 사계절 꽃을 담고 떡 버티고 있더래요."

"그 외국인은 변기라고는 생각도 못 했겠지."

"어머니는 웃음을 참느라고 모처럼 외워 간 사교적인 표현도 써먹을 겨를이 없었다던데요."

다키자와는 이야기를 들으며 일어서서 툇마루 쪽 창문을 열었다. 미적지근하긴 해도 신선한 공기가 흘러들어온다. 다른 사람들이 비몽사몽간에 항의하는 것도 무시하고, 다키자와는 마당으로 나가 수돗가에서 세수를 했다.

나팔꽃은 피어 있었다. 그들은 오늘이 칠석이라는 걸 알고 있을까, 하고 다키자와는 생각했다.

이상하게도 유카와에게 나팔꽃 강의를 들은 다음부터는 꿈

속의 '나팔꽃 유령들'에게 어쩐지 친근감을 느끼게 되었다. 이듬해도, 그 이듬해도, 여자들은 음력 칠석을 전후해서 다키자와의 꿈에 나타나 '안아달라'고 속삭이기를 잊지 않았다. 다키자와는 그녀들에게 가까이 다가가려 하지는 않고 그저 멍하니 그 모습을 바라보고만 있었다. 이상하게도 해가 갈수록 그녀들은 더 여위고 작아졌다. 또 촉촉하게 젖은 커다란 눈은 점점 커지고, 화사하던 자태는 점점 흐릿해져 그야말로 다키자와의 의식 속에 숨어들 것처럼 모호해졌다.

다키자와는 그것을 명확한 의식 속에서가 아니라 머리 오른쪽 위 언저리에서 인식하는 것 같은, 그런 모호한 심경이었다.

유카와에게 꿈 이야기를 털어놓은 것은 꿈을 꾸기 시작한 지 6년째 되는 여름 초입이었다. 이제부터 나팔꽃이 피면 또 그 꿈을 꾸어야 하는 걸까. 그런 기분이 가슴속에 있어, 오랜만에 대학 근처 싸구려 주점에서 술을 마시다가 저도 모르게 이야기를 꺼내고 말았다. 대학원에 남아 현장 연구로 하루하루를 보내느라 막노동꾼처럼 시커멓게 탄 유카와는 여전히 꺼칠꺼칠한 수염을 문지르고 있었다. 그런데도 미나토 구에 있는 중견기업의 사장 아들이라니, 행색만 봐서는 전에 들어 알고 있는 다키자와조차도 영 믿기지 않는다. 별 관심 없는 듯 듣고 있던 그는 느닷없이,

"나팔꽃 유령인지, 네 욕망의 구현인지는 모르겠지만 좌우지간 한 가지 분명한 게 있군."

이라고 했다.

"뭔데요?"

"유령 아가씨들이 흐릿해진 이유 말이야. 미야코랑 사귀기 시작한 게 지지난해 여름이었지?"

히죽 웃는 유카와를 보고 다키자와는 커다란 몸을 구부정하게 움츠렸다. 유카와의 누이동생 미야코는 다키자와와 같은 학회 소속이었는데, 명랑하고 쾌활한 성격에 생각보다 말이 먼저 나오는 현실적인 감각의 여자였다. 작은 일에도 쉽게 얽매이는 다키자와에게는 그 점이 매력이었고, 또 대범해 보여도 실제로는 섬세한 다키자와가 미야코 쪽에서도 마음에 들었는지, 두 사람의 교제는 주위 사람들의 예상을 깨고 꽤 오래 지속되고 있었다. 유카와는 실생활에서 욕망을 채우고 있으니 여자 꿈이 필요 없게 된 게 아니냐고 말하고 싶은 것이다. 그것을 눈치채고 다키자와는 온몸에서 핏기가 가시는 것 같은 기분이었다. 하고 많은 사람 중에 애인의 오빠에게 그런 얼빠진 이야기를 하는 게 아니었다.

나중에 돌이켜 생각해보면, 그와 동시에 수긍할 수 없는 의견이기도 했다. 필요 없어졌다면 보통 꿈을 그만 꾸게 되지 않나. 아무리 흐릿해졌다고는 해도 아직까지 그 꿈을 꾸는 건 왜일까.

집으로 돌아와 잠자리에 누워 그런 생각을 곰곰이 하다 보니 깜짝 놀랄 만한 결론이 나왔다.

'혹시 미야코에게 만족하지 못하는 걸까.'

나쁜 결론이라는 것은 쫓아도 쫓아도 들러붙는 모기와 같다. 다키자와는 자기 마음속을 들여다보며 밤새 잠을 설쳤다. 날 밝을 무렵이 되어 겨우 꾸벅꾸벅 졸기 시작하자, 여느 때처럼 그녀가 나왔다. 다키자와는 거세게 숨을 몰아쉬며 그녀의 뒷모습을 바라보고 있었다.

"안아주세요."

묘하게 낮고 쉰 목소리였다. 다키자와는 손을 뻗어 그녀의 어깨를 잡으려 했다. 그때 문득 바닥을 짚고 있는 그녀의 손등이 보였다.

뼈가 굵고 큼직한, 잿빛이 도는 하얀 손.

다키자와는 손을 빼려 했다. 그녀는 등을 돌린 채 억센 힘으로 다키자와의 팔을 붙들었다. 섬뜩한 감각이 손목을 타고 다키자와의 얼굴로 기어 올라왔다. 다키자와는 무의식중에 뺨에 씰룩씰룩 경련을 일으키며 반사적으로 있는 힘껏 팔을 잡아 뺐다. 뚝 하고 줄이 끊어지는 것 같은 소리가 나고, 다키자와는 여자의 손에 손목을 잡힌 채 뒤로 나동그라졌다. 여자가 천천히 뒤를 돌아본다. 둥근 것이 그녀의 팔을 타고 또르르 굴러갔다.

다키자와는 비명을 지르며 잠에서 깼다. 난 대체 뭘 본 거지?

심장이 비정상적으로 빠르게 뛰고 있었다. 다키자와는 이불을 걷어차 내고 묘하게 나른하고 무거운 몸을 일으켜 맨발로 마당으로 뛰어나갔다.

나팔꽃은 피어 있었다. 네 송이뿐, 그것도 묘하게 작아진 모습으로 늘어서 있다. 다키자와는 이를 악물고 손을 뻗어 꽃을 잡아 뜯었다. 꽃잎이 손에 끈끈하게 들러붙는다. 두 손을 마주 비벼 떨어내고 손을 흔들어 떨어뜨렸다.

그리고 손을 씻었다. 물을 세차게 틀어놓고 몇 번이고 씻었다. 손의 감각이 없어질 때까지 계속해서 씻었다.

✳

이야기가 끝날 무렵에는 기분 좋은 밤바람도 잠들어버리고 해가 뜨기 직전의 아스라한 빛이 방 안 가득 들이비치고 있었다. 다키자와는 새삼 정신을 차린 듯 새로 담배를 꺼내 불을 붙였다.

"그래서?"

나는 뒷말을 재촉했다.

"그러고 나서 미야코하고 약속이 있어서 외출준비를 했어. 미야코가 생일선물로 준 하얀 티셔츠를 입었어. 그런데 그렇게 손을 깨끗이 씻었는데도 나팔꽃 즙이 어딘가에 남아 있었나 봐. 약속 장소에서 미야코의 말을 듣고 옆구리에 보라색 얼룩이 희미하게 남아 있다는 걸 깨달았어. 둥그런, 나팔꽃 얼룩처럼 말이야."

그 뒤로 두 사람이 어떻게 됐는지는 듣지 않아도 알 수 있었다. 나는 담배연기를 피해 고개를 돌리며, 이야기를 듣는 동안 긴장한 나머지 곧게 펴고 있던 허리에서 힘을 빼고 책꽂이에 몸을 기댔다.

"야, 나 노이로제인 걸까? 아니면 정말로 나팔꽃 유령에 씐 걸까?"

다키자와는 이제 아무래도 상관없다는 듯이 허공을 향해 물었다.

"미야코하고 헤어지고 나서 얼마 안 돼서 연상의 여자하고 사귀기 시작했어. 별로 좋아했던 건 아니야. 함께 있어줄 사람, 내가 이상해진 게 아니라고 알아줄 사람이 필요했어. 결국 오래 가지도 못하고 연말에 헤어져버렸지만. 그런데 그때 그 사람이······."

"꿈에 나오던 그 여자는 어떻게 됐냐?"

나는 무시하고 물었다.

"어떻게 됐느냐고? 나도 몰라. 생각해보면, 꿈을 뚜렷하게 꾸는 건 늘 칠석날뿐이고 그 전후로는 그냥 꿈에 나타나기만 해. 하지만······."

다키자와는 빈 캔에 꽁초를 비비며 말했다.

"꿈속에서 뭔가가 휘감겨와. 뭔가가 나한테 매달리는 것 같기도 해. 심상이 시각적인 게 아니라 촉각적인 걸로 바뀌고 있어. 잘 때마다 어둠 속에서 뭔가가 내 몸에 감겨드는 느낌이 들어. 가끔씩, 아아, 그 여자들이구나, 하고 알 수 있게 눈에 보이면."

"모습이 달라졌냐?"

다키자와는 멍한 눈으로 나를 보며 어? 하고 작은 목소리로 되묻더니 말했다.

"아, 응. ……점점 작아지고 있어. 점점 흐릿해져. 점점 야위어서 눈이……."

"눈이?"

"눈을 보려고 하면 늘 거기서 꿈이 중단돼. 하지만, 어쩌면 내 상상에 불과할지도 모르지만, 어쩐지."

다키자와는 입을 다물었다. 말로 해버리면 상상이 현실이 되어버릴 것이라고 생각했는지도 모른다.

일 년 뒤, 나는 아사가야에 사는 친구의 권유로 아사가야의 칠석제를 구경하러 갔다. 칠석제를 구경하다 문득 다키자와의 이야기가 생각났다. 하지만 잠깐뿐이었다. 수척해진 모습은 확실히 심상치 않았지만, 본인도 말하듯 일단 한번 어딘가에 얽매이기 시작하면 쉽게 빠져나오지 못하는 그의 성격을 나도 잘 알고 있었다. 거기에 실연의 충격까지 더해져 정신이 육체의 에너지를 소모하는 것 같기도 했다. 나는, 휴가는 얻기 어려울 게 아니냐, 건강이 그래서야 직장 다니기도 힘들 텐데 그만두고 한동안 고향에 내려가 있으면 어떻겠느냐고 권했다. 다키자와는 놀라지도 않고 무시하지도 않는 나 같은 사람에게 그동안 쌓인 것을 토해냈더니 마음이 좀 편해졌다며, 확실히 올 때보다 나아진 얼굴빛으로 웃었다. 그 뒤로는 소식이 없었고, 나도 내 문제로 바쁘게 지냈다.

아사가야의 칠석제는 생각보다 작은 축제였으나, 고향을 떠나 여름 축제에서 멀어진 지 오래인 나 같은 사람에게는 꽤 흥겨웠다. 그날 밤은 친구 집에서 묵고, 녹아내릴 것 같은 무더위 속에 집으로 돌아간 것은 다음다음 날 이른 오후였다.

자동응답 전화기에 다키자와의 죽음과 장례 일정을 알리는 메시지가 녹음되어 있었다.

반사적으로 달력을 보며 나는 하숙방 한복판에 멍하니 서서 '이럴 수가'를 연발했다. 그렇게 생각한 사람은 나만이 아니었다. 빈소에서 유카와 씨인 듯한 시커멓게 탄 남자도 몇 번이고 그렇게 말하고 울며 청주를 양주잔으로 들이켜고 있었다. 다 큰 남자가 큰 소리로 녀석은 병이었어, 라고 되뇌며 이를 악물고 우는 모습은 상당히 기이했다. 이윽고 후배들이 그를 에워싸고 다른 방으로 데리고 갔다. 나는 유카와 씨와 이야기를 해보고 싶은 것을 꾹 참으며 말라붙은 초밥을 노려보고 앉아 있었다.

그때 귀에 선 목소리가 내 이름을 불렀다. 고개를 들어 보니 유카와 씨보다도 더 시커먼 남자가 내 앞에 앉아 있었다. 일본인이라고는 생각할 수 없을 정도로 구석구석 시커멓게 탔다.

멍하니 바라보자, 남자는 하얀 이를 드러내며 웃었다.

"미카즈키야. 오랜만이다."

"아."

아버지를 따라 인도네시아로 간 친구였다. 10년 만일까. 나는 그곳이 빈소라는 것도 잊고 재회를 기뻐했다.

"지금은 그쪽에서 일본어를 가르치고 있어. 현지 여자랑 결혼해서 자식도 있지."

미카즈키는 아무렇지도 않게 말했다. 나는 그저 놀라, 고등학교 때보다 커진 눈과 갈색이 된 머리카락을 바라보고 있었다.

"아버지를 대신해서 큰할아버지 장례식에 온 거야. 다키자와의 장례식에도 참석하게 될 줄은 정말 몰랐다."

나는 짤막하게 다키자와가 악몽에 시달리고 있었다고 이야기했다. 일 년 동안 연락 한 번 하지 않은 것이 후회막급이었다. 다키자와는 툇마루 유리를 뚫고 나가 마당에 있는 바위에 머리를 세게 부딪쳐 쓰러진 채로 집주인에게 발견되었다. 늦게 발견된 탓도 있어서, 결국 다키자와는 한 번도 의식을 되찾지 못한 채로 숨졌다. 집 안에서 발생하는 사고로 사망하는 사람이 의외로 많다고 하지만, 그래도 너무 갑작스러웠다. 악몽에서 달아나려다 자기 자신으로부터도 달아나는 결과가 되고만 것이다.

"다키자와를 만난 지 벌써 10년이나 돼서 그런지 녀석이 요

149

즘 그렇게 신경질적이었다는 게 도통 믿어지지가 않는군. 그
녀석 고등학교 때는 상당히 데면데면했거든. 처음 하숙 생활
을 시작했을 때는, 이 자식 이런 성격 가지고 제대로 살 수 있
을까 진심으로 걱정되더라고. 이사한 기념으로 내가 심어준
나팔꽃은 지금쯤 꽃도 안 피게 됐겠지."

"나팔꽃?"

나는 오싹해서 미카즈키를 보았다.

"그래. 방이 하도 살풍경해서 내가 집에서 나팔꽃 씨를 가
져다가 창 밑에 심었거든."

그 나팔꽃이……. 나는 하려던 말을 애써 삼켰다.

"나팔꽃은 내버려둬도 알아서 씨앗이 생기고 싹이 터서 꽃
을 피우거든. 그러니까 귀찮은 일이라면 딱 질색인 녀석한테
안성맞춤이라고 생각했는데 말이야."

"그럼 아직도 꽃이 피어 있을 거 아니냐."

나는 소박한 의문을 입 밖으로 냈다.

"그게 또 그렇지도 않아서 말이지. 나팔꽃이 어떻게 꽃가루
받이를 하는지 아냐?"

대답을 기다리지 않고 미카즈키는 말을 이었다.

"제꽃가루받이라고, 꽃이 오므라들잖냐. 그 오므라드는 벡
터를 이용해서 수술의 꽃가루를 안쪽에 있는 암술에 묻히는
거야. 단 여기에는 왜 그런지 약점이 있어. 몇 세대씩 그렇게
제꽃가루받이를 하다 보면 뒤로 갈수록 꽃이 작아지고 약해

지거든. 결국에는 씨를 남기지 못해서 죽어버리게 돼.”

“하지만 제꽃가루받이로 번식하는 식물이 제꽃가루받이에 의해 절멸되다니.”

“원래라면 유전자에 그에 대한 보호장치가 되어 있어야겠지. 나도 그렇게 생각해. 단 나팔꽃은 원예종이라 어차피 사람 손으로 만들어진 꽃이라서 말이야. 다키자와한테 관리 방법 정도는 가르쳐줄 걸 그랬어.”

나는 이야기를 들으며 뇌수가 싸늘하게 식는 듯한 기분을 맛보고 있었다. 점점 작아진다. 점점 여윈다. 다키자와에게 들은 나팔꽃 유령의 모습 그대로였다.

다키자와가 그가 말한 것처럼 나팔꽃 유령에 씌었다고 가정하자. 나팔꽃은 무슨 생각으로 다키자와에게 들러붙었는가. 나팔꽃은 제꽃가루받이를 되풀이한 끝에 찾아올 파멸을 알고 있었다. 원예가라면 분명히 다른 나팔꽃과 교배해서 꽃의 상태를 유지하고자 했을 것이다. 그러나 다키자와는 그러지 않았다.

다키자와의 꿈에 나타난 나팔꽃 유령들은 필사적이었던 것이다. 새로운 피를 손에 넣어 어떻게든 건강한 자손을 남기고 싶어했다. 그러나 다키자와는 물론 그런 일이라고는 생각지도 못했다. 이윽고 나팔꽃들은 서서히 작아지고 색도 흐려졌다. 제꽃가루받이의 영향이 나타나기 시작한 것이다.

그래도 나팔꽃들은 아마 희망을 버리지 않았을 것이다. 다키자와에게 접근하기를 그만둘 수는 없었다. 그러나 나팔꽃은 이미 제 모습을 잃기 시작했다. 다키자와는 무서워했다. 그리고 마침내, 반쯤은 노이로제 상태이던 다키자와는 건강한 자손을 남기고 싶다는 나팔꽃의 강렬한 사념思念에 지고 말았다.

거품이 꺼져버린 맥주를 끝까지 들이켜며 나는 다키자와가 죽음을 향해 뛰어들 정도로 무서워한 것은 무엇이었을까, 하고 생각했다. 여자의 눈이, 라고 그때 다키자와는 말했다. 나는 나팔꽃의 생김새를 떠올리고, 여자의 얼굴을 떠올려보았다. 여자의 눈이 사라지고 눈구멍이 속으로 푹 꺼진 것 같은 모양을 하고 있다. 흡사 나팔꽃처럼, 얼굴 중심에 하얀 깔때기가 두 개 있다…….

그만두자, 하고 나는 머리를 흔들어 섬뜩한 공상을 내몰았다. 지금은 그저 다키자와의 명복을 빌자. 그리고 몇 세대 동안 싸워온 끝에 허무하게 사라져버린 나팔꽃도 부디 저세상에서 커다란 꽃송이를 화사하게 피우고 있기를.

르네상스

표지 제자題字 건설성 장관 히가시사카키 구니오
표지 사진 수제手製 벽돌 주택(네팔) (촬영 : 시즈오카 영업소 이토 요코)

길상과의
꿈

9월의 어느 이른 아침, 나는 배낭에 칫솔과 티셔츠와 필름을 쑤셔 넣고 고야 산으로 향했다.

고야 산은 기이 반도 중앙부에 있다. 나는 우선 신칸센으로 신오사카 역까지 간 다음 오사카 환상선으로 갈아타고 덴노지로 향했다. 그곳에서 한와 선으로 갈아타고 와카야마로 갔다. 기슈 가라면 도쿠가와 3대 가문 중 하나, 난폭 쇼군(에도 막부 8대 쇼군 도쿠가와 요시무네. '난폭 쇼군'은 그를 주인공으로 한 유명한 텔레비전 드라마의 제목이다-옮긴이)의 본가이기도 하다. 나는 와카야마 성을 구경하고 쨍쨍한 햇살 속을 어슬렁어슬렁 걸어 다니다 성

근처 공원에서 아이스크림을 사먹었다. 그리고 버스로 와카야마 역으로 돌아가 이번에는 와카야마 선 완행(어차피 완행 외에 다른 열차가 다니는 것 같지는 않았다)을 타고 하시모토로 갔다. 여기서 난카이 전철로 갈아타고 45분 가면 고야 산이다.

와카야마 선 열차는 냉방은커녕 선풍기마저도 없었다. 달리는 열차 창문으로 불어드는 바람은 물론 인공바람 따위보다 훨씬 근사하지만, 열차는 출발시각이 지나도 움직일 기미를 보이지 않았다. 고조 부근에서 사고가 있었다고 했다. 하는 수 없이 미리 사두었던 '20세기 배 드링크'라는 괴상망측한 캔 주스를 홀짝이며 열차가 출발하기를 기다렸다. 그리고 한 역, 한 역 천천히 음미하듯 달리는 와카야마 선 열차의 딱딱한 좌석에 몸을 기대고 한가롭다고밖에 표현할 수 없는 전원 풍경을 바라보았다.

겨우 고야 산에 다다랐을 때에는 이미 다섯 시가 되려 하고 있었다. 다섯 시가 넘으면 역에 있는 숙방宿坊 안내소가 문을 닫기 때문에 하마터면 큰일 날 뻔했다. 나는 가장 싼 등급으로 이틀 밤 머물 곳을 부탁하고, 수돗가에서 땀투성이가 된 얼굴을 씻은 다음 때마침 들어온 버스에 뛰어 올라타 A라는 절로 향했다.

버스에서 보는 고야 산은 마치 온천 마을 같았다. 절의 지붕과 지붕 사이에 기념품 가게가 끼어 있고, 길은 어디나 포장도로다. 신심이 깊어 보이는 노인네들 틈에 고등학생이나 장바

구니를 든 아주머니도 섞여 있다. 머리를 깎고 쪽물을 들인 작업복을 입은 스님들이 없으면 도무지 절의 마을, 불교의 마을 같지 않을 정도다.

고야 산 도착이 늦어진 탓에, 숙방에 들어갔을 때에는 이미 다시 외출하기에는 늦은 시간이었다. 안내해준 수행승이 식사 전에 시원하게 목욕이라도 하는 게 어떻겠느냐고 권해주어 나는 욕탕으로 갔다. 마을의 모습이 생각했던 것과는 달랐다는 것, 오랜만에 직사광선을 쐰 것, 열차가 늦어진 것 등이 겹쳐서 나는 조금 짜증이 나 있었는데, 그 짜증을 깨끗이 해소해줄 만큼 근사한 욕탕이었다. 시골 냄새 물씬 풍기는 편백욕조가 피곤한 다리에 기분 좋게 느껴졌다. 나는 욕조에 들어앉아 다리를 주무르고, 가장자리에 손을 짚고 팔굽혀펴기 흉내까지 냈다.

내가 묵은 A사는 겉보기에는 그리 큰 것 같지 않았으나, 안으로 들어가니 33제곱미터도 넘는 방들이 1층에도, 2층에도 수두룩했다. 내가 안내받은 방은 그보다 좀 작기는 해도 13제곱미터쯤 되고 장식용 단상까지 있다. 장식용 단상에는 토끼 모양의 종이 오리기 그림이 붙어 있었다. 창문도 없고 복도도 좁디좁은 마당에 면하고 있으니 좋은 방이라고 할 수는 없겠지만, 청결하고 싸늘해서 나는 마음에 들었다.

머리를 말리며 복도를 굽이굽이 돌아 방으로 돌아오자, 옆방 장지문이 활짝 열어젖혀져 있고 안에 한 여자가 앉아 있는 것이 보였다. 나이는 마흔대여섯, 익숙한 자세로 반가부좌를 틀고 엄지와 검지를 가볍게 붙인 손을 양 무릎 위에 얹고 있다. 완전히 관광객 기분이던 나는 덕분에 이곳이 그냥 산이 아니라 성지라는 것, 다른 사람들은 모두 신앙을 위해 이곳을 찾는다는 사실을 다시금 깨닫고 기가 죽어버렸다. 그때 그 사람이 명상을 마치고 천천히 숨을 내쉬며 몸에서 힘을 뺐다. 그리고 나를 보고 생긋 웃었다.

"안녕하세요."

"아, 안녕하세요."

나는 머리를 말리던 타월을 내리고 허둥지둥 인사했다.

"묵는 사람은 우리 둘뿐인가 봐요."

그녀는 다리를 편히 하고 기지개를 켜더니, 동전지갑 모양의 담뱃갑에서 담배를 꺼내 불을 붙였다.

"괜찮으면 같이 식사하지 않을래요? 혼자서 먹으면 재미없잖아요."

나는 기꺼이 동의했다. 여행을 와서까지 혼자 식사를 한다는 것이 어쩐지 싫기도 했고, 게다가 이 여자에게 관심이 동했기 때문이다. 내 주위에는 신앙이니 종교니 그런 데 관계된 사람이 없었고, 있어도 그것을 화제로 삼기를 꺼렸다. 과거에는 일본도 아시아의 다른 나라들처럼 종교에 열심이었다. 일본에도 삼라만상에게 기도하기를 잊지 않는 사람들이 살고 있었다. 그러나 이제 종교는 수상쩍은 것이 되어버렸다. 그래도 신이나 부처와 손을 끊지 않은 사람들이 일본에는 여전히 존재한다.

그리고 시들 줄 모르는 신앙 속에서 사는 사람들도 있다. 이 여자처럼.

"대단한데요. 이렇게 젊은 사람이 고야 산에 참배를 드리러 오다니 훌륭하네요."

두툼한 고야 두부와 유바(두유를 끓일 때 생기는 얇은 막을 말린 것-옮긴이) 장국, 바나나를 앞에 놓고 정좌한 나에게 그녀가 갑자기 엉뚱한 찬사를 보냈다. 놀란 나는 막연히 흥미가 있어서 왔을 뿐이라고 어물어물 말했다. 그녀는 아랑곳하지 않고 말을 이었다.

"이제 곧 좋은 일이 있을 거예요. 여기는 일본에서도 제일가는 영산이니까. 정성껏 참배 드리고 가도록 해요."

"어디서 오셨나요?"

나는 화제를 바꾸기 위해 공기에 수북이 담긴 밥을 뜨며 물었다.

"도쿄요. 메구로예요. 여기엔 수행하러 왔어요."

"수행?"

"그래요. 머리맡에 사자使者님이 서서 교京에 오르라고 하시더군요. 그래서 교토의 도사東寺, 거기도 고보 대사님(9세기 일본의 고승. 진언종의 창시자-옮긴이)이 세우신 곳인데, 그리로 갔다가 고야 산에도 오르고 싶어지더라고요. 원래는 곧장 돌아가려고 했는데 계획을 바꿔서 이리로 와버렸어요."

지금 생각해도 이상한 일이지만, 도쿄에서였다면 분명 상당히 기이하게 들렸을 그 이야기가 그때 고야 산의 숙방에서 절 음식과 공기에 가득 담긴 밥을 먹는 나에게는 전혀 이상하게 생각되지 않았다. 이상하기는커녕 고야 산에 그런 눈에 보이지 않는 인력引力이 있다는 것을 나는 당연한 일처럼 느끼고 있었다.

"꿈에 사자님이 자주 나타나시나요?"

"네, 뭐. 맨 처음에 본 건 부동명왕이셨답니다."

그녀는 오른손으로 장국을 들고 훌훌 마시며 말했다.

"나 말이죠, 이혼할 때까지는 그런 경험이 한 번도 없었어요. 그런데 일 년 전이던가, 꿈에 거대한 부동명왕이 나타나셨지 뭐예요. 깜짝 놀라서, 사는 곳도 메구로고 해서 메구로 부동존에 가봤거든요. 가보고 나서 또 놀랐죠. 메구로의 부동명왕이 내 꿈에 나온 모습하고 똑같이 생기신 거예요, 글쎄."

그 뒤로 그와 비슷한 이상한 꿈을 여러 번 꾼 그녀는 가게를 다른 사람에게 맡기고 본격적으로 수행을 시작하기로 했다고 말했다.

"수행이라고 해서 무슨 특별한 단체에 들어가거나 그럴 생각은 안 들었어요. 절에 들어가서 수행하는 편이 재야에서 수행하는 것보다 훨씬 편하기는 할 테죠. 주위 환경이 수행할 수 있게 되어 있으니까요. 하지만 난 생활 속에서 수행하는 길을 선택한 거예요. 다행이라고 할지, 지금 같이 사는 남자가 밀교 문헌 같은 걸 조사하는 재주가 있거든요. 그래서 진언이나 인印 같은 것도 외우곤 해요. 아무리 긴 다라니도 한 번 읽으면 바로 외울 수 있답니다."

나는 감탄했다. 그 뒤로 밤늦게까지 나는 그녀에게 수행에 관해 이것저것 물었다. 지금까지 전혀 인연이 없던 세계였기 때문에 궁금한 것은 얼마든지 있었다. 그녀는 나의 물음에 답해주고 명상법과 기도하는 법 등을 가르쳐주었다. 이튿날 아침 여섯 시가 지나 수행승이 깨우러 와 본당에서 열리는 아침 독경에 참석했을 때도 나는 아직 잠에 취해 머리가 멍했다. 결국 설교가 끝난 다음 메슥거리는 속을 참으며 '고야 참배'를 드리는 신세가 되었다.

그날 하루 동안 나는 여러 절에서 쓸 수 있는 공통 내배來拜권이라는 것을 들고 고야 산 거리를 돌아다녔다. 삼고三鈷의 소나무와 영보관靈寶館, 뱀 머리털로 유명한 가루카야 스님과 관련된 가루카야 당堂, 그리고 고보 대사가 입적한 영당影堂. 영당으로 가는 길가에는 유명무명의 무덤이 수도 없이 많아, 나는 고개 숙여 절을 해가며 소가 형제, 다케다 가, 모리 가, 사나다 가, 우에스기 가 등의 묘를 사진에 담았다.

작기는 해도 돌아다니는 보람이 상당히 있는 마을이었으므로, 내가 숙방으로 돌아간 것은 저물녘이 다 되어서였다. 욕탕으로 직행해 피로를 씻고 나오자, 여자가 입술 오른쪽 밑에 보조개를 지으며 나를 맞이해주었다.

"어땠어요? 참배 많이 드렸어요?"

"네."

나는 웃으며 대답했다.

"소원이 이뤄질 것 같아요?"

"글쎄요, 어떨까요?"

나는 일단 방으로 돌아갔다가 수행승이 날라다 준 식사를 들고 다시 그녀의 방으로 갔다. 식사를 하면서 그녀가 묻는 대로 오늘 본 것들을 이야기했다. 여러 무덤들에 압도당했다는 것. 흰개미 구제업자의 흰개미 공양탑과 로켓 모양의 탑을 보고 놀랐다는 것. 이야기는 밤늦게까지 이어졌다. 어쩌다가 그렇게 되었는지는 기억나지 않지만, 어느새 그녀의 '영 체험' 이야기가 나왔다. 그녀는 오른손에 든 젓가락을 이따금씩 흔들며 힘주어 말했다.

"지금 와서 생각하면 영 체험이 아니라 단순한 환청이 아니었을까 하는 생각도 들지만요. 둘째 아이를 유산하고, 그것 때문에 남편하고 헤어지게 돼서 친정으로 돌아왔거든요. 하지만 우리 부모는 옛날 분들이라 이유야 어찌 됐든 이혼당한 딸은 망신스러우신 거예요. 몸도 좋지 않고, 집에 있으면 잔소리만 쏟아지고, 하는 수 없이 파친코도 하고 찻집에 죽치고 앉아 있으면서 하루하루를 보내고 있었답니다."

＊

　더위는 9월 들어 점점 더 기승을 부렸다. 기시모토 가즈코
는 친정 근처에 있는 한적하고 그늘진 길을 천천히 걷고 있었
다. 학문의 수도를 자처하는 곳답게 교통량은 적고 나무는 많
다. 시 중심부에 광대한 면적을 자랑하는 대학이 있어, 그에
인접한 길은 많든 적든 대학 캠퍼스의 나무들 덕을 톡톡히 보
고 있었다.

　그 길 건너편에 산부인과 병원이 둘 있었다. 조용하고 왕래
도 많지 않은 이런 곳에 어울리는지도 모르겠다. 서쪽을 보고
오른쪽은 기노시타 산부인과 의원, 왼쪽은 겐모쓰 산부인과
병원. 역사는 그녀가 어렸을 때부터 있던 기노시타 의원 쪽이
길다. '있던'이라고는 해도, 그녀가 아는 것은 간판뿐. 병원 건
물 본체는 입구에 있는 커다란 석류나무에 가려 보이지 않았
다. 좁다란 돌계단도 그렇고, 녹슨 문도 그렇고, 병원은 어딘
지 모르게 음침하게 느껴졌다. 간판도 그녀가 아는 한 바꿔 달
거나 청소한 적이 한 번도 없다. 어렸을 때 벽장에 숨어서 보
던 공포만화의 무대 같은 인상을 주는 병원이었다. 개구리에
씐 산모가 젖을 먹이고 있다든지, 갓난아이가 높다란 목소리
로 웃으며 뛰어다닌다든지, 그런 종류의 일이 안에서 벌어지
고 있다고 해도 동네 아이들은 철석같이 믿었을 것이다.

　겐모쓰 병원은 그와는 정반대로 현대적인 3층 철근 콘크리

트 건물의 위용을 자랑했다. 생긴 지는 10년쯤 되었을 텐데, 늘 깨끗하게 청소하고 창문도 부지런히 닦고 가끔씩 번쩍번 쩍 빛나는 검사용 기기 같은 것이 운반되어 들어가는 것이 보이기도 했다. 작기는 해도 주차장도 있고, 대학 뒤쪽에 붙어 있어 병실 창문으로 대학 운동장이 내려다보인다고 했다. 원래 럭비나 테니스 연습은 그리 재미있는 구경거리는 아니지만, 달리 할 일이 없을 때는 시간 때우기에 꽤 적합하다. 창문은 이중이라 방음이 되니 응원단의 굵직한 목소리 따위는 듣지 않아도 된다.

이쪽은 꽤 번창하는지, 근처에 요코하마나 쇼난, 가끔은 군마나 후쿠시마 번호판을 단 차가 세워져 있는 것도 보였다. 그날도 병원에서 꽤 가까운 곳에 축젯날의 달마 인형보다 빨간 아우디가 조용히 엔진을 부릉거리며 서 있었다.

가즈코는 천천히 그 차 앞을 지나쳤다. 그때 어디선가 목소리가 들려왔다.

"……려줘요."

그녀는 놀라 주위를 둘러보았지만 개미 새끼 한 마리 없었다. 있는 것은 그녀와 아우디 운전자뿐이다. 그는 에어컨을 튼 차 안에서 잡지를 펴들고 있었다. 기분 탓인가, 하고 고개를 흔들고 나서 걸음을 떼려 했을 때, 또다시 목소리가 들려왔다.

"살려줘요, 엄마."

그녀는 펄쩍 뛰어올랐다. 마침 바로 앞 기노시타 의원에서

9월 ♦ 길상과의 꿈

젊은 여자가 나온 참이었다. 옛날부터 생각보다 행동이 앞서는 성격이었던 가즈코는 그 여자에게 뛰어갔다.

"저, 혹시 지금 비명 소리 같은 거 못 들으셨나요?"

녹슨 철문을 닫으며 여자는 놀란 듯이 가즈코의 얼굴을 보았다.

"비명 소리요?"

"네. 어린애였는데요."

그때 세 번째로, 이번에는 남은 힘을 쥐어짜는 듯한 목소리가 들렸다.

"그러지 마. 살려줘요."

"아, 이 소리요. 안 들리세요?"

여자의 얼굴에 의아한 빛이 떠올랐다. 그러고는 자기는 아무 소리도 듣지 못했다고 했다. 가즈코는 온몸에서 힘이 쭉 빠지는 것 같았다. 분명히 들렸다고 생각하는 반면, 환청일지 모른다는 생각도 들었다. 네가 시원치 않아서 아이가 유산된 거다, 라고 남편이 마지막으로 퍼부었던 욕설이 귓속에 되살아났다.

"왜 그러세요?"

문득 정신을 차리자, 여자가 걱정스레 자기를 보고 있었다. 가즈코는 고개를 저었다.

"아무것도 아니에요. 그냥 좀……."

"얼굴빛이 안 좋으세요. 잠깐 앉아서 쉬지 그러세요?"

여자는 그녀를 데리고 병원 앞에 있는 대학 후문으로 들어가 나무 밑에 놓인 벤치에 앉혔다. 그러고는 황급히 학교 매점으로 가 탄산이 든 오렌지주스를 사들고 돌아왔다.

"탄산수를 조금씩 마시면 구역질이나 갑작스런 복통이 가라앉는대요. 전에 책에서 본 것 같아요."

여자는 고즈쿠에 사토코라고 자신을 소개했다. 가즈코는 고마움을 표하고 천천히 주스를 마시며 변명처럼 유산과 이혼의 경위를 이야기했다. 사토코는 아무런 반응도 보이지 않고 앞을 향한 채 주스를 마셨다.

"사토코 씨는 기노시타 의원에 다니시나요?"

어느 정도 진정되자, 그녀는 사토코에게 물었다.

"네."

"소개를 받으셨나 봐요?"

"네, 뭐."

모호한 대답이었다. 새삼 살펴보니, 사토코의 전체적인 인상도 어딘지 모르게 모호했다. 이목구비도 흐릿하고, 여드름이나 기미가 있는 것도 아닌데 피부도 칙칙하고 맑지 않다. 아직 젊은데도 머리는 뒤로 적당히 묶기만 했고, 헐렁한 딸기 무늬 파란색 면 원피스를 입고, 조금 지저분한 초록색 양말을 신고, 샌들을 끌고 있다. 목에 부적이라도 걸었는지, 빨간 면 노끈이 보였다. 화장을 하고 옷을 조금 더 잘 입으면 좋을 텐데, 하고 그녀는 생각했다. 관찰당하는 것을 눈치챘는지, 사토코는 모호한 표정으로 말했다.

"그만 갈까요?"

쓸데없는 이야기는 하고 싶지 않다는 태도가 역력했다.

대학 후문을 나섰을 때, 마침 젊은 여자가 숄더백을 휘두르며 아우디를 향해 달려가는 참이었다. "기다렸지?" 하는 목소리가 조용한 길에 쩽쩽하게 울려 퍼졌다.

"여러 가지로 고맙습니다."

가즈코는 말했다. 그러고는 문득 생각나서,

"몇 개월이에요?"

하고 물었다.

"네?"

"아기 말이에요."

사토코는 흠칫 놀라 자기 몸을 내려다보았다. 그러고는 갑자기 조금 전까지의 모호함을 죄다 상쇄하는 또렷한 목소리로 진지하게 물었다.

"아시겠어요?"

"그거 순산을 비는 부적 아닌가요?"

"네."

사토코는 목에 걸린 끈을 끌어당겼다. 가즈코는 눈을 휘둥그렇게 떴다. 빨간 바탕에 금실로 '순산 기원'이라고 수놓은 것, 그보다 작은 주홍색 것, 보통 부적보다 큼직하고 화려한 것까지 열 개는 더 될 것 같은 부적이 옷 속에서 줄줄이 나타난 것이다.

"전 꼭 무사히 아이를 낳을 거예요. 배냇저고리도, 유모차도, 포대기도, 기저귀도, 출산을 알리는 카드까지 준비해놓은 걸요."

가즈코는 열을 띤 사토코의 눈에 압도당했다. 모호한 인상은 그녀의 모든 힘이 내부로 향하기 때문이 분명하다. 사토코는 합장하듯 부적을 쥐고 주문을 외우듯 중얼거렸다.

"틀림없이 이뤄질 거예요."

사토코와 헤어져 돌아오는 길에 가즈코는 과거에 얽매여 의욕 없이 하루하루를 보내는 자신이 한심하게 느껴졌다. 그리고 뭐든 좋으니 자립할 수 있는 일을 시작해야 한다고 자신을 설득했다. 날마다 우두커니 주저앉아만 있는데 갑자기 무슨 좋은 생각이 날 리도 없다. 유산과 그 뒤에 이어진 주변 사람들과의 다툼을 생각하면 아직도 내장이 뜨겁게 달아오르고 딱딱해지는 것 같았지만, 그녀는 겨우 자신의 안이함, 나약함을 직시할 수 있게 되었다. 그날 밤, 그녀는 처음으로 두고 온 딸 생각을 하며 울었다.

이튿날, 가즈코는 아침 일찍 일어나 시내에 사는 친구들에게 전화를 걸어 자신이 처한 상황을 숨김없이 이야기했다. 친구들은 넌지시 호기심을 내비치면서도 앞으로의 일을 걱정해주었다. 그중 한 사람이 근처에 있는 작은 커피 전문점에서 일을 도와줄 사람을 찾는다는 사실을 기억해냈다.

일단 움직이기 시작하면 행동이 빠른 것이 그녀의 장점 중 하나였다. 그날 오후에는 이미 그 가게에서 앞치마를 두르고 일을 하고 있었다. 익숙지 않은 일이라 그 주도, 그다음 주도 계속 긴장이 풀리지 않은 탓에, 먹고 일하고 잠만 잘 뿐인 나날이 계속되었다. 3주째가 되자 드디어 신체도 정신도 노동에 익숙해지기 시작했다. 열심히 일하고, 일을 마치면 주인이 끓여준 커피 한 잔, 그리고 담배 한 개비, 그 맛을 온몸으로 만끽할 수 있게 되었다.

휴일을 앞둔 어느 날, 그녀는 첫 월급을 들고 역 앞으로 술을 마시러 갔다. 9월도 다 가고 어느새 더위도 완전히 자취를 감추었다. 그녀는 맥주와 홍합 파스타를 주문하고, 난생처음이라 할 수 있을 만큼 흡족한 기분으로 식사를 했다. 작게나마 자축을 하고 싶었다.

적당량보다 조금 많은 맥주를 마시고, 한 달 전과 마찬가지로 그 '산부인과 거리'를 천천히 걸었다. 성급한 나뭇잎들이 바람을 타고 떨어졌다.

그러던 그때, 그녀는 오싹해서 몸을 움츠렸다. 비명이. 또 그 비명 소리가 들린 것이다.

"살려줘요. 누가 좀 도와줘요."

이게 뭐야. 가즈코는 저도 모르게 멈춰 서서 주먹을 꽉 쥐며 생각했다. 이게 대체 뭐야.

"누가 좀 도와줘요."

정말 비명 소리다. 그렇게 생각한 순간, 기노시타 의원의 철문이 열리고 검은 그림자가 불쑥 튀어나왔다. 그 인물은 멍하니 서 있던 가즈코를 밀쳐내고 묘한 딸각딸각 소리를 남기며 뛰어가버렸다. 가즈코는 아스팔트에 엉덩방아를 찧은 채, 그 뒷모습을 멍하니 지켜보았다.

"세상에 어떻게 이런 일을."

문 안에서 중년 여자가 나와 가즈코를 부축해서 일으켜 세워주었다.

"다친 데 없으세요?"

가즈코는 손바닥에 박힌 잔돌을 털어내며 물었다.

"대체 무슨 일이죠?"

여자는 그 말에는 대답하지 않고,

"피가 나는군요. 이쪽으로 들어오세요. 소독하는 게 좋겠어요."

라고만 했다. 여자가 권하는 대로, 가즈코는 기노시타 의원의 '본체'에 발을 들여놓았다. 밖에서 상상하던 것과는 달리, 유리창이 크고 산장을 연상시키는 통나무집풍의 세련된 건물이었다. 병원 안은 시끌시끌했다. 여러 사람들이 허둥지둥 계단을 오르내리고 있다. 어딘가에서 아기 우는 소리와 그 울음을 달래는 소리가 들려 왔다.

"무슨 일이 있었나요?"

손바닥을 소독하며 가즈코는 또다시 물었다.

9월 ♦ 길상과의 꿈

"누가 신생아실에 들어가서 아기한테 해코지를 하려고 했나 봐요."

중년 여자가 자리를 뜬 뒤, 반창고를 붙여준 젊은 간호사가 흥분을 감추지 못하고 눈을 번쩍이며 말했다.

"세상에."

"실은 외부 사람한테 이야기하면 안 되지만요."

간호사는 제복 위에 걸친 카디건을 벗으며 말했다.

"저희는 보시다시피 작은 병원이잖아요. 신생아실도 병실에서 그리 멀지 않은 곳에 있거든요. 아까 2호실 사카이 씨가 화장실에 가다가 보니까, 누가 신생아실 유리를 깨뜨리려고 하더래요. 사카이 씨가 놀라서 비명을 질렀더니 그 사이에 범인이 달아난 거예요."

"그럼 아기는 무사해요?"

가즈코는 황급히 물었다.

"물론이죠. 좀 친다고 깨질 만한 유리는 안 쓴다고요. 하지만 누가 왜 그런 짓을 하려고 했을까요?"

아이를 낳으려고 필사적인 사람이 있는가 하면, 해코지를 하려는 사람도 있다. 가즈코는 암담한 심정이었다. 얼른 집으로 돌아가 다 잊어버리고 싶었다. 그녀는 젊은 간호사의 배웅을 받으며 진찰실을 나섰다.

복도 구석에 뭔가가 떨어져 있었다.

가즈코는 무심코 그것을 주워들었다. 끈이 끊어진 빨간색

순산 부적이었다.

"이거 혹시 고즈쿠에 씨 거……."

가즈코가 말하자, 젊은 간호사가 들여다보았다.

"아아, 아마 맞을 거예요. 그분이 꼭 실성한 사람처럼 소중히 여기는 부적 중 하나랍니다. 정말 이상한 사람이라니까요."

"뭐가요?"

"그분 불임증인걸요. 그래서 저희 병원에 다니는 중이세요. 그런데 꼭 낳겠다고, 임신도 안 했는데 순산 부적을 잔뜩 걸고 다니고, 임부복을 입고, 출산용품까지 다 갖췄지 뭐예요. 이렇게 말하면 좀 그렇지만, 머리가 좀 이상해졌는지도 몰라요."

머리가 혼란스러웠다. 가즈코는 말없이 간호사의 손에 부적을 쥐여주고는 서둘러 병원을 나섰다. 아무것도 생각하고 싶지 않았고, 알고 싶지도 않았다. 그래도 어쩌면 혹시, 하는 생각을 지울 수 없었다.

신생아실 유리창을 깨려 한 사람은 고즈쿠에 사토코가 아닐까.

그 뒤 며칠 동안, 기노시타 의원과 사토코의 얼굴 생각만 하던 가즈코는 드디어 참지 못하고 의원을 찾아갔다. 문 밖에서 저번에 만난 중년 여자가 주렁주렁 열린 석류를 따고 있었다.

"저, 안녕하세요."

다가가기는 했지만 뭐라 말을 꺼내야 할지 몰라, 가즈코는 일단 무난하게 인사부터 했다. 중년 여자는 가즈코를 보고 눈

173

썹을 올렸다.

"지난번 그분이군요. 손은 이제 괜찮으세요?"

"네. 저, 여기 고즈쿠에 씨가 계시나요?"

"고즈쿠에 사토코 씨요? 아는 사이예요?"

가즈코는 사토코와 알게 된 경위를 이야기했다. 말없이 듣고 있던 중년 여자는 석류를 비틀어 따며 딱 잘라 말했다.

"그 사람 이제 여기 안 올 거예요. 당신이 발견했죠? 그 사람 부적."

"역시 그분이 유리를 깨려고 했었군요. 하지만 왜."

"글쎄요, 전 그 사람이 아니라서."

커다란 바구니에 석류를 가만히 넣은 다음, 중년 여자는 처음으로 가즈코의 얼굴을 정면에서 보았다.

"당신은 어떻게 생각해요? 아이가 생기기 전부터 임신한 것처럼 굴던 그 사람을."

가즈코의 대답을 기다리지 않고 그녀는 말을 이었다.

"기이하고 이상한 행동이죠. 하지만 그 사람으로서는 최선을 다 한 거예요. 자기 힘으로는 어떻게도 할 수 없는 임신을 어떻게든 해보려고 그런 행동을 했겠죠."

겐모쓰 병원에서 나온 젊은 여자가 시동을 건 채 서 있던 도요타에 빠른 걸음으로 다가갔다. "기다렸지?" 하는 밝은 목소리가 길에 울려 퍼졌다.

"저 여자, 저기서 아이를 떼고 온 거예요."

여자가 담담하게 말했다. 순간 가즈코는 자기가 무슨 말을 들었는지 이해할 수 없었다.

"아무리 원하고 또 원해도, 마음이 망가질 정도로 원해도 끝내 소원이 이루어지지 않는 사람도 있는데 말이에요."

여자는 고개를 숙이고 자조하는 듯한 웃음을 흘렸다.

가즈코는 커다란 석류를 두 개 받아 들고 발걸음을 서둘러 집으로 향했다. 딸을 만나러 가자. 설령 딸에게 상처를 주는 일이 되더라도 꼭 만나고 싶었다. 해 저물어가는 길에 또다시 환청처럼 어린아이 목소리가 들렸다. 천진난만한 웃음소리였다. 가즈코는 발걸음을 멈추었다. 가로등 밑에 여자가 서 있었다. 사토코였다. 그녀는 길에서 노는 어린아이를 잡아먹을 듯이 바라보고 있었다. 입술을 꽉 다물고, 세상에 자신과 그 아이들 외에는 아무도 없다는 듯이 아이들만을 보고 있었다. 가즈코는 숨을 꿀꺽 삼켰다. 기척을 느꼈는지, 사토코가 문득 고개를 돌리고 가즈코를 보았다.

뭐라 말을 하려 했지만 아무 말도 나오지 않았다. 사토코의 눈은 지난번처럼 깊고 뜨겁게 빛나고 있었다. 소름이 끼칠 것 같은 눈빛이었다. 뭐라 말을 해야 하는데. 무슨 말이든지 좋으니까 뭐라고 해야 하는데. 가즈코는 말라붙은 입술을 열고 쉰 목소리로,

"같이 안 먹을래요?"

라며 중년 여자에게 받은 석류를 내밀었다.

사토코는 말라리아 환자가 물을 보는 듯한 눈으로 석류를 보았다. 막대 불꽃의 불덩이가 사그라질 때처럼 그녀의 눈에서 험악한 빛이 사라지고, 입술에서 어린아이처럼 흐느껴 우는 소리가 새어나왔다. 그러더니 몸에서 힘이 빠져 콘크리트 연석 위에 무너지듯 주저앉았다. 금속성 물체가 그녀의 손에서 떨어져 아스팔트 위에서 쩽그랑 맑은 소리를 냈다. 가즈코는 사토코가 내민 손에 정신없이 석류를 쥐여주며 떨어진 물체를 눈으로 찾았다.

흐릿하게 빛나는 과도였다.

*

이튿날 아침, 아침 독경 시간 전에 절에서 나를 깨우러 왔을 때 기시모토 가즈코는 이미 떠나고 없었다. 나는 힘찬 독경 소리를 들으며 그 소리가 뇌리에 스며드는 것 같은 느낌을 맛보았다.

아침식사를 마친 뒤 숙박비를 지불하려고 배낭을 열자 그 안에 석류가 한 알 들어 있었다. 손바닥에 부드럽게 달라붙는 듯한 감촉의 큼직한 석류였다.

"오오, 길상과吉祥果로군요."

내가 멍하니 그것을 들고 바라보고 있으려니, 복도를 지나던 이 절의 주지스님이 말을 걸었다. 독경이 끝나고 유머러스한 설교를 한 사람이다.

"그것참 잘생겼습니다."

"아마 기시모토 씨가 주신 모양입니다."

내가 대답하자, 주지스님은 의아스러운 얼굴로 물었다.

"기시모토 씨라니요?"

"어젯밤에 옆방에 묵은 여자분이신데요."

"여자분이라."

주지 스님은 복스러운 얼굴을 쓰다듬었다.

"이것저것 이야기를 많이 했습니다."

"호오, 어떤 이야기를 하셨습니까?"

나는 주지스님의 태도를 이상하게 생각하면서도 어젯밤에 들은 고즈쿠에 사토코와 석류 이야기를 했다. 주지스님은 이따금씩 고개를 끄덕이며 말없이 그 이야기를 들었다.

이야기를 하던 중에 한 가지 수수께끼가 풀렸다. 기시모토 가즈코가 들은 아이 목소리. 그것은 빨간 아우디를 탄 여자가 낙태한 태아의 비명이었을지도 모른다. 아무도 모르게 어둠으로 돌아가는 그 아이의 마지막 절규가 기시모토 가즈코에게만 들린 것이다. 왜 그런지 그렇게 생각하는 편이 그녀가 환청을 들었다는 것보다 훨씬 자연스럽게 느껴졌다.

이야기가 끝난 다음에도 주지스님은 얼마 동안 입을 열지 않았다.

"조금 전에 이걸 '길상과'라고 하셨죠?"

나는 침묵을 견디지 못하고 물었다.

"그렇습니다. 귀자모신을 아십니까?"

"자식을 5백 명 둔 야차녀인데 인간의 아이를 잡아먹었다는 그 귀자모신 말씀이십니까?"

"그렇습니다. 가장 아끼는 막내딸을 석가께서 숨겨놓으시고 아이를 빼앗긴 부모도 똑같은 고통을 맛보았다고 훈계하셔서 개심하고 지금은 출산과 육아를 보호하는 신으로 추앙받는 하리제모^{訶利帝母} 말입니다."

"석가께서는 인육 대신이라 말씀하시며 석류를 귀자모신에게 주셨죠."

나는 확인하듯 말했다. 주지스님은 고개를 끄덕이며 내 눈을 들여다보았다.

"고즈쿠에 사토코라는 분이 어째서 아이에게 상처를 입히려 했다고 생각하십니까?"

"고통스러웠으니까요. 아무리 애를 써도 자기에게 아이가 안 생기니까 다른 사람의 아이를 보기가 고통스럽고, 밉고, 그래서."

"그렇겠지요. 그런데 그와는 별개로 그저 임신하기 위해서였을지도 모릅니다. 어린아이의 살점을 먹으면 아이가 생긴다는 미신을 들은 적이 있습니다. 사토코 씨는 임신도 안 했는데 아이를 임신한 어머니처럼 행동했습니다. 형태를 먼저 갖추고 나서 본질을 획득하려 하는 일은 드물지 않습니다. 소설가가 되기 위해 우선 자기 이름을 박은 원고지를 만들어본다든지, 골프 실력을 향상시키기 위해 필요하지도 않은 도구를 장만해본다든지. 환경을 이용해서 자기 내부의 힘을 끌어내려 하는 것이겠지요.

임신하기 위해서 임신한 척한다. 그분이 하려던 일은 그런 일이었습니다. 그렇게 이상한 발상은 아니지요. 그러나 그 발상을 실행에까지 옮겼으니 그분은 상당히 절박했을 겁니다. 그야말로 마음이 망가지려 하고 있었습니다."

그곳에 기시모토 씨가 나타나 석류를 준 것이다. 부적을 그렇게 많이 갖고 있었을 정도니 출산의 수호신인 귀자모신 전설을 몰랐을 리가 없다. 만일 기시모토 씨가 나타나지 않았더라면. 석류를 갖고 있지 않았더라면. 나는 숨이 멎을 것 같았다. 고즈쿠에 사토코는 아이의 살점을 먹기 위해 가을의 어둑어둑한 황혼녘, 마물을 만난다는 그 불길한 시간에 칼을 휘두르며 돌진했을 것이다.

"그건 그렇고, 한 가지 문제가 있습니다."

주지스님의 눈이 갑자기 장난스럽게 빛났다.

"뭡니까?"

"어젯밤 이 절에 묵은 분은 당신 한 분뿐이라는 겁니다."

나는 분수대의 사자상처럼 입을 딱 벌렸다.

"그럴 리가요."

"그제 밤에는 당신 옆방에 여자분이 한 분 계셨습니다. 만나셨습니까?"

"네. 그분이 기시모토 씨가……."

"그분은 다도코로 씨라고 하는데, 어제 오후에 떠나셨습니다. 정말입니다. 저는 거짓말하고 세발洗髮은 한 적이 없어요."

"그럼, 그럼 대체 고즈쿠에 사토코와 석류 이야기를 해준 분은 누구죠?"

"문제는 그것이지요."

그러더니 주지스님은 허공을 바라보며 말했다.

"이 방 건너건넛방에 귀자모신상이 모셔져 있답니다."

나는 웃음을 터뜨렸다.

"그러지 마세요. 무슨 니혼료이키(日本靈異記, 8세기 일본 불교 설화집-옮긴이)도 아니고요."

"가보시겠습니까?"

주지스님은 커다란 몸집으로는 상상할 수 없을 만큼 가벼운 몸놀림으로 훌쩍 일어섰다. 나는 여우에게 홀렸다는 게 이런 거구나 하고 묘하게 납득하면서 그 뒤를 따라갔다.

귀자모신은 작은 칠기함 속에 모셔져 있었다. 아이를 품에 안은 아름다운 자태였다. 나는 그 얼굴을 보고 흠칫 놀랐다. 입술 오른쪽 밑에 작은 보조개가 있었다.

"적적한 가을밤에 잠시 이야기를 하러 납시었는지도 모르지요."

주지스님은 정좌하고 합장하며 염주를 굴렸다.

"하지만."

내가 말하려 하자, 주지스님은 여길 보십시오, 하며 귀신모자상 왼손을 가리켰다.

"원래는 여기 길상과를 쥐고 계신답니다."

귀자모신의 왼손은 빈손이었다. 나는 아까부터 손에 쥐고 있던 석류를 흘깃 보고 신비한 기분에 젖어 주지스님이 읊는 진언을 들었다.

옴 둔두말리카히테 사바하

르네상스

사나다 건설 컨설턴트 사내보 I 제7호 1990.10

표지 제자 隸字 건설성 장관 히가시사카키 구니오

표지 사진 다카마쓰죠스이 음악당 (촬영: 다카마쓰 영업소 다카오카 시즈카)

래빗 댄스
인 오텀

　나는 시간이 남아돌아도 아무렇지도 않은 성격이다. 회사를 그만두고 나 자신에게 장기간의 휴식을 명했을 때, 나는 기분이 대단히 상쾌해졌다. 지병이 있는 데다 돈도 그리 많지 않으니, 집세와 식비와 약값, 약간의 용돈을 빼면 여행 갈 돈은 고사하고 영화를 보러 갈 돈도, 신간을 살 돈도 남아 있지 않았다.

　그 대신 내겐 시간이 있었다. 시간이 있으면 평일의 텅텅 빈 도서관에 온종일 죽치고 있을 수도 있고, 걸어서 다른 동네 주민회관에서 상영해주는 옛날 영화를 보러 갈 수도 있다. 전날 밤 기침 때문에 고생하지 않고 기분 좋게 일어났을 때에는 조금 멀리 나가 다마 천까지 쑥을 뜯으러 갈 수도 있었다. 스스로 생각해도 은퇴한 노인네 같은 생활이었지만, 그런 생활을 계속하던 중에 나는 생각지도 못한 재능을 발견했다. 그러니까 나는 혼자 놀기에 능했던 것이다. 이것은 상당히 뜻밖의 발견이었다.

나는 다섯 남매 중 밑에서 둘째라 늘 누군가와 함께 있었다. 친구도 많은 편은 아니지만 깊게 사귀는 편이어서 대학 때는 누군가의 집에 눌러앉아 며칠씩 죽치고 있거나 친구의 방문을 기다리는 일이 잦았다. 혼자 술을 마시러 간 적도 없고, 혼자 여행한 적도 없다. 그런 인생을 살다가 26년째에 처음으로 나에게 이런 면이 있다는 것을 깨닫고 어쩐지 기분이 좋아졌다.

본인도 몰랐을 정도다 보니, 당연히 주변 사람들은 아직까지 나라는 인간을 오해하고 있는 실정이다.

내가 병에 걸려 회사에서 잘리고 집에서 빈둥댄다는 소문을 듣고 마루야마 선배가 전화를 걸어왔을 때, 나는 세찬 빗소리를 들으며 둘째형이 '위문품'이라며 준 왓슨의 《물의 행성》이라는 사진집을 바라보고 있었다. 벌써 10월인데도 남쪽의 용과 북쪽의 용이 하늘에서 개싸움(용싸움?)을 벌이는 듯한 세찬 비다. 수화기 저편에서 마루야마 선배는 거의 악을 쓰듯 말했다.

"한가하지?"

이 모양이다.

"아뇨, 고독을 즐기고 있습니다만."

나는 정중하게 대답했다. 마루야마 선배는 다른 사람이 자신의 의견에 반대할 것이라고는 꿈에도 생각지 않는 사람이다. 가끔 누군가 반대라도 하면 충격을 받는다. 그러나 한 시간도 못 돼서 충격을 잊고 자기 안의 사실을 수정해버린다. 부러운 성격이기는 하다.

"무슨 소리야? 회사 그만뒀다며. 한가하잖아."

"그렇지도 않습니다. 독서에 힘쓰는 중이에요. 그동안 읽고 싶은데 못 읽은 책이 쌓여 있어서 꽤 바쁜걸요."

"뭐야, 독서? 책 나부랭이를 읽고 있다는 건 한가하다는 소리 아니냐."

나는 며칠 전 공원에서 하루 온종일 사진을 찍은 것, 학교 다닐 때 쓴 소설을 워드프로세서로 정서 중이라는 것, 학교 다닐 때부터 모아온 팸플릿 등을 정리하고 분류한 것 등을 머리에 떠올렸으나 결국 포기했다. 하지 않으면 안 되는 일을 타의에 의해 하는 상태를 '바쁘다'고 한다. 하고 싶은 일을 하는 것은 한가한 것. 마루야마 선배의 머릿속에서는 이렇게 정의되어 있는 게 틀림없다. 뭐, 반론은 할 수 없지만.

"실은 한가한 녀석을 찾거든. 너 워드프로세서는 칠 줄 알지?"

한층 더 커진 빗소리에 지지 않으려고 마루야마 선배는 목소리를 높였다.

"게다가 책도 좋아하고."

"네. 뭐."

나는 모호하게 대답했다. 마루야마 선배에게 잘못 걸리면 무심코 한 말이 나중에 어떻게 돌아올지 모른다.

"딱 맞는군."

마루야마 선배는 나의 노력과 전혀 무관한 결론을 내렸다.

"너 내일부터 우리 회사에 나와라. 다음 아르바이트를 찾을 때까지면 돼. 문서 작업하고 복사, 열 시부터 여섯 시까지 하루 7천 엔. 나쁘지 않지?"

확실히 나쁘지는 않다. 그러나 왠지 이대로 그의 페이스에 말려들기는 싫었다.

"하지만 전 일단 환자인데요. 발작이 일어나거나 열이 나거나 하면 회사를 쉬어야 할 텐데."

실제로는 편백욕조 목욕과 한약 덕인지, 요즘 들어 어지간해서는 발작이 일어나는 일이 없었다. 그러나 비싼 약값 때문에 통장이 바닥을 드러낸 상황이 생각나 나는 허둥지둥 말을 이었다.

"그래도 괜찮으시면 한번 해보고요."

"그러냐? 해볼래?"

수화기 저편에서 희미하게 삐삐 하는 신호음이 들려왔다.

마루야마 선배는 조금 허둥거리며 회사 전화번호와 회사에서 가장 가까운 역과 찾아오는 방법을 주워섬긴 다음, 그럼 부탁한다, 하고 한마디 부르짖더니 전화를 끊었다.

이튿날부터 나는 마루야마 선배의 회사에서 일하기 시작했다. 막연하게 생각하던 것과는 달리 아담한 회사였다. 직원도 스무 명쯤밖에 없는 데다 거의 다 외근을 나가기 때문에, 낮에는 나와 귀가 먼 감사 노인네와 경리 및 총무를 담당하는 여직원 둘. 모두 네 명뿐이다. 혼자 있는 데 익숙해지고 나면 새로운 환경에서 처음 만나는 사람들을 대해야 한다는 것도 상당한 부담이기 때문에, 나로서는 고마운 일이었다. 이사야 씨와 히로카와 씨라고 하는 두 여자는 마루야마 선배가 몰래 '그림자 내각'이라고 부를 만큼 회사의 모든 업무를 주관하고 있었다. 사장에게까지 아무렇지도 않게 호통을 칠 정도다. 그러나 그만큼 성격도 화통하기 때문에, 그 점에서도 나는 상당히 마음 편하게 일할 수 있었다.

환경 좋고, 일도 그리 복잡하지 않고, 급료도 나쁘지 않다. 가끔씩 출판부 부장이 옆자리로 와서 모니터가 뿌옇게 될 정도로 담배를 피워대는 것만 빼면 나쁘지 않은 직장이었다. 이 회사는 건설자재를 생산하는 업계의 신문을 발행하고 있는데, 잘은 몰라도 그쪽 업계에서는 나름대로 잘나가는 모양이다. 문서작업을 하며 나는 '고성능 AE 감수減水제'니 '알칼리 골재 반응'이니 '염화물량'이니 '롤러 전압 콘크리트 포장, 통

칭 RCCP'니, 지금까지 살면서 전혀 인연이 없었던 용어들을 여럿 알게 되었다. 알게 됐다고 해서 뾰족한 수가 있는 것은 아니지만, 새로운 말과 개념이 자연스럽게 머리에 들어온다는 것은 상당히 기분 좋은 일이다. 나는 어쩐지 흥미가 생겨 점심시간에 책꽂이에서 당사에서 발행한 《알기 쉬운 건설자재》라는 책을 꺼내 탐독했다.

마루야마 선배와 얼굴을 마주한 것은 출근하기 시작한 지 5일째 되는 날이었다. 영업부 소속인 선배는 아침 일찍 나가 거래처를 돌다가 그대로 접대 술자리로 직행하는 업무 사이클을 준수하기 때문에 회사에는 일주일에 하루 정도 얼굴을 비친다는 것 같았다. 그는 내가 처음 보는 통통한 남자를 데리고 있었다.

"아오키 씨라고, 우리 편집장이야."

마루야마 선배는 여전히 서두르듯 말했다.

"네가 좀 챙겨줘라."

엉? 나는 멍청한 얼굴로 서둘러 회사를 나서는 마루야마 선배의 뒷모습을 가만히 바라보았다. 아오키 씨가 나를 챙겨주는 게 아니라 내가 아오키 씨를 챙겨주다니 대체 어떻게 된 일인가?

"잘 부탁해요."

동그란 얼굴에 동그란 안경을 얹은 아오키 씨는 생글생글 웃으며 말했다. 저야말로 잘 부탁드립니다, 하고 깍듯이 인사를 하면서도 의아스러운 표정을 감추지 못하는 것을 이사야 씨가 본 모양이다. 골프 치는 토끼가 그려진 티셔츠에 슬림한 진 바지라는, 도무지 서른 넘은 유부녀 같지 않은 젊디젊은 복장으로 뛰어와, "아오키 씨 책상이 어느 건지 알겠어?" 하고 콧김을 내뿜는 소리가 들릴 정도로 힘차게 물었다.

"글쎄요."

"어머, 그럼 안 되지, 생각도 안 해보고."

적당히 얼버무리려 했으나 기선을 제압당해버렸다. 하는 수 없이 현재 내가 쓰고 있는 워드프로세서 책상의 앞 책상을 가리켰다.

"이건가요?"

"그래, 그거! 지저분하지? 청소를 전혀 안 한다니까."

본인을 앞에 두고 거침없이 말한다.

"아오키 씨한테는 정리정돈이라는 말이 존재하질 않아. 뭐, 본인이 어디에 뭐가 있는지 안다면 그래도 상관없지만, 가끔씩 본인도 모를 때가 있단 말이야. 취재 메모를 잃어버리질 않나, 좌담회 녹음테이프를 잃어버리질 않나. 취하면 카메라도 잃어버린다고. 한번은 전철에서 쿨쿨 자다가 정기권이랑 지갑이 든 웃옷을 놓고 내린 적도 있다니까, 아오키 씨는."

가엾은 아오키 씨는 코끼리처럼 부드러운 눈을 안경 속에서 껌벅이며 말했다.

"그때는 금세 알아차리고 돌아갔기 때문에 내 손을 떠나 있었던 건 30초뿐이었어요."

"하지만 저번에 도호쿠 통상산업국에 취재 갔을 때 잃어버린 면허증은 끝내 못 찾았잖아요."

"음, 그때는…… 그때는……."

웃음으로 얼버무리려는 아오키 씨를 이사야 씨는 조금 의기양양한 눈으로 바라보며 말했다.

"그러니까 아오키 씨가 회사 안에서 하는 행동을 주의해서 살펴봐줘. 통화 내용 같은 것도 듣고 메모해주면 좋겠고. 편집장 한 사람밖에 모르는 취재나 기획서 건으로 전화가 걸려 와도 모르면 대답을 할 수가 없잖아. 게다가 아오키 씨는 워낙 바쁘니까 연락이 안 된다고 고객이 길길이 뛸 때도 많거든. 그 부분을 뒷받침해줄 사람이 필요해."

엄청난 편집장이군, 하고 생각했지만, 나중에 마루야마 선배에게 들은 이야기로는 인원이 적은 이 회사에서는 각자 독자적으로 업무를 진행하는 일이 많기 때문에 다른 사람은 알 수 없는 '건'이 다반사라고 했다. 예를 들어, 마루야마 선배가 하는 일의 내용은 영업부장보다 회사에서 하루 종일 전화를 받고 우편물 개봉 및 발송 업무를 맡고 있는 두 여자가 훨씬 잘 알고 있다고 한다.

아오키 씨는 우선 책상을 좀 정리해줘, 라는 말을 남기고 어딘가에서 열리는 공업조합 총회에 갔다. 나는 네, 알겠습니다, 하고 예의 바르게 대답한 다음, 엄청난 일을 떠맡았다고 생각하며 얼마동안 망연자실했다.

아오키 씨의 책상은 다른 직원과 똑같은 표준 사이즈의 철제 책상이다. 오른쪽에 서랍이 있고 크기는 가로 90센티미터, 세로 60센티미터. 나의 워드프로세서 책상과 그의 책상 사이에는 폭 40센티미터가 넘는 듬직한 목제(단 아마추어의 솜씨가 역력한) 책꽂이가 놓여 있다. 책꽂이는 책상보다 30센티미터쯤 튀어나와 있는데, 그 곳에 책, 원고지, 메모지, 열차 시간표, 필름 원판, 사진관 봉투, 미쓰코시 백화점 봉투, 더러운 타월 뭉치, 찌그러진 티슈 상자 등등이 쑤셔 박혀 있었다.

그 앞에는 원고로 보이는 종이 무더기가 높다랗게 산을 이루고 있다. 기슭 쪽에 사탕봉지가 껴 있는데, 사탕이 몇 알 녹아 먼지투성이가 되어 있었다. 국어사전 케이스가 옆으로 누운 채 휴대용 장기 세트, 털이 거의 빠져버린 서예용 붓 등이 꽂힌 연필꽂이 신세가 되어 있었다. 오른쪽 벽 쪽으로는 자료의 산이 기적이라 할 수밖에 없을 만큼 위태위태하게 균형을 유지하고 있었다. 나는 머뭇머뭇 서랍에 손을 대보았다. 서랍은 꿈쩍도 하지 않았다.

"뭐가 많이 들어서 무겁지?"

총무부 히로카와 씨가 히죽히죽 웃으며 말했다.

"전에 아오키 씨가 전화로 부탁해서 뭘 찾은 적이 있는데, 결국 그때부터 그 서랍 안 열리지 뭐야."

"그게 언제였는데요?"

"응? 언제였더라?"

사방으로 뻗친 뻣뻣해 보이는 머리칼을 잡아당기며 생각에 잠겨 있던 히로카와 씨는 "아아, 맞다. 그래, 그래, 맞아" 하고 갑자기 깜짝 놀랄 만큼 큰 소리를 질렀다.

"아오키 씨가 도호쿠에 출장 갔을 때였으니까 3주쯤 전이네."

"3주 전."

내가 신음하듯 말한 것이 재미있는지, 히로카와 씨는 머리를 휙 치켜들고 숨을 들이쉬며 깰깰 웃었다. 나도 모르게 낙타가 생각났다.

"그래, 그 뒤로는 아무도 건드린 사람이 없어."

나도 모르게 한숨을 쉬자, 이사야 씨가 커다란 검정 쓰레기 봉투를 들고 왔다.

"좌우지간 필요 없을 것 같은 건 죄다 버려도 돼. 남겨놔도 어차피 못 찾을 텐데, 뭐. 버려도 몰라."

나는 체념하고 책상 위에 있는 종이 무더기를 조심조심 무너뜨리기 시작했다. 아오키 씨의 상형문자 같은 글씨로 쓰인 원고는 이어진 것이 거의 없고, 42쪽이라고 번호를 매긴 원고가 낱장으로 남아 있는 식이었다. 뭐라고 썼는지 알아볼 수 없는 메모도 있다. 버려도 된다고 했다고 죄다 버려도 되는 것은 아니다. 잘 찾아보면 나올지도 모르는 것과 아예 존재하지 않는 것과는 큰 차이가 있다.

귀찮은 것은, 하고 나는 생각했다. 아오키 씨는 이 책상에 뭐가 있는지 분명히 어느 정도는 파악하고 있을 것이라는 사실이다. 그렇지 않아도 간당간당한 기억을 혼란시키느니, 다른 사람이 책상에 손을 대지 않는 편이 낫다. 목맨 사람의 다리를 잡아당긴다, 라는 말이 머리를 스쳤다.

그러나 인상을 잔뜩 찌푸리며 타인의 영역이니 뭐니 생각하던 것은 잠시뿐이었다. 이렇게까지 철저하게 지저분하면 되레 투지가 끓어오르는 법. 나는 점점 대담하게 버리기 시작했다. 버린다는 행위가 신체의 배설작용과 연관……되는지 안 되는지는 모르겠다. 하지만 버리는 일은 일종의 쾌감을 준다.

나는 버렸다. 버리고, 버리고, 또 버렸다. 지지난해 날짜가 적힌 영수증을 버리고, 술집 광고지를 버렸다. 다 쓴 건전지를 버렸다. 껌과 녹슨 면도칼과 시커먼 칫솔을 버렸다. 사진만은 한데 정리해두었으나, 어느 온천 여관의 요리를 가까이서 찍은 것이라든지 개의 뒷모습처럼 필름을 끝까지 써버리기 위해 찍은 게 명백한 것들은 버렸다. 점심시간을 끼고 네 시간 뒤, 세 시의 차를 마실 무렵에는 아오키 씨의 책상 주변은 몰라보게 달라져 있었다. 종이류는 마침 지나가던 폐휴지업자 트럭을 불러 세우고 가져가게 했기 때문에, 전체의 3분의 1쯤으로 줄어들어 있었다. 그래도 책상 밑에는 회사에서 신을 생각인 듯한 슬리퍼가 다섯 켤레나 있는 등, 전체적으로는 '깨끗하다'보다는 '조금 어질러져 있다'는 표현 쪽이 더 들어맞을 것 같은 느낌이었다.

"깨끗해졌네."

그러나 이사야 씨는 진하게 우려낸 엽차를 홀짝이며 만족스레 칭찬해주었다.

"꽤 과격하게 버려버렸는데요."

얼마간 흥분에서 깨어난 내가 걱정스레 물었다.

"괜찮아, 괜찮아. 어차피 중요한 게 있는 것도 아닌데, 뭐."

이사야 씨는 호쾌하게 웃어넘기고는 누가 출장 다녀오며 사온 '사이고 참마 양갱'을 우물우물 먹었다.

"있어봤자 옛날 영수증이나 초점 안 맞은 사진이나 뭐 그런 것뿐이고. 명함도 다 썼다고 새로 만들어달라고 하는데, 알고 보면 쓰다 남은 게 서랍 안쪽에, 그야말로 코끼리 무덤처럼 조용히 잠들어 있고 그러거든. 나도 바빠 죽겠는데 인쇄소 재촉해서 억지로 명함 만들게 했더니 생글생글 웃으면서 찾았다고 그러면 얼마나 열받는지 몰라. 뭐, 아오키 씨는 그래도 성격이 좋으니까 진짜로 화를 낼 수는 없지만."

쾅 하고 요란한 소리를 내며 문이 열린 것은 그때였다. 마루야마 선배가 심상치 않은 표정으로 뛰어 들어왔다. 그는 어안이 벙벙해 있는 우리는 거들떠보지도 않고 아오키 씨 책상으로 달려가더니 헉 하고 외마디 소리를 내질렀다.

"야, 여기 있던 달력 어떻게 했냐?"

"달력요?"

책꽂이와 옆 책상 사이에 엽서만 한 크기의 달력이 있었다. 버니 걸 복장을 한 금발 언니가 모래사장에 뒹구는 고전적인 판촉용 달력이다.

"버렸는데요."

"버렸다고?"

"아까 폐휴지업자가 갖고 가버렸는데요."

"폐휴지업자가 갖고 가버렸다고?"

마루야마 선배는 귀신같은 형상으로 나를 노려보았다.

"그걸 왜 버려, 아직 9월인데. 버리기는 이르잖냐?"

"하지만 그거 작년 거던데요. 올해 달력은 벽에 걸려 있잖습니까."

나는 어이가 없어, 승천하는 용을 그린 묵화 달력을 가리켰다. 마루야마 선배는 입을 반쯤 벌리고 허공을 노려보았다. 그때 아오키 씨가 어슬렁어슬렁 돌아왔다.

"그거 봐. 그러니까 버렸을 거라고 했잖아."

영문도 모르고 그저 마루야마 선배를 바라보던 나와 두 여자는 그 한마디로 겨우 사정을 알아채고 당황했다.

"중요한 메모야? 대체 뭘 써놨는데?"

"사람 이름."

마루야마 선배가 신음하듯 말했다.

"그것만 있으면 5단통 광고를 정가로 받는 건데."

지난밤에 있었던 일이다. 마루야마 선배는 거래처의 신임 홍보부장에게 인사하러 갔다. 아직 40대 중반인 부장은 성격이 시원시원한 기분 좋은 남자였다. 이바라키 지점에 있다가 이번 9월에 본사로 막 돌아온 참이라 이쪽에 와서 아직 술 마시러 갈 기회가 없다고 그는 애석한 듯이 말했다. 그러시다면, 하고 마루야마 선배는 분위기가 그리 딱딱하지 않으면서 맛있는 토주土酒를 마실 수 있는 집으로 부장을 초대했다.

　　"허어, 맛있군요."

　　부장은 쉴 새 없이 술을 들이켰다.

　　"집이 멀어서 좀처럼 술 마시러 못 가거든요. 오랜만이니 이거 술맛이 더 납니다."

　　"댁이 그렇게 머십니까?"

　　"두 시간 반은 걸리죠. 5년 전에 샀는데, 매물이 시골에밖에 없었어요. 교통비는 전액 지급되니까 상관없습니다만, 책값이 여간 드는 게 아니라서 말입니다. 책 읽는 속도가 워낙 빨라서 가벼운 책이라면 출퇴근길에 한 권 반은 거뜬히 읽거든요."

　　부장은 주량을 자랑하듯 말했다.

　　"책을 고르는 것도 꽤 번거롭습니다. 그래서 요즘에는 대하소설을 삽니다. 그러면 한동안 책을 고르지 않아도 되니까요."

"예에."

어쩌다 읽는 책이라고는 프로야구의 뒷이야기를 다룬 것뿐인 마루야마 선배는 모호하게 대답했다.

"그럼 직접 쓰기도 하시나요?"

두 사람의 이야기를 듣고 있던 마담이 토란과 꼴뚜기 조림을 앞에 놓으며 물었다.

"쓴다기보다는 읽습니다."

술기운이 꽤 돈 듯한 부장은 방글방글 웃으며 말했다.

"출퇴근하는 데 두 시간 반씩 걸리는 건 힘들어도 휴일에는 좋답니다. 집 주위에 자연이 많이 남아 있거든요. 딸내미를 데리고 소풍 흉내를 내보곤 하죠. 나무 밑에서 하루 종일 살랑살랑 잘 수 있는데, 이게 얼마나 좋은지 모릅니다."

그러고 나서 무슨 이야기를 했는지는 기억나지 않는다. 부장은 마담에게 명함을 주고 '사이토오입니다'를 연발했다. '사이토'의 '토'를 묘한 콧소리로 발음하는 것이 그의 버릇인 듯했다. 마루야마 선배가 장난으로 그것을 흉내 내자, 부장은 "아, 그거 너무합니다. 마루야마 씨, 나 화났어요. 이번 광고는 5단통 대신 2단 4분의 1쯤으로 합시다"라며 박력이라고는 하나도 없이 방글방글 웃으며 말했다.

"에이, 그런 게 어디 있습니까."

"5단통이라는 건 크기가 얼마나 되는데요?"

마담이 흥미진진한 얼굴로 물었다.

"신문 활자는 세로쓰기 13글자가 1단이거든요. 그 5단만큼의 길이. '통'이라는 건 끝에서 끝까지 통째로, 라는 뜻이고요. 그게 폭이죠. 2단 4분의 1은 길이가 신문 2단만큼, 폭이 전체 폭의 4분의 1입니다."

"어머, 차이가 꽤 나네요."

"제 말이 그 말이에요. 천하의 대기업이 2단 4분의 1이라니, 다른 회사들이 웃습니다."

"그럼 아예 광고를 내지 말까요?"

"옛?"

눈을 부릅뜬 마루야마 선배의 표정이 우스웠는지 한동안 쿡쿡 웃던 '사이토오' 부장은

"그럼 이렇게 합시다."

라고 말을 꺼냈다.

"마루야마 씨가 우리 딸내미 이름을 맞히는 겁니다. 혹시 맞으면 5단통 광고를 정가에 내겠습니다."

"정가."

마루야마 선배는 침을 꿀꺽 삼켰다. 5단통 광고의 정가는 25만 엔이지만, 오래 거래한 회사의 경우에는 대개 16, 7만 엔쯤으로 할인된 가격을 받는다.

"대신 못 맞히면 한 번 무료로 광고를 실어주시는 겁니다."

"좋습니다. 한번 해보겠습니다."

이런 종류의 일을 밥 먹기보다 좋아하는 마루야마 선배는

무릎을 탁 쳤다.

"하지만 힌트는 주셔야 합니다."

"그야 물론이죠."

잠시 말없이 술을 마시던 부장은 방긋 웃으며 말했다.

"도쿄…… 아니 간토 다섯 번째."

"네? 그게 힌트입니까?"

마루야마 선배와 마담은 얼굴을 마주 보았다.

"그래요. 간토 다섯 번째 현의 현화하고 관계가 있어요. 내 입으로 말하기는 좀 뭐합니다만, 좋은 이름이에요. 일본인이라면 분명히 누구나 이해할 겁니다."

"꽃하고 관계가 있나요?"

마담은 기쁜 듯이 몸을 앞으로 내밀었다. 그러고 보니 좁은 가게 안에는 곳곳에 깔끔한 보라색 꽃과 작은 억새가 거추장스럽지 않게 장식되어 있다.

"어머, 멋져라. 제 친구 중에 모모키 시노부桃木しのぶ라는 사람이 있어요. 아버님이 오카야마 현 출신이시라 오카야마 현 향토의 꽃인 복숭아꽃을 아주 좋아하셔서 댁에 한가득 심으셨답니다. 아이가 태어나면 당연히 이름을 모모코桃子라고 짓는다고 하셨는데, 모모키 모모코는 너무한다고 결국 시노부로 지었대요. 복숭아꽃의 꽃말인 '인내'에서 따온 거죠."('시노부'는 보통 참을 인忍 자를 쓴다—옮긴이)

"꽃말이라."

꽃 이름은 장미와 튤립만 알면 충분하다고 생각하는 마루야마 선배는 머리를 싸안았다.

"현마다 다 향토의 꽃이라는 게 있습니까?"

"있고말고요. 마루야마 씨는 어디 출신이세요?"

"히로시마인데요."

"히로시마라면 분명히 단풍일걸요."

"단풍나무 꽃인가요?"

"아뇨, 붉게 물든 단풍잎이겠죠."

"잎사귀도 향토의 꽃입니까?"

마루야마 선배는 혼란에 빠졌다.

"그럼 도쿄는요?"

"왕벚나무예요. 벚꽃이죠."

"아, 알겠습니다. 따님 이름이 사쿠라코櫻子죠?"

부장은 웃었다.

"연예인 중에도 딸아이하고 발음이 똑같은 이름이 있었던 것 같습니다만, 어쨌든 사쿠라코는 아닙니다."

"그럼 벚꽃의 아이니까 체리. 치에리 아닙니까?"

"아닌데요."

"네? 그럼 뭐지? 마담, 벚꽃 꽃말은 뭐죠?"

"마루야마 씨, 난 간토 다섯 번째라고 했지, 도쿄라고는 안 했어요."

마루야마 선배는 부장의 얼굴을 아연히 바라보았다.

"이번에 못 맞히면 내가 이긴 겁니다."

"어라, 그런 약속 했던가요?"

"무슨 말이에요? 이름 맞히기는 예부터 세 번까지라고 정해져 있잖습니까. 장기에서 기다려주는 것도, 부처님 얼굴도 세 번까지(참는 데도 한계가 있다는 말-옮긴이)예요."

부장은 이상한 소리를 하면서 또다시 사뭇 맛있게 술을 마셨다.

"뭐. 사흘 시간을 줄 테니 열심히 생각해봐요."

그다음부터는 도무지 이름을 생각할 수 있는 상황이 아니었다. 단골로 보이는, 이미 고주망태가 된 사람들이 우르르 몰려와 노래와 춤판이 벌어졌다. 거기에 휘말려든 부장은 또다시 '사이토오입니다'를 연발하며 명함을 뿌리고 다니더니, 나중에는 '제 딸내미는 토끼띠거든요'라며 머리에 하얀 술병을 두 개 얹고 '토끼야, 토끼야, 어딜 보고 뛰느냐' 하고 노래를 부르며 춤을 추기 시작했다. 마루야마 선배도 질세라 최근에 배운 나 홀로 람바다를 선보여 우레 같은 갈채를 받았다. 거기까지는 확실히 기억이 나는데 그 뒤는 전혀 생각나지 않는다. 두 시간 반씩이나 걸리는 집으로 부장이 어떻게 돌아갔는지 그것도 모른다. 정신을 차려보니 아침이고, 대체 어디서 샀는지 꽃말 책을 쥔 채 신주쿠 3번가에 있는, 평소에는 아무도 없는 파출소 벽에 기대어 자고 있었다.

✳

"그러니까 무슨 일이 있어도 부장의 딸 이름을 맞혀야 한단 말이다. 사이토 씨도 꽤 취해 있었으니 약속 따위 잊어버리지 않았을까 했는데."

오늘 우연히 어떤 기계회사 전시회에서 만난 부장은 "어때요, 알아냈습니까?"라고 방글방글 웃으며 답을 재촉하더라고 마루야마 선배는 풀 죽어 말했다.

"그때 그 자리에 같이 있던 아오키 씨가 부장의 딸 이름이라면 이바라키 지점장 시절에 인터뷰한 적이 있으니까 알지도 모른다고 하더라고."

"기사를 쓰면서 나중에 전화로 이름을 물은 기억이 났거든요. 하지만 결국 신문에 딸 이름은 안 실었어요."

그 이름을 적어놓은 데가 하필이면 내가 버린 달력이었다는 이야기다.

"아이고, 이 일을 어쩌냐."

마루야마 선배가 원망스레 눈을 치켜뜨고 나를 보았다.

"어머, 뭐야. 그런 거라면 힌트를 듣고 답을 찾아내는 게 도리 아냐? 그런 식으로 수를 쓰는 건 반칙이야, 반칙."

아까부터 어처구니가 없어하던 이사야 씨가 위세 좋게 말했다.

"수라니? 이사야 씨도 정가로 광고 따내는 편이 좋으면서

203   10월 ♦ 래빗 댄스 인 오텀

뭔 소리야?"

"그러니까 정정당당하게 문제를 풀어서 따님의 이름을 맞히면 되잖아."

"하지만 간토 다섯 번째가 어딘데?"

우리는 고개를 갸웃했다.

"일기예보라면 도쿄일걸. 이바라키, 도치기, 군마, 사이타마, 도쿄, 가나가와, 지바 순서니까."

"전국 광역지도라면 지바 현이지. 이바라키, 도치기, 군마, 사이타마, 지바, 도쿄, 가나가와."

"건설성 통계면 군마군. 니가타, 나가노, 이바라키, 도치기, 군마, 사이타마, 지바, 도쿄, 가나가와, 야마나시, 시즈오카 순서잖아. 군마가 아닐까? 군마라면 이바라키나 도쿄나 두 시간 반에 다닐 수 있을 테고."

"지바에서도 다닐 수 있어."

이사야 씨가 말했다.

"통상산업성 통계에서도 지바 현이고, 지바 쪽이 유력하잖아? 당연히 지바야."

"통상산업성."

나는 소리를 질렀다.

"맞습니다, 통상산업성 통계의 다섯 번째예요."

"그걸 어떻게 아나?"

마루야마 선배는 퉁명스럽게 말했다.

"사이토 씨는 도쿄라고 하다가 중간에 간토라고 고쳤잖아요. 간토 통상산업국을 전에는 도쿄 통상산업국이라고 하지 않았나요?"

"그랬지."

"통상산업국 중에서 다섯 번째는 지바 현이에요. 그러니까 지바 현이 맞습니다."

"오오, 그렇군."

마루야마 선배는 갑자기 기분이 좋아져 고개를 끄덕였다.

"지바 현의 꽃은 유채꽃이래."

히로카와 씨가 색색의 우표 시트를 한 장 꺼내 훑어보며 말했다. 내가 의아한 얼굴로 보자, "전에 나온 기념우표. 현화가 모두 실려 있거든. 자, 봐"라며 그녀가 가리킨 곳에는 분명히 '지바 현 유채꽃'이라고 쓰여 있었다.

마루야마 선배는 가방에서 《사랑의 꽃말》이라는 분홍색 책을 꺼내 책장을 넘겼다. 이사야 씨가 히죽대는 것도 모르고 "유채꽃" 하더니, 상스럽고 굵은 목소리로 소리 내어 읽었다.

"꽃말은 쾌활함, 밝음……. 그렇군, 밝음이군. 밝은 유채꽃이라고 아키나明菜는 어때?"(일본어로 유채꽃은 나노하나菜の花다―옮긴이)

자기가 말해놓고 무릎을 탁 친다.

"이거다, 이거. 이게 틀림없어. 연예인 중에 똑같은 이름이 있다고 했고, 이름도 좋군그래. 만세, 정가로 5단통이다!"

마루야마 선배는 전화기에 달려들었다. 우리는 싸늘하게

식어버린 차를 마시고 아이구야 하며 각자 하던 일로 돌아갔다. 나는 워드프로세서를 켜고 시작 음을 들으며 정서할 기획서 자료를 추리기 시작했다.

"네? 아니라고요?"

겨우 평상시의 분위기로 돌아왔다고 생각한 것은 아무래도 큰 오산이었던 모양이다. 업무를 시작하려던 직원들 모두가 벌떡 일어나 마루야마 선배 주위에 우르르 몰려들었다.

"아니래?"

"아니래."

거의 넋 나간 표정으로 마루야마 선배가 대답했다. 눈의 초점이 풀려 있다.

"유채꽃은 맞았어. 하지만 꽃말하고는 상관없었어. 거기 마담이 괜히 꽃말 이야기를 해가지고."

그다음부터는 말도 나오지 않는 모양이다. 그 모습을 보니 딱하기는 했지만, 호기심은 그와는 별개다.

"그래서 정답은 뭐였습니까?"

"싫어."

"네?"

"안 가르쳐줄 거야."

마루야마 선배는 완전히 삐쳐버렸다.

"어머, 무슨 그런 어린애 같은 소리를 하고 있어? 유채꽃까지는 도와줬으니 가르쳐줘도 되잖아. 사이토 뭐래?"

흥, 하고 마루야마 선배는 고개를 돌려버렸다. 이사야 씨는 화가 머리끝까지 난 듯,

"아아, 그러셔. 안 가르쳐주면 나도 영수증 정산 안 해줄 거야."

라면서 똑같이 어린아이 같은 소리를 했다.

"쳇, 사이토오 좋아하시네."

여전히 허탈감에서 벗어나지 못한 마루야마 선배가 중얼거리며 멍하니 명함을 만지작거리고 있다. 그것을 본 순간, 머릿속에 번득이는 것이 있었다. 나도 모르게 앗 소리를 질렀을 정도다.

"선배, 혹시 정답은 '나쓰키' 아닙니까?"

마루야마 선배의 죽은 물고기 같은 눈이 뒤룩 움직이더니 나를 보았다.

"그래. 유채꽃의 '나菜'에 달의 '쓰키月'라고 나쓰키라더라. 어떻게 알았냐?"

"사이토 씨잖아요."

나는 말했다.

"일본 사람이라면 누구나 이해한다고 했죠."

"그게 왜? 무슨 말인지 모르겠어."

이사야 씨를 비롯해서 모두들 여우에 홀린 듯한 얼굴로 흥분한 나를 보았다.

"사이토 씨라고 해서 전 당연히 '齋藤' 또는 '齊藤'로 쓰는 사

이토 씨인 줄 알았습니다. 그게 보통이니까요. 하지만 그외에도 '사이토'라고 읽는 이름이 있거든요. '西東' 말입니다."

나는 마루야마 선배가 갖고 있는 명함을 빼앗아 다른 사람들에게 보여주었다.

유채꽃과 서와 동이라고 하면 생각나는 건 역시 그 유명한 하이쿠다.

유채꽃이여 달은 동녘에 해는 서녘에

(18세기 일본 하이쿠 시인 부손의 유명한 작품-옮긴이)

게다가 사이토 씨는 아마 하이쿠를 즐기는 취미가 있을 것이다. 하루 종일 잔다는 말을 '하루 종일 살랑살랑 잔다'라고 했고(역시 부손의 유명한 하이쿠 '봄 바다 하루 종일 살랑살랑'에서-옮긴이), 뭘 쓰기도 하느냐고 물었더니 '쓴다기보다는 읽는다'고 대답했다(일본어로 '읽는다'는 단어와 '시를 짓는다'는 단어의 발음이 같다-옮긴이). 쓰지 않고 그냥 읽기만 한다는 뜻이라면 '~다기보다는'이라는 표현은 이상하다.

"그러고 보면 나쓰키라는 이름의 연예인도 있었군."

마루야마 선배는 불만스레 말했다.

"너 이 자식, 왜 좀 더 일찍 생각을 못하냐?"

마루야마 선배는 내 멱살을 잡고 앞뒤로 흔들었다.

"죄송합니다."

"사과할 필요 없어. 애초에 마루야마 씨가 자기 멋대로 생각해내서 자기 멋대로 단정하고 자기 멋대로 전화한걸. 게다가……."

이사야 씨는 기쁜 듯이 심술궂게 말했다. 아오키 씨를 혼내줄 때와 똑같은 표정이다.

"자기가 아무리 부장이라도 광고를 정가로 낸다는 결정을 할 재량은 없거든. 실은 술이라도 한번 사기로 한 거 아냐?"

욱, 하고 마루야마 선배는 말문이 막힌 것 같았다. 그러더니 허둥지둥 변명을 했다.

"아, 아니, 처음에는 정말 광고를 걸었는데, 중간에 회사업무를 가지고 내기를 하면 안 되지, 하고 반성했다 이 말이야."

"그거 봐. 나 원 참, 고작 한 번 술값 가지고 후배한테 화풀이를 하다니."

"하지만 그 부장 술고래라고."

이사야 씨와 아오키 씨는 배꼽을 쥐고 웃어댔다.

"하지만 말이야."

아까부터 가만히 있던 히로카와 씨가 띄엄띄엄 말했다.

"어째서 달이야? '달은 동녘에 해는 서녘에'니까 해일 수도 있잖아. 어째서 히나코(일본어로 '해'가 '히'-옮긴이)나 뭐 그런 거면 안 되지?"

나는 웃었다.

"춤을 춰보면 알아요."

"난 마루야마 씨처럼 나 홀로 람바다 같은 거 못 춰."

히로카와 씨는 진지하게 대답했다.

"그게 아니라 사이토 씨가 췄잖아요."

"토끼야, 토끼야, 하는 그거?"

히로카와 씨는 진지한 얼굴로 노래를 부르기 시작했다.

"토끼야, 토끼야, 어딜 보고 뛰느냐. 십오야 달님 보며……
아."

놀란 그녀의 얼굴을 보며, 나는 문득 이제 곧 팔월대보름이
라는 것이 생각났다. 마지막으로 달에 공양을 드린 게 언제였
을까.

오늘은 일찍 돌아가서 달구경을 하자. 삶은 토란에 삶은 밤.
간장이 눌어붙은 작은 경단. 계절감이 없는 도쿄라면 어딘가
에서 유채꽃도 팔고 있을 테니, 그것을 사서 겨자로 무치고.
만난 적은 없는, 하지만 행복할 게 틀림없는 '사이토 나쓰키'
어린이를 생각하며.

르네상스

사나다 건설 컨설턴트 사내보 I 제8호 1990.11

표지 제자_{題字} 건설성 장관 히가시시카키 구니오

표지 사진 모리타 기념 강당 별관 (촬영: 본사 토목설계4과 야지마 겐)

판화 속
풍경

대학 선배의 부탁으로 업계 신문을 발행하는 작은 회사에서 아르바이트를 하기 시작한 지 한 달이 지났다. 희한하게도 병 때문에 남아도는 시간을 주체하지 못하던 때는 꿩 구워 먹은 소식이던 친구들이 "사회 복귀했다며?" 하며 술자리에 불러내기 시작했다. 사회 복귀라니 무슨 말이 그러냐며 조금 화를 내보았지만, 그들은 꿈쩍도 않고 병이 나은 것을 축하하는 의미에서 한턱내겠다고 하는 형국이었다. 호젓하게 휴식을 즐기던 다섯 달이 빠른 속도로 멀어지는 것은 왠지 모르게 쓸쓸했지만, 동시에 잊지 않고 나를 불러내주는 친구들이 있어

기쁘기도 했다. 나는 기꺼이 한턱 먹어주기로(?) 했다.

내가 일하는 곳이 신주쿠 3번가라는 이야기를 듣고, 한 친구가 신주쿠 구청 근처에 있는 오이타 향토음식점을 예약해 주었다. 겉으로는 하는 수 없이 나가주는 척했지만 오랜만에 친구들과 만날 생각에 들떠 있던 나는 퇴근시간이 되자마자 회사에서 튀어나가 음식점으로 향했다.

친구들이란 내가 대학 때 속해 있던 문예 동아리의 여러 선후배와 동기들이다. 누구나 대학 시절은 아마 비슷할 것이라 생각하지만, 우리는 가끔씩 침을 튀겨가며 소설 이야기를 하고, 시시한 농을 주고받고, 합숙을 하고, 술을 마시며 실연의 상처를 서로 핥아주었다. 오늘 모이는 사람들은 모두 당시 나의 '상처'를 핥아주신 분들이다. 물론 그들이 상처를 입었을 때는 나도 열심히 핥아주었다. 그렇게 말하니 꼭 무슨 개 같지만, 결국 대학 시절의 친구 관계는 무리 지어 장난치는 개들 같은 것이라고 나는 생각한다. 가끔씩 장난이 지나쳐 서로 앙물게 될 때도 있었지만, 자란 환경이 비슷하고 머리가 비슷한 개들은 한데 들러붙어 자다 보면 물고 물렸다는 사실 따위는 금세 잊어버리곤 했다.

이런 친구들은 뭐라고 하면 좋을까, 꼭 형제 같다. 나에게는 남자 형제가 셋씩이나 있고 그중 둘이 형, 하나가 동생이지만, 남, 남, 여, 남, 남 다섯 남매 중에 위에서 넷째인 탓에 별 관심을 받지 못했다. 두 형의 안중에는 오로지 누이동생(즉 나의 누

215

나)밖에 없고, 동생은 바로 위인 나보다 나이 차가 많이 나는 형들을 더 의지했다. 누나와 사이가 좋기는 했지만, 누나는 두 오빠의 삼엄한 감시(하나밖에 없는 누이동생에게 향하는 오빠들의 엄격한 시선으로 말하자면, 그야말로 신부의 아버지, 나아가 사창가의 감시원 같은 부분이 있다. 이런 말을 들으면 당사자들은 길길이 날뛰겠지만)를 벗어나 한숨 돌리기 위해 나를 상대하는 면이 있었으므로, 순수한 의미에서 친밀한 남매라고는 할 수 없었던 것 같다.

대학 시절 친구들은 하나같이 예의 바르게 일정한 거리를 두는 일 없이 단도직입적으로 대하는 사람들뿐이었다. 내가 생각하는 이상적인 형제란 말하자면 이런 것이다. 유산 문제가 얽히면 아마 달라지겠지만.

내가 다니는 회사의 퇴근시간은 여섯 시였으므로, 내가 음식점에 들어서자 안쪽 방에 낯익은 얼굴들이 네다섯 모여 있는 것이 보였다. 나는 나도 모르게 얼굴 가득 웃음을 띠고 가까이 다가갔다.

"오랜만이다."

"어."

이쪽은 기세 좋게 인사하는데 돌아오는 것은 어정쩡한 대답뿐. 예상이 어긋나 조금 기가 꺾인 나는 신발을 벗으며 입구 가까이에 있는 히로오카라는 동기에게 작은 목소리로 물었다.

"어떻게 된 거야? 왜 이렇게들 얌전해?"

히로오카는 옆자리에 놓인 감색 양복 재킷을 왼손으로 밀쳐내며 말없이 턱짓으로 안쪽을 가리켰다. 나는 히로오카의 어깨 너머로 안쪽을 보았다.

다치바나, 스즈키, 다키, 이시카와 등 낯익은 선배들이 몸을 어색하게 꿈지럭대며 맥주를 마시고 헛기침을 하고 있었다. 그리고 맨 안쪽에 여자가 있었다. 머리칼을 짧게 치고, 안경을 쓰고, 꽃무늬 손수건을 쥐고, 수수한 하얀 블라우스와 베이지색 투피스를 입고 있다. 곁에서 열심히 말을 붙이는 후배 오카와에게 고개를 숙인 채 띄엄띄엄 대답하고 있다. 즉 울고 있었던 것이다.

나는 허둥지둥 고개를 숙이고 열심히 신발 끈을 끄르는 척했다.

"아까부터 저 모양이다. 저 선배가 우는 얼굴 다들 처음 보잖냐. 어떻게 하면 좋을지 몰라서, 참."

"누군데?"

나는 작은 목소리로 물었다.

"야, 이 바보야, 마쓰타니 선배잖냐."

"뭐?"

나는 커지려는 목소리를 필사적으로 억눌렀다. 마쓰타니 선배는 동아리에서 둘째가라면 서러울 여장부에, 누구보다도 술이 세고, 남자보다도 경쟁심이 강하고, 믿음직스럽기 짝이 없는 여자였기 때문이다. 대학 시절 나는 그녀에게 처음부터 끝까지 압도되어 있었다. 졸업한 뒤로 처음 만나는 것인데, 그런 그녀가 이렇게 울고 있다니.

"왜 우는데?"

"직장에서 무슨 실수를 한 모양이야. 그것도 보통 실수가 아닌 것 같더라."

소곤소곤 말하는 소리를 들었는지, 마쓰타니 선배가 고개를 들었다. 나는 가슴이 아팠다. 지나칠 정도로 하얗고 작은 선배의 얼굴이 억지로 미소를 지으려다가 조금 일그러졌다. 선배가 이렇게 작은 사람이었을 줄이야. 대학 때는 생각도 못 했던 일이다.

"어머, 주인공이 등장했네. 미안해, 분위기를 어둡게 해서."

"하하, 선배, 오랜만이옵니다."

나는 장난스럽게 이마가 방바닥에 닿을 만큼 고개를 조아렸다. 주위에서 억지로 웃는 듯한 웃음소리가 일었다. 선배는 가볍게 숨을 내쉬고는, 안경을 들어 올리고 아직 방울방울 흘러내리는 눈물을 닦으며 후후 하고 웃음소리 비슷한 것을 냈다.

"병이 났다고 들었는데, 그 뒤 용태는 어떠한가?"

"예. 덕분에 보시다시피 이렇게 멀쩡하옵니다."

"그거 경사스러운 일이군. 여봐라, 이시카와. 이자에게 한 잔 따라주게."

"예이."

이시카와 선배가 빈 컵에 맥주를 따라주었다.

"내가 내리는 축하주다. 자, 쭈욱 들어라."

이쯤 되면 오기다. 나는 맥주가 넘칠락 말락 하는 컵을 들고 단숨에 비웠다.

"오오, 좋아, 좋아. 그럼 나는 잠시 측간에."

마쓰타니 선배가 자리를 뜨자, 주변에 있던 친구들이 바닷물을 내뿜는 고래처럼 한숨을 내쉬었다.

"아이구야, 조마조마했다."

다치바나 선배가 이마의 땀을 닦았다.

"대체 무슨 일입니까?"

나는 오랜만에 마신 맥주를 위 속에서 그럭저럭 진정시키고 나서 물었다.

"그게 말이다, 모함에 빠져서 직장에서 쫓겨날 판이라는 거야."

"……무슨 궁중 암투 같군요."

"지금 사극놀이를 계속하고 있을 때냐. 진짜 있는 이야기라고. 자기가 하지도 않은 일을 했다는 혐의를 받고 입장이 상당히 어려운가 보더라. 자세한 이야기는 못 들었지만, 뭘 훔쳤다는 혐의를 받고 있는 모양이야."

"훔쳤다고요?"

멍하니 그 말을 되풀이한 나는 나도 모르게 분개했다.

"말도 안 돼. 마쓰타니 선배가 도둑으로 전직이라도 했다는 말입니까? 그런 일이 있을 리가 없잖아요."

"그야 나도 그렇게 생각해. 그 친구가 어떤 사람인지 나도

219

잘 알고 있고. 하지만……."

"뭐가 '하지만'입니까?"

나는 머리에 피가 솟구쳤다.

"그렇게 화내지 마라. 나도 그런 이야기 믿어지지 않아."

"하지만 우리가 아는 건 대학 시절의 마쓰타니지, 지금 뭘 어떻게 하고 사는지는 모르는 셈 아니냐."

스즈키 선배가 어묵튀김을 덥석덥석 먹으며 말했다.

"잘도 그런 말씀을 하시네요."

그 마쓰타니 선배에게 푹 빠져서 고백도 못 하고 술 마시며 푸념이나 늘어놓던 건 어디 사는 누구였느냐고 대들고 싶은 것을 나는 꾹 참았다.

"진정해라. 그 친구 소행이라 생각할 수밖에 없다고 하는 녀석이 있어."

"누군데?"

나는 퉁명스럽게 물었다.

"노노무라."

나는 놀랐다. 노노무라는 나와 동기로, 졸업한 뒤에도 곧잘 뭉쳐 노는 가까운 친구 중 하나다. 대학을 졸업하지 않고 건들 건들 지내나 싶더니 갑자기 화가의 문하생으로 들어가버린, 조금 경박스럽기는 해도 미워할 수 없는 녀석이다. 그 노노무라가 마쓰타니 선배가 하는 일과 무슨 관계라는 말인가?

"마쓰타니 선배 직장 아냐? 미술잡지 출판사야. 선배는 직장을 옮기고 바로 유키 도게쓰라는 판화가를 담당하게 된 모양이야. 유키라는 사람은 워낙 비밀주의로 유명한데……."

"그리고 그 사람이 노노무라의 스승이야."

히로오카의 마지막 말을 다치바나 선배가 가로챘다. 나는 놀라 두 사람의 얼굴을 번갈아 보았다.

"노노무라가 마쓰타니 선배가 훔쳤다고 하는 데에는 무슨 이유라도 있답니까?"

"이유도 없이 그런 말을 할 녀석으로 보이냐, 응? 노노무라가 그렇게 말할 때는 확실한 이유가 있어서 그러지 않겠냐?"

"하지만."

내가 입을 열려 하자, 말을 가로막듯 스즈키 선배가 맥주병을 내밀었다.

"난 실망했다. 마쓰타니가 도둑이라니. 쳇, 시간의 흐름이라는 건 정말 싫구나. 작가가 되겠다고 큰소리치던 꿈 많은 대학생들이 이렇게 하나같이 월급쟁이가 돼버린 거 봐라. 졸업하고 겨우 6년이야, 6년. 그 사이에 팔팔하던 후배는 병에 걸리지, 좋아하던 여자는 남의 물건이나 훔치는 지저분한 인간이 돼버리지, 젠장."

"잠깐만요. 선배가 정말 도둑이라면 왜 오늘 이 자리에 와서 다들 보는 앞에서 울고 그러겠습니까?"

"그러니까 지저분하다고 했잖냐. 울면 동정을 받을 수 있을 거라고 생각했겠지. 비난의 도가니일 텐데 가끔은 동정도 받고 싶지 않겠냐?"

돌이켜 생각하면, 스즈키 선배의 이 말에도 동정의 여지는 있을지 모른다. 노노무라는 경박하기는 해도 이유 없이 남을 비방하는 인간은 아니다. 다들 그 점을 잘 알기 때문에 그만 마쓰타니 선배를 의심하게 된 것이다. 그러나 그때 나는 눈앞이 시뻘게질 정도로 화가 났다. 화가 머리끝까지 치민 나머지 머리가 어질어질했다.

"……잠깐 바람 좀 쐬고 오겠습니다."

그렇게 내뱉듯이 말하고는 자리에서 일어섰다.

입구를 빠져나와 계단을 내려가려던 나는 바로 앞을 달려가는 베이지색 치마를 얼핏 보았다. 나는 허둥지둥 뒤를 쫓았다.

"마쓰타니 선배!"

그녀는 뒤도 돌아보지 않고 인파를 헤치며 빠른 걸음으로 걸어갔다. 나는 조금 전에 마신 맥주가 위 속에서 기분 나쁘게 출렁이는 것을 느끼며 걸음을 빨리했다.

"마쓰타니 선배."

그녀를 겨우 따라잡아 팔꿈치를 잡은 것은 구청 앞 교차로에서였다. 그녀 앞으로 돌아간 나는 심장이 목구멍까지 치밀어 올라올 것 같았다. 지금에 비하면 조금 전의 울음 따위는 장난에 불과했다. 그렇게 보일 정도로 그녀는 본격적으로 울고 있었다. 신호가 바뀌기를 기다리던 사람들이 우리를 보며 휘파람을 불었다.

"……들었습니까?"

나는 변변치 않게도 물으나마나 한 말을 물었다. 그녀는 말없이 울었다.

"미안해. 축하 자리를 망쳐버렸네."

그녀가 입을 연 것은 내가 아르바이트를 끝내고 자주 들르는, 미쓰코시 백화점 뒤쪽 커다란 찻집에 들어가 애플티를 주문하고, 차가 나오기를 기다려 첫 잔을 다 마셨을 때였다. 나는 홍차에 곁들여 나온 쿠키를 우물우물 먹고 있었으므로, 하마터면 모기 소리처럼 가느다란 그녀의 말소리를 못 들을 뻔했다.

"괜찮아요. 신경 쓰지 마세요."

"배고프니?"

마스타니 선배는 내가 먹고 있는, 아무리 봐도 맛없을 것처럼 생긴 쿠키를 보며 물었다.

"네. 엄청요. 기왕이면 맥주가 아니라 어묵튀김을 양껏 들어라, 그렇게 말씀해주셨으면 좋았을 텐데요."

"저런, 내 생각이 짧았구나. 용서해주어라."

나는 눈이 통통 부은 그녀와 마주보고 웃었다. 조마조마해하며 은쟁반을 만지작거리던 낯익은 웨이터가 조금 안심한 듯 나에게 살짝 웃어 보이고는 다른 곳으로 갔다.

"선배들이 한 말 신경 쓰지 마세요. 노노무라한테 이야기를 듣고 마쓰타니 선배가 도둑이라고 믿어버린 모양이에요. 그러다 보니 어쩐지 배신당한 기분이 들어서 필요 이상으로 선배 흉을 보는 것뿐이에요."

'뿐'은 아니지, 하고 생각하면서도 나는 서툰 변명을 했다. 마쓰타니 선배는 안경을 벗고 관자놀이를 마사지하며 애써 미소를 지었다. 나는 허둥지둥 홍차를 입으로 가져갔다. 마쓰타니 선배의 미소는 언제나 최고였다. 마음을 허락한 사람에게만 보여주는, 환하게 빛나는 미소. 주위가 다 환해질 정도로⋯⋯. 그에 비하면 지금 이것은 가짜 미소, 모조품이다.

"괜찮아. 나도 바보였지, 뭐. 대학 때 친구들이라면 분명히 날 믿어줄 거라고 생각했지 뭐야. 하지만 생각해보면 노노무라도 그렇잖아."

"선배."

나는 자세를 고쳐 앉았다.

"말씀해주면 안 될까요? 전 대체 어떤 사정이 있는지 전혀 몰라요. 말씀하고 싶지 않겠지만, 알고 싶습니다."

"그러게. 나도 누가 알아줬으면 좋겠어. 내 입장에서 본 사정이라는 걸."

✳

미술잡지 편집부에 취직하고 얼마 되지 않아, 마쓰타니 유

224

미코는 갑자기 편집장에게 불려갔다. 이상하게 생각하면서도 편집장실로 가자, 늘 기침이 나올 것 같은 냄새를 풍기는 담배 파이프를 물고 있는 편집장은 책상에 두 발을 올려놓고 궁둥이로 의자를 조금씩 돌리며 대뜸 말했다.

"자네가 유키 도게쓰 선생님을 담당해줬으면 좋겠어."

"네에……."

갑작스런 이야기에 마쓰타니는 영문을 몰라 편집장의 말상 얼굴을 바라보았다.

"이번에 우리가 선생님 특집을 꾸미거든. 알지?"

"네. 하지만……."

"선생님은 완고한 옛날 분인 데다가 자주 삐치시거든. 하지만 알다시피 다방면에 열렬한 팬이 오죽 많아야지. 우리 광고주 중 하나인 가고야 물산도 거기 사장이 열광적인 유키 팬이라, 특집 좀 하라고 하도 성화를 부려서 성가셔 죽겠어. 영업부 쪽에서도 유키 도게쓰라면 팔릴 거라고 특집을 하고 싶어 하고. 그런데 큰 소리로 말할 수는 없지만, 우리 편집부는 죄다 아웃이잖아."

"네?"

"그러니까 말이지."

편집장은 숱 많은 머리카락을 쓸어 올리며 비밀 이야기를 하듯 목소리를 낮추었다.

"다들 유키 선생님한테 미움을 받아서 말이야. 그 선생님,

무슨 일만 있으면 바로 출입금지해버리거든. 목소리가 크다느니, 목소리가 작다느니, 양말이 지저분하다느니, 하여튼 얼마나 까다로운지 몰라. 그렇게 말하는 나도 파이프 담배 냄새가 난다고 출입금지. 게다가 한 번 싫다고 하면 두 번 다시 얼굴도 안 보겠다고 고집을 부려요. 하지만 자네는 여자고, 선생님 댁에서 기거하는 그 뭐라더라, 까불까불한 그 친구하고 대학 선후배 사이라며? 유키 선생님은 그 제자, 음, 노노무라였던가? 그 친구를 꽤 마음에 들어하는 것 같으니까, 우선 자네가 가서, 자네가 담당해서 특집을 꾸미고 싶다고 이야기를 하면 좋겠는데."

마쓰타니는 저도 모르게 큰 소리로 말했다.

"제가 말인가요? 하지만 전 유키 선생님에 관해 아무것도 모르는데⋯⋯."

"모르는 게 나아. 애매하게 아느니 선생님께 가르침을 받을 생각으로 있는 편이 오히려 낫다고. 다카시마 같은 경우에는 쓸데없이 판화에 대해 아는 게 많아가지고, 선생님이 말씀하실 때 끼어들어서 미움을 샀거든. 어쨌든 오늘 당장 선생님을 찾아뵙고 인사만이라도 드리고 와."

자, 여기 약도하고 주소. 유키 선생님의 미술상한테는 이야기해뒀고 나중에 그 사람도 쫓아가서 거들어주기로 돼 있으니까, 하고 편집장은 하고 싶은 말만 하고 마쓰타니를 사무실에서 내몰았다.

11월의 거리는 이제 겨우 다섯 시가 지났을 뿐인데도 어두
침침하고, 태양은 흐린 하늘 저편으로 힘없이 가라앉아갔다.
마쓰타니는 마루노우치 선을 타고 오테마치로 향했다. 저명한
판화가라 해서 교외에 아틀리에를 두고 있나 했더니, 뜻밖에
도 사무 빌딩들이 밀집한 지역에 거주한다고 했다. 마쓰타니
는 불안과 더불어 오랜만에 후배인 노노무라를 만난다는 흥분
을 가슴에 품고 약도를 보며 유키 아틀리에를 찾았다.

　　회사가 있는 신주쿠는 환락가라는 명성에 걸맞게 하루 온
종일 시간이 남아도는 것 같은 사람들이 오가지만, 오테마치
는 역시 달랐다. 굳은 얼굴로 회사 이름이 인쇄된 봉투를 들고
빠른 걸음으로 지나가는 양복 입은 남자들이 많다. 찾는 건물
을 발견한 마쓰타니는 심호흡을 하고 허리를 곧게 폈다. 경비
원이 지키고 있는 1층 안내 데스크를 지나 엘리베이터를 타고
5층을 눌렀다.

　　"마쓰타니 선배."

　　육중한 철문이 열리고 노노무라의 낯익은 얼굴이 미소로
맞이해주자, 마쓰타니는 안도의 한숨을 내쉬었다.

　　"오랜만이야."

　　"정말 오랜만이네요. 아까 편집장님 전화받았어요. 선생님
담당이 되셨다고요? 잘 부탁드립니다."

　　"나야말로……. 선생님은?"

　　"아틀리에에 계세요. 이번에는 상당히 힘을 쏟은 작품을 제

작 중이신가 봐요. 좀 별난 취향으로, 라고 하셨거든요."

마쓰타니가 안내를 받아 들어간 응접실 겸 사무실로 보이는 방 안 쪽에 유키 도게쓰의 아틀리에가 있는 모양이었다. 노노무라가 권해준 소파에 앉으려던 마쓰타니는 도로 엉거주춤 일어섰다.

'아⋯⋯.'

판화였다. 유키 도게쓰의 작품일 것이다.

액자 속에는 기묘한 풍경이 펼쳐져 있었다. 날카롭고 가는 선으로 표현된 거리, 얄궂을 정도로 무기질적인 집들 위로 넉넉하게 쏟아지는 저녁 햇살의 달콤한 은혜⋯⋯.

"차 드세요."

노노무라가 앞치마를 두르고 쟁반에 김이 오르는 엽차와 노란 양갱이 담긴 접시를 담아 들고 들어왔으므로, 마쓰타니는 정신을 차리고 살짝 웃었다.

"그 작품 좋죠? 〈초저녁달의 거리〉라고 하는데, 선생님 대표작 중 하나랍니다."

"훌륭해."

"선생님 작품은 동판하고 목판을 겹쳐서 사용하는 게 특징이에요. 날카로운 느낌이 나는 구리하고 딱딱하기는 해도 어딘지 모르게 온기가 느껴지는 나무, 두 가지 세계가 한데 녹아들어서 뭐라 형언할 수 없는 분위기를 자아내죠. 선생님 고향은 가와고에인데, 부모님께서 농사를 지으신다더군요. 오랫

동안 도시에서 살아오셔서 완전히 도시 사람 같으신 선생님도 근간에는 역시 흙의 온기가 남아 있구나, 하고 전 늘 생각한답니다."

노노무라는 옛날 그대로구나. 마쓰타니는 매우 기뻤다. 조금 침착성이 없지만 미워할 수 없는 따뜻한 성품은 대학 시절 그대로였다. 곧바르고, 자기가 좋아하는 것에는 겁내지 않는 부분도. 노노무라를 마음에 들어한다면, 유키 도게쓰도 편집장이 말한 것 같은 완고한 미장트로프만은 아닐 것이다.

"노노무라……."

"네?"

"그 앞치마 잘 어울린다."

"역시."

노노무라는 겸연쩍은 듯 웃었다.

"제법 잘 어울리는걸. 색시 삼고 싶다, 얘."

함께 소리 내어 웃는데, 갑자기 커다란 소리가 들려왔다. 두 사람은 얼굴을 마주보았다.

"무슨 소리지?"

"아틀리에에서 난 것 같았는데요."

노노무라는 일어나 아틀리에 문을 노크했다.

"선생님. 선생님, 무슨 일 있으십니까?"

잠시 머뭇거리더니 문을 열고 안으로 들어간다.

"선생님!"

부르짖는 소리에 마쓰타니는 저도 모르게 아틀리에로 달려
갔다.

숨 막히는 유성물감 냄새가 방 안에 감돌았다. 활짝 열린 창
문을 향해 거대한 책상이 있고, 책상 바로 앞에 남자가 쓰러져
있었다. 새파랗게 질린 얼굴로 나지막이 코를 골고 있다.

"노노무라, 움직이면 안 돼. 구급차, 구급차를 불러야겠어."

"알겠습니다. 선배는 선생님 곁에 계셔주세요."

노노무라가 옆방으로 달려나간 뒤, 마쓰타니는 유키 옆에
한쪽 무릎을 꿇고 앉았다. 섣불리 움직이면 안 된다는 것을 알
고 있으므로 손도 대지 못하고 불안한 마음에 주위를 둘러보
았다. 그리고 와, 하고 입속으로 탄성을 질렀다.

'굉장하다……'

이것이 아마 유키 도게쓰가 제작한, '힘을 쏟은' 작품일 것
이다. 광인의 머릿속에 숨어든 것 같은 심해의 풍경. 그 속에
흐릿하게 빛을 발하는 물고기가 몇 마리 척척 찍혀 있다. 소름
이 끼치는, 그러면서도 어딘지 모르게 유머러스한 풍경이다.

얼마 안 되는 시간이었겠지만, 노노무라가 돌아올 때까지
마쓰타니는 쓰러져 있는 유키를 무시하고 그 풍경을 뚫어지
게 바라보고 있었다.

그다음 날이다. 유미코는 출근하자마자 편집장에게 불려갔
다. 편집장실에는 은테 안경 속에서 작은 눈을 깜박거리는 남

자가 편집장 맞은편에 앉아 있었다. 두 사람은 심각한 얼굴로 유미코를 응시했다.

"아아, 마쓰타니. 아쓰기 씨, 이쪽이 어제 유키 선생님 아틀리에에 찾아뵈었던 마쓰타니 유미코입니다."

이 사람이 유키의 미술상이겠구나 생각한 유미코는 정중하게 인사했다.

"선생님 용태는 어떠신가요?"

"아직 의식도 되찾지 못하셨고 중태입니다. 그런데 마쓰타니 씨."

"네."

"선생님이 쓰러지셨을 때 어떻게 하셨죠?"

유미코는 의아해하는 얼굴로 편집장을 바라보았다. 그는 짤막하게 고개를 끄덕였다.

"노노무라가 구급차를 부르고 미술상분께 전화 드리는 동안 저는 곁에 붙어 있었어요. 추워서 열려 있던 창문을 닫고, 그러고는 노노무라와 교대하고 회사에 전화했는데요."

구급차가 도착하고 노노무라가 환자를 따라갔으므로, 마쓰타니는 가스를 점검하고 문을 닫은 다음 밖으로 나왔다. 문은 자동개폐 방식이었다. 밖으로 나오니 이미 날이 저물어 거리를 지나다니는 사람도 많이 줄어 있었다. 군고구마 장수가 엔진을 부르릉거리며 소형 트럭을 출발시키려는 참이었다. 얇게 저며 철판에 얹은 고구마에서 탄수화물이 타는 단내가 풍겼다. 겨우 긴장에서 풀려난 유미코는 그 냄새에 배고픔을 느끼고, 군고구마 장수를 불러 세워 군고구마를 하나 사들고 먹으며 돌아갔다.

이야기를 듣던 편집장은 초조한 듯 파이프에 불을 붙였다.

"그럼 선생님이 쓰러져 계신 동안 아무도 아틀리에에 온 사람이 없다 이거지?"

"네."

"자네가 아틀리에를 나선 건 몇 시인가?"

"잘은 모르겠습니다만, 여섯 시 반 지나서였을 거예요."

"제가 아틀리에로 달려간 건 일곱 시였습니다."

아쓰기가 말했다.

"아마 당신이 돌아가고 얼마 안 됐을 때였겠죠. 그랬더니 엄청난 일이 벌어져 있었습니다."

유미코는 눈썹을 찌푸렸다. 화가가 쓰러졌다는데 이 사람은 왜 아무도 없는 아틀리에로 갔을까.

"도둑맞은 겁니다, 선생님의 판화를."

"네?"

유미코는 펄쩍 뛰어올랐다.

"도둑맞았다고요?"

"네, 〈심해 풍경〉. 보셨죠?"

"네. 아틀리에에 늘어놓여 있어서……."

"그런데 그게 장수張數가 부족한 거예요. 그것도 반이 넘게

232

없어졌어요. 게다가 원판까지 없어졌지 뭡니까."

유미코는 입을 열었다.

"장수라니, 아쓰기 씨는 선생님이 몇 장 찍으셨는지 그런 것까지 아시나요?"

아쓰기는 어이가 없다는 듯이 유미코를 보았다.

"죄송합니다. 이 친구는 판화에 대해 아무것도 몰라서요. 마쓰타니, 판화가, 그것도 유명한 판화가는 에디션이 정해져 있는 거야. 에디션이라는 건 몇 장을 찍느냐 하는 걸 말하는데, 미술상하고 작가가 몇 장을 세상에 내보낼지 정해서 그만큼을 찍고 나면 원판에 ×표를 그어서 이 이상 안 찍는다는 표시로 미술상한테 건네주거든. 그러지 않으면 몇 장이고 세상에 유통시켜서 그림으로서의 희소가치가 없어질 테니까. 판화가는 보통 지문처럼 에디션이 정해져 있는데, 유키 선생님 경우에는 50장이었어. 그리고 그렇게 찍은 판화에는 한 장, 한장 구석에 일련번호가 붙게 돼 있어. 그런데 선생님은 〈심해 풍경〉이 완성됐다며 아쓰기 씨한테 넘긴다고 연락하셨다는 거야."

"그런데 제가 선생님 아틀리에에 갔을 때는 1부터 15까지 밖에 없었어요. 16부터 50까지 서른다섯 장이 사라진 겁니다. 게다가 동판 쪽은 아틀리에에 있었지만, 목판 쪽은 아무리 찾아도 발견되지 않았어요."

아쓰기는 눈을 치켜뜨고 유미코를 보았다.

"제가 선생님께 연락을 받은 건 마쓰타니 씨가 오테마치를 찾아 가기 직전입니다. 그사이에 선생님의 그림 서른다섯 장하고 원판이 사라진 겁니다. 그렇게 짧은 시간에 도둑이 들 거라고 생각하기는 어렵죠. 1층 경비실에서도 그 시간에 수상한 사람이 드나든 적은 없었다고 합니다. 들고 나갈 기회가 있었던 건 노노무라와 마쓰타니 씨, 당신뿐이에요. 하지만 노노무라는 판화를 잘 알거든요. 그 친구라면 일련번호가 붙은 판화를 한꺼번에 서른다섯 장씩이나 빼돌리는 일은 안 할 겁니다. 금방 들킬 걸 아니까요. 그렇게 되면 남는 사람은 마쓰타니 씨 당신뿐이죠. 당신이 선생님의 아틀리에에서 판화하고 원판을 빼돌린 겁니다."

✳

나는 애플티를 끝까지 마셨다. 널따란 찻집에는 클래식 음악이 나지막이 흐르고 있었다. 이야기를 듣는 동안 몸을 앞으로 내밀고 있느라 등이 아팠다. 숨을 내쉬고 부드러운 의자에 몸을 기댔다.

"아니라고 했어. 그런 짓 한 적 없다고. 하지만 내 말을 믿어주질 않아. 내가 봤을 때 〈심해 풍경〉이 몇 장 있었는지 그런 건 기억나지도 않고. 게다가 에디션이 달라진다는 건 작풍이 달라지는 것과 마찬가지로 엄청난 일이래. 그래서 선생님이 그 작품에 한해서 열다섯 장만 찍었다는 건 절대로 있을 수 없는 일이라고 아쓰기 씨가 그러는 거야."

"창문이 열려 있었잖아요."

"응. 하지만 아틀리에는 5층에 있고, 바깥은 매끌매끌한 유리벽이야. 설령 도둑이 커다란 빨판 같은 걸 붙이고 벽을 기어올라왔다고 해도, 하필이면 그때 선생님이 쓰러지고 하필이면 그때 도둑이 들어와서 판화 서른다섯 장하고 원판을 갖고 도망친다는 우연은 있을 것 같지 않잖아."

"즉 판화하고 원판을 빼돌릴 수 있었던 건 노노무라하고 마쓰타니 선배 두 사람뿐이고, 그 밖에 다른 사람은 불가능했다는 말이군요?"

"응."

마쓰타니 선배가 절망적인 얼굴로 말했다.

"반드시 나 아니면 노노무라 둘 중 한 사람이고, 둘 다 아니라는 일은 있을 수 없어."

"밀실이군요."

이런 심각한 사태에 나는 무심코 방정맞은 소리를 했다.

"선생님을 수송한 구급대원일 수는 없나요?"

"그건 무리야. 나랑 노노무라가 내내 붙어 있었고, 선생님을 들것에 실어서 밖으로 나갈 때까지 아주 잠깐밖에 안 있었는걸."

나는 머리를 싸안았다. 이렇게 되면 선배의 결백을 증명할

길이 없다. 그 상황에서 마쓰타니 선배에게 의혹의 눈길이 집중된 것도 무리가 아니다. 정말 도둑맞았다면, 달리 수상한 사람이 없으니까.

잠깐.

정말 도둑맞았다면. 나는 자리에서 일어섰다.

"전화 좀 하고 올게요."

불안해하는 얼굴의 마쓰타니 선배를 남겨놓고 나는 계단을 올라갔다. 1층에 있는 공중전화에서 전화를 두 통 걸었다.

자리로 돌아오자, 선배는 새로 주문한 애플티를 기계적으로 마시고 있었다.

"어디다 전화를 한 거야?"

"식물학을 하는 친구한테요. 그 친구, 바이올린을 켜는 취미가 있어서 아마추어 오케스트라에 들어가 있거든요. 다음에 같이 콘서트 안 가실래요?"

마쓰타니 선배는 어리둥절한 얼굴로 나를 바라보았다.

"그 친구의 친구 중에 판화가가 있어서요. 그 사람을 소개해달라고 해서 확인하고 왔어요."

"확인하다니, 뭘?"

나는 헛기침을 했다.

"선배의 이야기에 신경 쓰이는 부분이 있었어요. 군고구마 장수 말입니다."

"군고구마 장수?"

"네. 선배가 군고구마를 산 소형 트럭요. 그 군고구마 장수는 저민 고구마를 철판에 올려서 냄새를 풍기고 있었다고 했죠?"

"그야 손님을 끌기 위해서겠지. 그게 어디가 이상하다는 거야?"

"오테마치는 사무 빌딩들이 모인 곳이에요. 주변에는 온통 고층 건물뿐이죠. 길을 오가는 사람들이 그렇게 선뜻 군고구마를 살 상황은 아닐걸요. 산다고 한다면 늦게까지 야근하는 사람들이겠죠. 그런데 그렇게 고층건물만 모여 있는 지역에서 냄새를 풍긴다고 손님을 끌 수 있겠어요? 냄새가 건물 안으로 스며들지도 못할 텐데요. 그러니 차라리 목청 높여 떠들고 다니는 편이 나을걸요. 군고구마 사세요, 따끈따끈한 군고구마! 하고."

"군고구마 장수가 도둑이라는 거야?"

"그게 아니에요. 고구마라고요. 유키 선생님의 고향은 가와고에였어요. 가와고에가 뭐로 유명한지 아세요? 고구마예요. 군고구마를 13리라고 부르잖아요? 밤栗보다 맛있는 13리, 9리와 4리를 더해서 13리라는 말장난이지만(일본어로 '밤'과 '9리'의 발음이 같고, '~보다'와 '4리'의 발음이 같다−옮긴이), 에도에서 가와고에까지가 13리, 고구마가 그곳 명물이라 군고구마를 13리라고 부르게 됐다는 설도 있어요. 선생님의 본가는 농사를 짓는다고 했고, 간식으로 고구마 양갱을 내올 정도잖아요. 그 고구마를 작품에 활용한다 해도 이상할 것 없겠죠."

"그럼, 그럼 그 〈심해 풍경〉은⋯⋯."

"노노무라가 말했듯이, 선생님은 이번 작품은 좀 별난 취향으로 제작해볼 생각이었어요. 목판이 아니라 고구마판으로 작품을 마무리하려고 한 거죠. 아까 그 친구의 친구라는 판화가한테 물어봤거든요. 유성물감을 사용해서 인쇄했다면, 완성된 작품을 봐서는 목판하고 고구마판을 구별하기 어려울 거랍니다. 게다가 고구마판으로 찍었다면 장수는 목판을 쓸 때보다 훨씬 줄어서 아마 열 장에서 스무 장 사이일 거라고 하던데요. 이러면 에디션 이야기가 설명이 되죠."

마쓰타니 선배는 혼란스러워 머리가 아프다는 듯이 관자놀이를 마사지하고 있었다.

"고구마 원판은 열린 창문을 통해 밖으로 떨어졌을 겁니다. 아마도 책상 위에 놓여 있다가 선생님이 쓰러졌을 때. 떨어진 곳은 우연히도 군고구마 장수가 소형 트럭을 세워놓고 장사를 시작하려던 바로 앞이었던 거예요. 군고구마 장수는 발치에 구르는 고구마를 발견했어요. 설마 이런 사무 빌딩들만 모여 있는 곳에서 어디서 떨어졌을 거란 생각은 하지도 못하고 자기가 갖고 온 고구마라고 생각했겠죠. 하지만 지저분하거든요. 도저히 먹을 물건이 못 돼요. 그래도 아깝죠. 어떻게 할까. 좋은 방법이 있었습니다. 군고구마 장수는 더러워진 부분을 깎아내고 얇게 저며서 철판에 얹은 거예요. 이렇게 하면 냄새를 풍겨서 손님을 끌 수 있죠. 그야 별 도움은 안 될지 몰라도 그냥 버리는 것보다는 덜 아깝잖아요. 실제로 마쓰타니 선배는 그 냄새에 끌려서 군고구마를 샀고요."

나는 물을 한 모금 마시고 목을 축인 다음, 말을 이었다.

"게다가 군고구마 장수는 차를 출발시키려 했어요. 좀 더 사람이 많이 지나다니는 곳으로 옮겨가려 했겠죠. 그러면 저 민 고구마가 도움이 될 테니까요."

"그럼 도난사건이 아니었네?"

얼어붙은 것처럼 무표정하던 마쓰타니 선배의 하얀 얼굴이 움직였다.

"남은 건 그걸 증명하는 방법이에요. 그 군고구마 장수를 찾아내는 겁니다. 군고구마 장수한테 그날 있었던 일을 물어보세요. 제 추리가 맞는다면, 군고구마 장수는 분명히 저민 고구마 이야기를 해줄 겁니다."

선배의 표정이 움직였다. 마치 쌓인 눈을 밀어올리고 고개를 내미는 머위의 꽃줄기처럼 아름다운 미소가 피어올랐다.

"나 어쩌면 노노무라가, 노노무라가 날⋯⋯."

나는 기지개를 켜고, 행복한 기분으로 그녀의 말을 가로막았다.

"선배, 배 안 고프세요?"

"⋯⋯엄청. 나는 뜨거운 우동이 먹고 싶구나."

"그럼 소인이 함께합죠."

우리는 찻집을 나와 초겨울 쌀쌀한 바람 속을 웃으며 걸어갔다.

르네상스

사나다 건설 컨설턴트 사내보 I 제9호 1990.12

표지 제자題字 건설성 장관 히가시사카키 구니오.

표지 사진 달리는 광고탑으로 이용되는 콘크리트 믹서차 (촬영 : 본사 토목설계4과 야지마 겐)

협력 사다누마 레미콘 주식회사

소심한
크리스마스 케이크

"시클라멘이 꽃집에 보이기 시작하면 드디어 섣달에 접어들었다는 실감이 나더군."

나의 집 근처에 있는 자연식품 전문 카페에서 사타케는 그렇게 말하면서 '신선한 자몽 주스'를 가느다란 빨대로 저었다. 졸음이 올 정도로 난방을 세게 틀어놓은 카페 창문으로 꽃집이 보였다. 빨강과 하양, 분홍, 빨강에 하얀 테두리를 두른 것까지 다양한 시클라멘이 내가 싫어해 마지않는 포인세티아 화분 틈틈이 섞여 있었다.

"'보이기 시작하면'이 뭐냐. 섣달도 벌써 24일, 오늘은 크리스마스이브라고, 선생."

"이제 이레만 더 있으면 올해도 끝이군."

묘한 일 년이었다. 나는 흐린 하늘 아래 분주하게 오가는 사람들을 멍하니 보며 그런 생각을 했다. 올해, 직장을 그만두고 5개월쯤 쉬는 신세가 되었다. 10월이 되어 일을 시작하기는 했지만, 전에 비하면 농담처럼 한가하고 편하고 따분한 일이었다. 휴양 중에 한 일이라고는 취미로 식물사진을 찍는다든지, 옛 친구들과 만나 회포를 푼다든지, 이웃 사람들과 친분을 쌓는다든지 하는 것뿐. 다시 말해 나 자신에게 피가 되고 살이 되었다고 명확히 말할 수 있는 일이 적은 반면, 형태가 없는 '좋은 일'이 많은 한 해였던 셈이다.

그 '좋은 일' 중 하나로 식생활 개선을 들어도 될 것 같다. 바쁠 때는 고기와 기름진 음식을 주로 먹었으나, 한의사의 권유에 따라 요즘에는 일식만 먹고 채소를 많이 섭취하고 있다. 그러다 보니 자연히 요즘 유행하는 유기농법과 농약 문제, 환경 파괴에 관심이 생겨, 어쩌다 외식을 할 때는 이 카페에서 '현미 정식' 같은 것을 먹는 일이 많아졌다.

이 집에서는 건강정식 외에도, 부탁만 하면 조금 값이 세지기는 하지만 약선요리 같은 것도 만들어준다. 벽 한 면을 모두 차지한 근사한 떡갈나무 선반에는 인삼이니 당귀, 삼백초, 심지어 녹용까지 든 유리병이 줄줄이 진열되어 있어서, 그 선반만 보면 꼭 1920년대 상하이의 수상쩍은 약방 같았다. 아편이

나 동충하초 같은 게 널려 있고, 2층에서는 홍방(紅幇, 양자강 일대에서 활약하던 중국의 비밀결사-옮긴이)이 자금 조달을 위해 도박판을 벌이던 그런 곳.

하지만 선반에서 눈을 돌리면 깔끔한 보통 카페다. 그리고 수상쩍기는커녕 '건강을 위해' 재료에 신경 쓰는 정도가 보통이 아니다. 앞서 등장한 '신선한 자몽 주스'라는 이름도 기요사토(야마나시 현에 있는 고원지대로, 관광지로 유명하다-옮긴이)의 팬시한 찻집 메뉴를 흉내 낸 게 아니다. 농약을 다량으로 사용한 외국산이 아니라, 최소한으로만 농약을 쳐서 재배한 국산 자몽으로 만든 주스라는 뜻이다.

주스를 짜고 남은 껍질의 일부는 젤리를 담는 그릇으로 쓰고, 나머지는 채를 썰어 꿀에 잰다. 쓰레기를 최소화한다는 점에서도 이 집은 사방에 널린, 유행에 편승하는 자연식품 음식점에서는 찾아볼 수 없는 근성이 있다.

"올해 도쿄 도의 청소사업비가 도민 한 사람당 2만 5천 엔이 넘는다더라."

사타케가 마치 내 생각을 읽은 것처럼 멍하니 말했다. 옛날부터 이 녀석에게는 이런 부분이 있었다.

"세금의 거의 대부분이 쓰레기 처리하는 데 사라지는 거야. 그게 싫으면 쓰레기를 줄이려고 노력할 수밖에 없어."

"그래서 네 이야기를 들은 다음부터 나무젓가락을 안 쓰려고 휴대용 젓가락을 샀고, 물을 오염시키지 않으려고 미생물

분해 세제로 바꿨고, 뒷면이 깨끗한 광고지를 메모지로 쓰고, 신문은 모아뒀다가 폐휴지업자한테 넘기고 있잖냐. 하는 김에 말하자면 화장실 휴지도 아껴 쓴다고. 가끔씩 손에 묻어서 좀 그렇지만."

"바보."

사타케는 코웃음을 쳤다. 그때 사타케 옆에 마치 자는 것처럼 조용히 앉아 있던 아라이가 몸을 벌떡 일으키는 바람에 나는 적잖게 놀랐다.

"왜 그래?"

"생각난 게 있어."

아라이는 쪽빛 그릇에 남아 있던 한입 크기의 주먹밥을 순식간에 해치우고 연명延命차를 마셨다(참고로 이 연명차라는 것은 말하자면 약초차로, 삼백초라든지 결명자라든지 구기자 같은 것을 넣은 블렌드 티다. 이게 의외로 맛이 좋아 잔잔한 인기를 모으고 있다). 무슨 중요한 이야기를 꺼내기 전에 눈앞에 있는 음식을 해치우는 것이 아라이의 버릇이었으므로, 나와 사타케는 힐끗 시선을 교환하고 기다렸다.

✳

사건의 발단은 12년 전으로 거슬러 올라간다.

아라이의 본가는 오쿠타마에 있다. 지금이야 땅값이 올라

신흥 주택지 중 하나가 되었지만, 당시에는 아직 집도 드문드문 있을 뿐이고 도쿄 도라는 것은 이름뿐인 완벽한 시골이었다. 아라이의 집도 반경 50미터 내에서 유일한 집이었다고 한다.

그 집에는 아라이의 부모와 외할머니, 첫째인 유키코와 유키코의 남편 마스오 씨, 둘째인 아라이, 그리고 불도그인 다케시 군 등 일곱 식구가 살고 있었다. 아라이의 부모와 마스오 씨는 출퇴근하는 데 두 시간 가까이 걸리는 것도 아랑곳하지 않을 만큼 느긋한 사람들이었다. 목조 단층주택은 조금 침침하기는 해도 꽤 넓었다. 덕분에 아라이는 어렸을 때 긴 툇마루를 신나게 뛰어다니는 호사를 만끽할 수 있었다.

아라이가 중학교에 입학할 무렵부터 그 부근에도 집이 하나둘 들어서기 시작했다. 출퇴근 시간을 희생해서라도 내 집장만을 하려는 직장인 가족들이었다. 논밭과 강아지풀 우거진 먼지투성이 시골길에 도무지 어울리지 않는 미국 식민지 시대 양식의 화려한 집들이 많았다. 피아노 소리가 흘러나오고, 팬지와 제라늄 위로 하얀 레이스 커튼이 바람에 나부끼고……하는 일본 토양에 별로 맞지 않는 광경이 차츰 늘어났다.

아라이네 집 오른쪽에 있던 대숲이 잘려나가고 집이 들어서더니 고등학교에서 생물을 가르친다는 뚱뚱한 남자의 가족이 이사 왔을 때, 아라이는 사실 몹시 기분이 나빴다. 새 집이 오쿠타마의 자연과 어울리지도 않았으려니와, 대숲에서 캐오는 죽순으로 할머니가 해주는 밥은 맛이 각별했으므로 아라이에게 그 옆집 사람들은 어디까지나 침입자였던 것이다. 그렇기 때문에 옆집 일가가 비싸 보이는 과자를 들고 인사하러 왔을 때도, 아라이는 골이 나서 자기 방에서 뒹굴고 있었다. 부모와 유키코 부부는 생물교사 가족이 마음에 들었는지, 거실에서 떠들썩한 이야기 소리가 들려오고 있었다.

툇마루에서 말소리 같은 것이 들려온 것은 그때였다. 아라이는 일어나 자기 방 장지문을 열었다.

다케시 군이 낯선 소년에게 딱 들러붙어 짧은 꼬리를 떨어져나가라 흔들어대고 있다. 머리칼을 짧게 치고 피부가 검은 소년은 "바보다, 바보야" 하고 중얼거리며 다케시 군의 털을 쥐어뜯고 있었다.

"야."

아라이는 울컥 했다.

"남의 집 개한테 바보라니. 게다가 털까지 쥐어뜯을 건 없잖아. 그러다 대머리 되면 어떻게 할래?"

소년은 아연한 얼굴로 아라이를 보더니 갑자기 씩 웃었다.

"털을 쥐어뜯은 게 아냐. 이걸 떼어주고 있었어."

펼쳐 보인 손에는 풀 씨앗이 몇 개 있었다. 다케시 군이 놀러 나갔다가 묻혀온 모양이다.

"우리 고향에서는 이걸 '바보'라고 하거든."

"왜?"

"그런 건 나도 몰라. 후쿠시마 쪽에서는 그렇게 부르는 습관이 있었어."

이렇게 해서 아라이는 옆집 외아들인 사카이 유스케와 친구가 되었다.

아버지의 영향인지, 유스케는 식물과 광물, 천체에 흥미가 있었다. 유스케의 방에는 현미경과 천체망원경, 광물표본과 식물도감 등이 발 디딜 틈이 없게 쌓여 있었다. 천장에는 성좌도가 붙어 있고, 베란다에서 슬쩍해온 듯한 빨랫줄이 가로세로로 엇갈려 묶여 있고, 거기에 식물표본이 빨래집게로 걸려 있었다. 책상 주변에는 온통 책이 널려 있었다. 유스케는 영어 성적은 '미'인 주제에 식물 및 천체 관련 책은 원서까지 읽는, 누가 봐도 이상한 재능을 갖고 있었다. 유스케의 성城이 상당히 마음에 든 아라이는 '새로운 잡지가 들어왔다', '신기한 식물표본을 만들었다'라는 꼬임에 넘어가 거의 날마다 그곳에서 죽치고 살았다. 유스케는 그 외에도 케이크 만들기라는 또 하나의 특이한 취미가 있어서, 아라이가 놀러 갈 때마다 신기한 간식을 만들어주었다.

그날도 아라이는 유스케의 방에 놀러와 있었다. 유스케가 최근의 천문학적 발견에 관해 일장연설을 하는 동안, 아라이는 방 한복판에 자리한 신문지 더미를 구석으로 밀어내고 원서 무더기를 테이블 삼아 턱을 괴고 앉아 가까이에 있는 책을 보는 둥 마는 둥하고 있었다. 꽃말 책인 듯, 영어는 젬병인 아라이도 꽃 이름 몇 개는 읽을 수 있었다. 그런데 책장을 넘기다 보니, 빨간색 매직으로 밑줄을 찍찍 그은 부분이 있었다.

"Cyclamen……, 아아, 시클라멘이군."

어디어디, 하고 설명을 읽으려던 아라이는 유스케가 어느새 연설을 중단하고 창밖을 뚫어지게 바라보는 것을 깨달았다. 아라이도 일어나 강한 저녁 햇살에 눈을 반쯤 감으며 유스케가 보는 쪽을 바라보았다.

유스케의 방 창문에서는 아라이의 집이 훤히 보였다. 툇마루에 유키코가 앉아 가느다란 은색 뜨개바늘을 놀리며 작은 양말을 뜨고 있었다.

"유키코 씨, 아기 생겼냐?"

유스케가 불쑥 물었다.

"4개월."

아라이도 짤막하게 대답했다. 유스케가 아무래도 유키코를 좋아하는 모양이라는 것은 전부터 어렴풋이 눈치채고 있었으므로, 툇마루를 바라보는 유스케에게서 눈길을 돌렸다. 그때 잡지 더미 밑에 뭔가 하얀 덩어리가 끼어 있는 것이 눈에 띄었다. 이상한 생각이 들어 그것을 끄집어내니, 사진 한 장이 같이 딸려 나왔다. 아라이와 유키코가 툇마루에서 배꼽을 쥐고 웃는 사진이었다. 명백히 몰래 찍은 사진이다. 아라이는 어쩐지 켕겨서 사진을 다시 가까운 책 더미에 슬그머니 밀어 넣었다.

"뭘 그렇게 부스럭대냐?"

유스케가 창문 앞을 떠나 가까이 다가왔으므로, 아라이는 허둥지둥 하얀 덩어리를 보는 척했다. 뭔가 했더니 생강이었다. 상당히 하얀 생강이다.

"유스케, 뭐냐, 이게?"

우스워진 아라이는 그 생강을 유스케에게 흔들어 보였다.

"이것도 표본 만들려고?"

유스케는 성난 얼굴로 그것을 냅다 가로챘다.

"멋대로 건드리면 안 돼. 중요한 거니까."

"중요하다니, 생강이?"

유스케는 어이없다는 얼굴을 했다. 다케시 군에게서 풀 씨앗을 떼다가 아라이에게 호통을 들었을 때와 같은 얼굴이었다. 그러더니 역시 그때 그랬던 것처럼 씩 웃었으나, 이번에는 아무 말 않고 생강을 책상 맨 위 서랍에 소중하게 넣어두었다. 원래 낙천적인 아라이는 그 뒤로 사진에 대해서도 까맣게 잊어버렸다.

사건은 그로부터 3주 뒤에 일어났다. 그날은 크리스마스이브로, 2학기 마지막 날이기도 했다. 생각보다는 그래도 성적이 잘 나왔기 때문에 어머니도 기분이 좋았고, 아버지와 마스오 씨가 사온 크리스마스 케이크에 초를 꽂고 화기애애하게 가족 파티를 즐겼다. 성적표를 부모에게 보인다는 중대한 의식을 무사히 마친 덕인지 여느 때보다 입맛이 도는 바람에, 아라이는 그만 잘 먹지도 못하는 굴을 먹었다. 식사가 끝나고 크리스마스 케이크를 자를 단계가 되어 아라이는 속이 나빠졌다. 케이크를 다 먹을 무렵에는 자기도 깜짝 놀랄 만큼 배가 아팠다.

"바보. 괜히 들떠서 과식하니까 그렇지."

유키코가 잔소리를 하며 자리를 깔아주었다. 아라이는 소화제를 먹고 이불을 뒤집어쓰고 밤새 끙끙 앓는 신세가 되었다.

다음 날 아침, 유키코가 알루미늄 포일에 싸 빨간 리본으로 묶은, 가로, 세로, 높이가 각각 5센티미터쯤 될 것 같은 꾸러미를 들고 머리맡에 나타났다.

"옆집 유스케 군이 구웠대. 과일 케이크야."

브랜디 향기가 그윽한, 실로 근사한 케이크였다. 여느 때의 아라이 같으면 신이 나서 달려들었을 것이다. 그러나 그때는 보기만 해도 싫었다.

"유키코가 먹어."

"그래도 돼?"

유키코는 기쁜 얼굴로 그럼 어디, 하고 케이크를 덥석 베어 먹고는 말했다.

"맛있다. 나도 저런 동생이 있으면 좋을 텐데."

"거 미안하게 됐네."

유키코는 건포도가 듬뿍 들었다느니 이 하얀 게 아몬드라느니 열심히 감탄을 하며 먹더니 이렇게 말했다.

"식물이니 동물이니 표본으로 만드는 취미는 그만두고 케이크 만들기에만 전념해주면 흠잡을 데가 없겠는데 말이야. 저번에도 산도마뱀을 잡아서 꼬리를 쥐고 휘두르는 거야. 얼마나 무서웠는데. 게다가 옆집하고 우리 집 사이에 있는 샛길에 화분에서 뽑아낸 시클라멘을 치우지도 않고 그대로 놔뒀더라. 저녁거리를 사가지고 오다가 어두우니까 하마터면 못 보고 밟고 넘어질 뻔했잖니. 무서워서 혼났어, 얘."

"무서워하든지 먹든지 둘 중 하나만 하지?"

아라이는 퉁명스럽게 말했다. 배는 아직 많이 쑤셨고, 그보다 새해를 눈앞에 두고 배탈이 났다고 한동안 가족에게 놀림받을 생각을 하니 유키코의 태평함이 성가시게 느껴졌다. 겨우 조금 식욕이 돌아온 것은 그날 저물녘이 되어서였다. 아라이는 하루 종일 산책하고 싶다고 설쳐대던 다케시 군을 데리고 천천히 시골길을 한 바퀴 돌아왔다. 집 앞에 빨간 빛이 빙빙 돌고 있다. 유키코가 구급차에 실리는 참이었다. 울먹이는 할머니를 밀쳐내고 아라이는 유키코에게 달려갔다. 갑자기 배가 아프네, 걱정 안 해도 돼, 하고 유키코는 힘없이 웃으며 마스오 씨와 함께 구급차를 타고 떠났다. 너무나도 갑작스러운 사태에 우두커니 선 아라이에게 유스케가 다가왔다.

"왜 그래?"

"모르겠어. 갑자기 배가 아프다고."

유스케의 얼굴에 순간 무서운 표정이 떠올랐다. 그러더니 저녁 하늘을 올려다보며 모른 척 물었다.

"크리스마스 케이크 맛있었냐?"

"아, 그거 오늘 내가 배탈 나서 못 먹었다. 유키코가 다 먹었는데."

유스케는 깜짝 놀란 듯이 아라이를 보더니, 입을 벌렸다가 말없이 다물었다. 아라이가 왜 그러냐고 묻는데, 유스케는 몸을 획 돌리더니 집으로 뛰어 들어가버렸다. 아라이는 다케시 군을 묶은 끈을 쥔 채, 소리 없이 내리기 시작한 눈 속에 그저 멍하니 서 있었다.

그리고 10여 년이 지났다. 다행히도 유키코는 유산하지 않았고 5개월 뒤에 무사히 여자아이를 낳았다. 왜 그런지 이유도 모른 채 아라이는 유스케와 소원해졌다. 고등학교, 대학교 모두 달랐으므로 이야기를 할 일도 없었다.

작년 크리스마스이브의 일이다. 어느 크리스마스 파티에서 아라이는 유스케를 다시 만났다. 술이 조금 들어가자 말이 많아진 유스케는 대학에서 지질공학을 전공하고 있다는 것, 가끔 잡지에 SF소설을 쓴다는 것, 문장이 서툴러 논문을 읽는 것 같다는 독자 편지를 가끔 받는다는 것 등을 이야기했다.

"유키코 씨는 건강해?"

자리를 옮겨 둘이 마시자고 2차를 빠져나와 작은 주점에서 다시 한번 건배를 한 다음, 유스케는 은근슬쩍 말을 꺼냈다. 너무나도 은근슬쩍, 아무 일도 아닌 것처럼 말하는 바람에 아라이는 웃음을 터뜨리고 말았다.

"건강해. 그때 유산할 뻔했던 애가 벌써 곧 5학년이 돼. 유키코도 뚱뚱해져서 어엿한 아줌마가 다 됐어."

"가끔씩 집에 가면 마주치곤 하니까 건강한 건 나도 알고 있었지만, 그래도 네 입으로 들으니까 마음이 놓인다."

유스케는 맥주잔을 기울였다.

"나 유키코 씨한테 죄 지은 게 있거든."

"죄?"

"응. 저 말이다, 나 그 크리스마스 케이크에 시클라멘을 넣었어."

아라이는 놀라 먹으려던 우엉조림을 떨어뜨렸다.

"시클라멘이라니, 그 화분? 꽃잎이 팔랑팔랑하는, 빨간색이니, 하얀색이니 화려한 그거?"

"그래. 내가 넣은 건 꽃잎이 아니라 뿌리지만."

"그런 걸 왜 넣었는데?"

아라이가 어처구니가 없어 따지자, 유스케는 여전히 거뭇한 얼굴에 난처한 표정을 띠고 시선을 모호하게 돌리며 말했다.

"이유는…… 뭐, 됐고. 하지만 그걸 먹어서 유키코 씨의 상태가 나빠진 건 확실해. 그게 늘 마음에 걸렸어."

"뭐 그렇게 심각한 것도 아니었고, 그런 것 때문에 우리 사이가 소원해졌다니 어쩐지 김샌다. 하지만 대체 왜 케이크에 시클라멘을 넣을 생각을 했는데?"

유스케는 예전처럼 얼굴 근육을 찌그러뜨리며 씩 웃었으

나, 결국 이유에 대해서는 한마디도 하지 않았다.

가까운 시일 내로 또 만나자고 연락처를 묻고 헤어진 다음, 아라이는 갑자기 생각났다. 언젠가 유스케의 방에서 본 꽃말 책. 시클라멘에 빨간색 매직으로 밑줄이 그어져 있지 않았던가.

밤 열두 시까지 영업하는 이웃 역에 있는 큰 서점에 들러 원예 서가를 훑어보았다. 크리스마스이브라 서점 안은 파티에서 돌아오는 길인 듯한 젊은이들로 북적거렸다. 꽃말 책은 세 종류쯤 있었으나, 그중에서도 특히 두껍고, 국내 책치고는 드물게 장정이 화려한 것을 골라 책장을 넘겼다.

"시클라멘. 꽃말은 소심함, 수줍음. 뿌리는 액막이를 비롯해 여러 주술에 사용된다. 특히 임신한 여자가 이 꽃에 가까이 가면 유산한다는 미신이 있고……."

설명은 그 뒤로도 이어지고 있었으나, 아라이는 그 이상 읽을 수 없었다. 소리 내어 책을 덮은 자신을 꽃 사진집을 고르던 노부부가 놀라 바라보는 것도 모를 정도로, 아라이는 10년 만에 알게 된 크리스마스 케이크의 '이유'에 충격을 받았다.

✳

"그렇게 된 거야. 그러니까 시클라멘을 보면 싫어도 그때 일이 생각난다. 12월은 정말 형편없는 달이야."

아라이의 긴 이야기가 이어지는 사이에 손님들이 하나둘 나가, 카페에는 우리 세 사람과 카운터에서 띄엄띄엄 워드프로세서를 치고 있는 주인만이 남았다. 내가 연명차를 더 주문해서 주인이 목이 긴 가라쓰 도기 찻주전자를 날라올 때까지, 우리 세 사람은 시야 끄트머리로 꽃집의 시클라멘을 보며 말없이 앉아 있었다.

뜨거운 차를 마시고 기운을 되찾은 사타케가 입을 열었다.

"시클라멘 꽃에 대한 미신을 상세하게 조사한 적은 없지만, 미신이라든지 주술 같은 민간전승은 원래 종이 한 장 차이잖냐. 유산시킬 수도 있지만 그러면서 순산을 비는 부적이 된 예도 있고."

"그래, 나도 그건 알아. 얼마 지나서 다시 한번 그 꽃말 책을 읽어봤는데, 순산을 비는 부적으로 약재상에서 판다는 말도 있더라."

"그럼 됐잖냐."

"그게 그렇지 않아. 순산을 빌기 위해서 케이크에 시클라멘을 넣은 거라면 왜 그렇다고 말 안 하는데? 그게 무슨 나쁜 짓도 아니잖아. 뭐, 그때는 아직 어렸으니까 자기도 놀라서 말 못 했을 수도 있겠지. 하지만 지금은 나이도 먹을 만큼 먹었잖아. 설명해주면 그냥 웃고 넘길 이야기 아냐? 어째서 시클라멘을 넣은 이유를 안 가르쳐주느냐고."

"그렇게 말하면 할 말 없지만."

그렇게 말하고 얼마 동안 아래를 내려다보던 사타케가 다시 입을 열었다.

"하지만 이상하군."

"뭐가?"

"케이크 말이야, 크리스마스 케이크. 그날 우연히 배탈이 나서 앓아눕지만 않았으면 케이크는 원래 아라이가 통째로 먹었을 거 아니냐. 네가 그 집에 뻔질나게 드나들면서 케이크를 잔뜩 먹어치우는 걸 그쪽에서도 알고 있었을 텐데. 케이크는 누구한테 보낸 거였냐?"

"그런 이야기는 들은 적 없지만, 유키코한테 보낸 건……."

"아니지. 누님은 누워 있는 아라이한테 일부러 케이크를 들고 왔으니까. 즉 케이크는 아라이한테 보낸 거였어."

사타케는 앞머리카락 한 가닥을 비비 꼬았다. 생각에 잠길 때 나오는 버릇이다.

"하지만 아라이한테 유산이니, 순산이니 그런 건 관계없는 이야기지. 혹시 누님한테 보냈다 해도 별 의심 없이 네가 먹어치울 테고. 아니면 그건가? 아라이 앞으로 케이크를 보내두면, 실제로 아이가 유산됐을 때 자기의 진짜 의도를 들키지 않을 거라는 치밀한 계산인가?"

"만일 그런 거라면 용서가 안 되는데. 단순히 시클라멘을 케이크에 넣은 것뿐이라면, 유키코도 무사했으니 괜찮아. 하지만……."

거기까지 말하고, 아라이는 거의 기계적으로 연명차를 찻
잔에 따랐다.

실은 나는 내내 웃음을 참느라 고생하고 있었다. 너무나도
심각한 아라이의 태도에 나도 모르게 찻잔을 든 손이 부들부
들 떨리자, 사타케가 눈치 빠르게 나를 힐끔 보았다.

"왜 웃어?"

아라이가 원망스러운 눈으로 나를 보았으므로, 나는 허둥
지둥 목을 움츠리고 빠른 말투로 설명했다.

"일본에서 출판된 꽃말 책에는 안 나와 있을지도 모르지만,
저번에 우연히 어느 책에서 시클라멘의 민간전승에 대해서
읽었거든. 시클라멘하고 유산하고 분명히 연관이 있기는 했
지만, 케이크에 넣는 게 아니라 임신한 여자가 시클라멘 화분
을 넘으면 유산할 수 있다는 거였어. 케이크에 뿌리를 넣는 건
다른 처방이야."

"다른 처방?"

"그래."

나는 차를 마시며 으스대듯 몸을 뒤로 기댔다. 두 사람 모두
입을 헤벌리고 듣고 있다. 상당히 기분 좋은 상황이다.

"아까 이야기에서 묘한 에피소드가 나왔지. 누님이 한 이야
기. 유스케가 도마뱀 꼬리를 쥐고 휘두르고 있었다고 한 것 말
이야. 생각해보면 금방 알겠지만, 도마뱀은 적에게 붙잡혔을
때 금세 꼬리를 떼어버리고 도망가는 걸로 유명하거든. 휘두

를 수가 없지. 즉 누님이 본 건 도마뱀이 아니라 도마뱀하고 비슷하게 생긴 네 발 달린 파충류, 또는 양서류였어."

"도마뱀붙이나 도롱뇽."

"그래. 단 도마뱀붙이 꼬리도 도마뱀처럼 잘리지만…… 그리고 유스케의 방에 생강이 떨어져 있었다는 이야기. 그것도 어쩌면 생강이 아니라 생강하고 비슷하게 생긴 다른 게 아니었을까. 케이크에 넣는 처방을 아는 나는 그런 생각이 들었다 이 말이지."

"그래서 대체 그 처방이라는 게 뭔데?"

사타케의 얼굴이 불만스레 흐려졌으므로, 나는 방금 들은 유스케의 모습을 흉내 내어 있는 힘껏 씩 웃어 보였다.

"미약媚藥이야."

"미약?"

"그래, 미약. 러브 포션. 사랑하는 임의 마음이 자기를 향하게 하는 마법의 약 말이야. 사람이 생각하는 건 어디나 비슷비슷해서, 세계 각지에 영험하다는 미약들이 전해져 내려오거든. 일본에서 가장 유명한 건……."

"도롱뇽 구이지."

사타케가 몸을 내밀었다.

"그래, 바로 그거야. 그 외에 중국이나 한국에서 몸에 지니고 있기만 해도 서로 마음이 통한다는 게 있어. 얼핏 보면 생강하고 똑같이 생겼지만, 값은 아마 생강의 몇십 배는 나갈걸."

아라이와 사타케는 펄쩍 뛰어오르듯 몸을 돌려 음식점 선반을 보았다. 선반 한가운데쯤 놓인, 커다란 병에 든 인삼을.

"저 정도로 크면 값도 비싸고 손에 넣기도 어려울 테지만, 작은 생강 크기라면 그렇게 비싸지 않고 손에 넣기도 쉬우니까. 듣자 하니 유스케의 취미에 관해서는 부모도 상당히 너그러웠던 모양이니까 용돈도 넉넉하게 받았겠지. 미약이라고 하면 성인들은 대개 정력 강장제를 생각해. 도롱뇽 구이라든지, 인도에서 유명한 정향 같은 게 그런 경우지. 하지만 중학생 소년한테 미약은 어디까지나 반하게 하는 약, 즉 플라토닉한 연애를 위한 거였을 거다."

나는 히죽히죽 웃으며, 사타케는 고개를 절레절레 흔들며, 아라이를 외면하고 차를 마셨다. 끓어오른 물이 주전자 안쪽에 닿아 나는 기분 좋은 소리와 빗방울 똑똑 떨어지듯 워드프로세서 자판을 누르는 소리만이 들려온다.

"그랬군."

얼마 동안 멍하니 천장을 올려다보던 아라이가 말했다.

"유스케 녀석, 유키코한테 미약을 마시게 할 생각이었나. 멍청한 녀석. 미약이라니 웃기지도 않지만 유스케답긴 하다."

"이거 봐."

나는 넌덜머리가 나서 아라이의 혼잣말을 가로막았다.

"그게 아니지. 케이크는 누구 앞으로 온 거였냐? 누님이 아니잖아. 누님이 케이크를 먹은 건 순전히 우연이었어. 누님의

260

유산 소동으로 가장 놀란 건 유스케였을걸. 시클라멘은 임신한 사람한테는 독일 수도 있으니까. 누님한테 보내는 미약이라면 그런 위험한 시클라멘이 아니라 도롱뇽 구이를 썼을 거다. ……뭘 그렇게 멍하고 있냐? 애초에 사진에 찍혀 있던 것도 누님 혼자만이 아니었잖아."

"어?"

"너도 여자잖냐, 아라이. 둔해터진 녀석 같으니라고."

사타케의 어이없어하는 목소리에, 아라이는 천사의 행렬이 눈앞을 지나간 것 같은('천사가 지나가다'라는 프랑스 속담에서 따온 말. 대화가 갑자기 끊겨져 침묵이 흐르는 것을 이른다─옮긴이) 표정이 되었다. 입을 벌리고 뭔가를 말하려다가 다시 다물었다. 그러더니 벌떡 일어나 가게 구석에 있는 공중전화로 달려갔다.

"아라이 녀석, 수첩도 안 보고 다이얼 돌리고 앉았다."

사타케가 테이블 위에 오른손으로 턱을 괴고 앉아 멍하니 말했다. 그러더니 갑자기 나를 보고 말했다.

"초등학생 때 에리히 케스트너라는 독일 작가한테 푹 빠졌던 적이 있었어. 읽은 적 있냐?"

"아니."

"심부름으로 할머니한테 전할 큰돈을 들고 길을 떠난 남자애가 열차에서 돈을 도둑맞아. 그래서 패거리를 모아 고생 끝에 도둑을 잡고 돈을 되찾는다는 모험담인데, 이야기 맨 마지막에 할머니가 그러거든. '난 이번 사건으로 교훈을 얻었단다'

라고."

"교훈이 없으면 이야기는 끝이 맺어지질 않지."

"할머니는 이렇게 말해."

사타케가 나의 야유를 무시하고 말했다.

"'돈은 반드시 우편환으로 보낼 것!'이라고. 어쩐지 지금 그 이야기가 생각난다."

"이번 이야기에서 교훈을 발견하고 싶었겠지."

"교훈 같은 게 있냐?"

"있지."

"어떤 교훈?"

"선물은 반드시 본인에게 직접 건네줄 것!"

내가 그렇게 말하자, 사타케는 얼굴 근육을 최대한으로 움직여서 씩 웃었다. 그러고 나서 우리는 가라쓰 도기 찻잔에 든 연명차로 건배했다.

메리 크리스마스!

르네상스

표지 제자題字 건설성 장관 히가시사카키 구니오

표지 사진 전자탑의 새해 첫 해돋이(촬영: 시즈오카 영업소 이토 요코)

정월
탐정

눈으로 사람을 침묵하게 할 수 있는 남자는 있어도, 전화벨을 침묵하게 할 수 있는 녀석은 없다.

나는 캥거루 주머니처럼 기분 좋은 이불 속에서 눈만 빠끔히 내놓고 전화를 노려보았다. 밤도 야밤, 초목도 잠든 한밤중이다. 이런 시간, 그것도 신년 연휴 중에 전화를 걸다니 몰상식하기 짝이 없다.

벨소리를 열두 번까지 센 다음, 나는 하는 수 없이 이불 속에서 기어 나와 수화기를 들었다.

"왜 이렇게 늦니? 몇 번을 울려야 받는 거야?"

누나 목소리였다. 나는 으르렁거리며 "지금이 몇 신줄 알아?" 하고 쉰 목소리로 말했다.

"나 원 참, 만일 집에 무슨 나쁜 일이라도 있었으면 어떻게 할래? 몇 시라도 전화벨은 울리는 거야. 재까닥 받는 연습을 해두도록."

"무슨 일 있어?"

나는 의자 등받이에 걸쳐놓은 솜저고리를 걸치며, 나도 모르게 긴장된 목소리로 물었다.

"아무 일 없어. 있었으면, 이라고 했잖니."

누나는 쌀쌀맞게 대답했다. 나는 넌덜머리가 났다.

"취했군."

"그래. 그게 뭐 어떻다는 거니? 설에도 안 돌아오는 박정한 동생한테 잔소리 들을 생각 없다, 얘."

"비단달걀(달걀의 흰자와 노른자를 따로 채로 쳐서 하얀색과 노란색 두 층으로 찌는 음식-옮긴이)도 없는 설에 굳이 돌아갈 필요가 뭐 있어."

나는 말했다. 누나는 수화기 저편에서 새까만 침묵을 지켰다.

"무슨 일 있었어?"

"아무 일 없어. 있을 리가 없잖니."

누나는 수화기 저편에서 콧방귀를 뀌었다. 그러더니 갑자기 생각난 듯이 말했다.

"너 친구는 조심해서 사귀어라."

나는 갑작스런 말에 대답도 못하고 어둠 속에서 숨을 멈추었다.

"친구를 잘 가려 사귀지 않으면 나중에 후회해."

전화는 수수께끼 같은 말을 남기고 걸려왔을 때와 마찬가지로 멋대로 끊어졌다. 나는 하품을 하고 고개를 빙글빙글 돌린 다음, 다시 뜨끈뜨끈한 이불 속으로 파고들기 위해 솜저고리를 벗었다. 전화벨이 울렸다.

나는 한숨을 내쉬고, 잠이 다 깨어버린 머릿속으로 올해의 첫 욕설을 있는 대로 다 주워섬기며 수화기를 들었다.

"엠프티오마니아."

수화기 저편에서 목소리가 말했다.

"엠프티오마니아라고 아냐?"

"알게 뭐냐."

나는 얼떨떨해서 그렇게 대답했다. 수화기 저편에 있는 사람은 후후 웃었다.

"쇼핑 강박증. 신경증의 일종이지. 뭘 사지 않으면 안 된다는 강박관념에 사로잡혀서 앞뒤 가리지 않고 카드를 긁어대며 물건을 사 들여."

그때서야 나는 겨우 전화를 건 사람이 누구인지 깨달았다. 보노 쇼고라는 친구다. 중견기업의 영업사원으로서 매우 바쁜 나날을 보내고 있어, 자기가 '도쓰가와 경감(일본 추리작가 니시무라 교타로의 간판 등장인물-옮긴이)보다 더 바쁜 남자라고 할 정도

268

다. 나와는 최근 3년간 얼굴을 마주할 기회도 없었다.

"믿어지냐? 강박증이란다, 이 내가."

보노는 공기를 들이마시듯 웃었다. 나는 솜저고리를 다시 걸치고, 난로를 켜고 불을 밝힌 다음 눈을 습벅거리며 물었다.

"무슨 일 있었냐?"

"없어. 적어도 내 주관으로는 아무 일도 없어. 그저 아침에 눈을 뜨면 본 적도 없는 물건들이 온 방 안에 널려 있을 뿐이야. 매달 카드 대금 때문에 통장에 돈이 남아나질 않는다. 옆집 사는 녀석은 나더러 날이면 날마다 커다란 봉투를 한아름 들고 오다니 복권이라도 당첨됐느냐고 하더라."

보노는 우는지 웃는지 알 수 없는 소리를 냈다.

"믿어지냐? 신경증적 건망증이란다, 이 내가. 난 스트레스도 없고, 욕구불만도 아니고, 어렸을 때 부모한테 학대받아서 트라우마 같은 게 생기지도 않았어. 난 정상이야. 멀쩡하다고."

수화기 저편에서 보노가 성냥을 긋는 소리가 들렸다.

"부탁이다."

보노의 목소리는 쉬어 있었다.

"나한테는 물건을 살 때 기억이 전혀 없어. 확인해줄 수 없겠냐?"

"확인?"

"내 뒤를 밟아서 내가 진짜 쇼핑 강박증인지 확인해줘."

거절할 이유를 108가지는 생각해낼 수 있었다. 문제는 그것을 보노에게 어떻게 전하느냐다. 나는 한숨을 내쉬었다.

"넌 네가 쇼핑 강박증이 아니라고 생각하는군?"

보노는 잠시 동안 입을 다물었다.

"난 요즘 날마다 여섯 시에 퇴근해. 회사에서 나오면 곧장 집으로 돌아가야지 하고 생각하지. 그러고 나서 졸음이 와. 전철에 탔을 때처럼 몸이 좌우로 흔들리는 기분으로 난 지하철 플랫폼에 서 있어."

수화기 저편에서 천천히 숨을 내뱉는 소리가 났다.

"기억나는 건 거기까지야. 정신이 들어보면 난 내 침대에 누워서 동쪽 하늘을 바라보고 있어. 그리고 방에는 제정신이 었으면 절대 사지 않았을 것 같은 물건들이 뒹굴고 있어."

제정신이었으면. 나는 발을 뻗어 발가락으로 가스난로를 껐다. 난로는 삑삑 소리를 내며 꺼졌다.

아이들이 세뱃돈으로 두둑해진 지갑을 움켜쥐고 게임 상점으로 뛰어 들어간다. 화려한 기모노를 입은 여자들이 한 덩어리가 되어 미용실에서 나왔다. 그녀들의 뒷모습을 바라보던 나는 갑자기 추위를 느껴 배에 둘렀던 풀빛 머플러를 풀어 목에 도로 감았다. 하드보일드 탐정소설 같으면 발치에 짓밟힌 담배꽁초가 수두룩하겠지만, 공교롭게도 나는 담배를 피우지 않는다. 나는 손목시계로 시간을 확인하고, 자꾸 우울해지려는 기분을 띄우기 위해 들고 온 외팔이 탐정이 나오는 소설로 눈길을 돌렸다.

보노가 사는 4층 철근건물인 독신자 아파트는 새해라 다들 외출했는지, 인기척이 전혀 없었다. 아파트 주변에도 무료함을 달래줄 만한 것이 아무것도 없다. 내가 아무리 책을 좋아한다 해도 이런 상황에서 집중해서 읽을 수 있을 리가 없다. 나는 또다시 하품을 하면서 앞으로 10분만 더 기다려보다가 그래도 보노가 안 나타나면 집으로 쳐들어가서 떡국이라도 얻어먹어야겠다고 생각했다.

그때 철컹 하고 아파트 어딘가에서 문이 닫히는 소리가 났다. 나는 책을 덮었다. 글렌체크 반코트를 입고, 담황색 머플러로 얼굴을 가리고, 선글라스를 쓰고, 모자를 귀까지 덮어쓴 남자가 계단을 내려왔다. 남자는 열심히 재채기를 해가며 모자를 붙들고 빠른 걸음으로 걷기 시작했다. 나는 책을 코트 주머니에 쑤셔 넣고 뒤쫓았다.

3년 만에 보는 보노의 뒷모습은 어딘지 모르게 긴장한 것 같았다. 어떤 코트를 입을지 미리 가르쳐주지 않았으면 알아보지 못했을지도 모른다.

내가 아는 보노는 머리칼을 각 지게 쳐올리고, 늘 검은 스포츠 가방을 들고 있었으며, 프로야구 팀인 야쿠르트 스왈로스의 클린업 트리오의 전날 타율을 줄줄이 읊었다. 된장을 넣어 끓인 떡국을 좋아해서 냉장고에는 늘 찹쌀떡이 들어 있었다.

연어알을 싫어했다. 비단달걀을 좋아해서 설이면 나의 누나가 만들어주는 비단달걀을 맛보러 오곤 했다.

보노는 서둘러 지하철역 계단을 내려갔다. 나는 종종걸음으로 뒤를 따라갔다. 보노는 120엔 승차권 전용 판매기 앞에 줄을 섰다. 나는 뚱뚱한 아주머니를 따라 한산한 판매기로 가서 버튼을 누르고 표를 샀다. 내가 개찰구를 통과했을 때도 보노는 아직 줄 뒤쪽에 멍하니 서 있었다.

열차가 도착하자 몽유병자 같은 발걸음으로 올라탄다. 맥없이 비척비척 걸어가 손잡이를 잡고 두 발을 단정하게 붙이고 섰다. 가끔씩 흘러내리는 선글라스를 밀어 올리는 동작 외에는 거의 꼼짝도 하지 않고 암흑 속을 질주하는 지하철 소리에 가만히 귀를 기울이는 것 같았다.

열차는 곧 니혼바시 역으로 들어갔다. 나와 보노는 옷을 두툼하게 껴입은 사람들 틈에 휩쓸려 내렸다.

몇 년 전부터 대형 백화점들은 정월 초사흗날부터 영업을 하기 시작했다. 수요가 있기 때문이다. 하긴 공급이 없으면, 사람들은 집에서 뒹굴며 반년 만의 휴식을 만끽하고 있을지도 모른다. 쇼핑 강박증 환자라고 일부러 전철까지 타고 나가겠는가.

보노는 백화점 입구에서 럭키백을 산 다음 에스컬레이터를 타고 2층으로 올라가 불안정한 발걸음으로 숙녀복 매장을 돌아다녔다. 그러더니 커스터드 크림을 한여름 아스팔트에 냅다 팽개친 것 같은 색깔의 스웨터를 샀다. 3층에서는 유명 브랜드의 스카프를, 4층에서는 낙타색 내복을 샀다. 문구매장에서는 색칠공부 책과 종이로 만든 공룡모형, 호빵맨 가면을 샀다. 그러고는 아동복매장으로 가서, 곰을 아플리케한 대단히 귀여우신 턱받이를 구입했다.

백화점 안은 인파가 내뿜는 열기로 몹시 후끈거렸다. 겨울에는 덥고, 여름에는 춥다. 대체 누가 백화점을 쾌적한 도시공간이라고 했나.

나는 겨울 보너스로 구입한 지 얼마 안 되는 중고 가죽코트를 벗고, 머플러를 풀어 도로 배에 감았다. 손수건으로 목에 흐르는 땀을 훔치며 백화점에서 장식해 둔 거대한 용 인형에 기대어 서서, 코트를 벗기는 고사하고 머플러까지 그대로 두르고 있는 보노를 바라보았다. 그는 진지한 표정으로 옷을 갈아입힐 수 있는 토끼 인형을 뒤집더니 발바닥을 뚫어지게 바라보고 있었다. 쇼핑 강박증 환자 이전에 성적性的 이상자로 백화점 측에 찍힐 것 같은 태도다.

"아저씨."

갑자기 팔꿈치 아래에서 목소리가 들려왔다. 놀라 아래를 내려다보니, 새빨간 망토를 입은 여자아이가 촉촉한 눈으로 나를 쳐다보고 있었다.

"아저씨, 덥죠."

"그렇구나."

나는 대답했다.

"더우면 보통 코트를 벗는 거죠?"

"그야 그렇겠지."

나는 동의했다.

"하지만 엄마는 짐이 되니까 입고 있으래요. 이상하지 않아요? 게다가 나 아주 더워 죽겠는걸요."

아이는 단호한 말투로 말했다. 나는 몇 초 동안 뭐라 대답하면 좋을지 고민했다.

"아저씨는 좋겠네요. 더우면 벗을 수도 있고."

아이는 원망 어린 눈으로 힐끗 보더니 몸을 돌렸다. 나는 어안이 벙벙했다. 여자가 듣고 싶어하는 말을 타이밍 놓치지 않고 제때 한다는 올해의 목표는 예년과 마찬가지로 사흘 만에 무참하게 실패로 돌아갔다. 건포마찰을 날마다 한다든지, 일기를 빼먹지 않고 쓴다든지, 내 목표는 늘 너무 높아서 탈이다.

보노는 인형 포장을 부탁하고, 작은 칠판 앞에 서 있었다. 견본이라고 쓰인 칠판에 색분필로 낙서를 했다. 갑자기 손톱으로 긁는 것 같은, 생리적 혐오감을 자극하는 소리가 매장 안에 울려 퍼졌다. 라이얼 왓슨에 따르면, 우리의 원숭이 조상들이 내던 경계경보와 주파수가 일치하는 소리. 나를 포함해 그 자리에 있던 모든 사람들이 오싹해서 등의 털이 곤두섰다.

보노 또한 자기가 무심코 낸 소리에 놀란 듯, 분필을 뚝 부러뜨렸다. 서둘러 자리를 뜨는 보노를 쫓아가며 나는 중학교 때의 교실을 생각했다. 시끌벅적 떠들어대는 자습시간에 천사가 지나가며 갑자기 정적이 찾아든다. 그러고는 누가 먼저라 할 것 없이 겸연쩍게 웃는다. 이름 탓에 당연히 '꼬맹이坊主'라 불리던 보노坊野는 자습시간만 되면 특히 더 장난꾸러기 기질을 발휘했다. 난로에 대야를 올려놓고 급식으로 나온 귤을 삶은 다음 칠판을 향해 던졌다가, 달려온 체육교사에게 얻어맞은 적도 있었다.

보노는 일단 지하 식품매장까지 내려가 한 바퀴 돌더니 다시 에스컬레이터를 탔다.

이번에는 단번에 맨 위층까지 올라간다. 백화점 종이 쇼핑백만 열 개도 더 들고 있으니 자리도 차지하고 눈에 띄기 그지없다.

보노는 지나치는 사람마다 쇼핑백으로 치며 푸드코트로 들어가더니, 산더미 같은 짐을 내려놓고 식권을 사러 갔다. 나도 슬그머니 줄을 섰다. 줄을 서고 보니 허기가 느껴져 햄버그스테이크 정식을 주문했다.

식당은 붐볐다. 보노는 창가에 있는 4인용 테이블을 차지하고 앉았다. 나는 그리 멀지 않은 자리를 골라 앉았다. 다 젖은 물컵을 들고 온 웨이트리스는 주문한 내용을 기운차게 복창한 다음, 식권 반쪽을 들고 갔다.

보노는 카레라이스를 먹었다. 곁눈으로 보니 이어서 푸딩 알라모드가 왔다. 나는 슬쩍 웃었다. 푸드코트에서 푸딩 알라모드. 자식아, 나이 들통 난다.

푸딩을 내려놓고 카레 그릇을 치우려던 웨이트리스와 보노의 손이 교차했다. 다음 순간 땡그랑 요란한 소리를 내며 카레 그릇이 바닥으로 떨어졌다. 누런 액체가 사방팔방으로 튀었다.

웨이트리스가 사과를 하는데 보노는 거들떠보지도 않았다. 금속 그릇과 흩어진 채소 절임을 주워 담고 웨이트리스는 울음을 터뜨릴 것 같은 얼굴로 가버렸다. 나는 순간, 정상적인 상태가 아니라는 것도 잊고 녀석과 의절해버릴까 생각했다.

푸딩 알라모드를 두 입에 해치우고, 보노는 짐을 모아 들고 일어섰다.

"그래서."

목에 금귤이라도 걸린 것 같은 얼굴로 보노가 말했다.

"그게 다야. 넌 더는 손이 없어 못 들겠다 싶을 때까지 물건을 사대더라. 산 물건들은 방금 말했고. 게다가 귀여운 웨이트리스를 울리는 짓까지 했어. 그러고는 지하철을 타고 집으로 돌아왔어. 난 아파트 입구까지 따라왔어."

그리고 근처에 문을 연 찻집을 찾아 뜨거운 홍차를 마신 다음, 전화로 보노를 불러낸 것이다.

"내가 전화했을 때 넌 뭘 하고 있었냐?"

나는 널찍한 찻집을 둘러보며 물었다.

"자고 있었을 거야, 아마."

보노는 레몬스쿼시를 저으며 몹시 지친 듯이 말했다.

"확실치가 않아, 아무것도. 자고 있었던 것 같기도 하고, 피곤해서 쓰러져 있었던 것 같기도 하고."

"내가 신경증에 관해 잘 아는 건 아니야. 하지만 어쩐지 이상해."

나는 말했다.

"쇼핑 강박증이라는 건 상업주의에 물든 현대병의 일종이라고 사전에 나와 있더라. 그걸로 판단해보자면, 뭐랄까, 유행에 뒤지지 않으려고 잡지에 나온 상품들을 사들여댄다든지, 갖고 싶은 물건들을 끊임없이 사들인다든지, 그런 건 이해가 돼. 지불능력 이상으로 카드를 그어대다가 파산한다, 그런 이야기도 많이 듣고 말이지. 하지만 넌 일부러 필요 없는 물건만 골라서 사들이는 것 같았어. 게다가."

나는 추가로 주문한 다즐링을 찻잔에 따르며 말을 이었다.

"엠프티오마니아라는 건 결국 아주 현실적인 욕망이 겉으로 드러나는 거 아니냐?"

"무슨 말을 하고 싶은 건지 잘 모르겠는데."

보노는 불안스레 말했다.

"그러니까 내 이야기는, 예컨대 사람이 뭔가를 갖고 싶어한다고 생각해보자. 하지만 보통은 그 욕구를 충족시키기 전에 여러 가지 조건이 제동을 걸지. 경제적인 여건상 살 수 없다,

라든지, 비슷한 걸 이미 갖고 있으니까 이번에는 그만두자, 라든지, 이걸 살 돈을 아껴뒀다가 나중에 다른 걸 사자, 라든지. 그런 제동이 걸리지 않게 된 상태를 엠프티오마니아라고 하는 게 아닐까? 이건 어디까지나 내 추측이지만."

나는 보노의 얼굴빛을 살피며 말했다.

"그렇다면 그 사람의 일상적인 의식意識이 있어야 쇼핑 강박증일 것 같거든. 그런데 너는 왜 의식이 없는 거냐? 이상하잖냐. 네가 도피해야 할 필요가 뭐가 있다고."

"그럼 대체 난 뭘 하고 있는 거냐?"

보노는 쉰 목소리로 물었다.

"쇼핑 강박증이 아니라면 대체 뭐냐고!"

"그렇게 흥분하지 마. 병명이 붙었다고 병이 낫는 것도 아니고, 병명 하나가 사라졌다고 네 병이 악화되는 것도 아니니까."

보노는 두 손을 주먹 쥐었다. 학교 다닐 때와는 달리 하얀 손에 정맥 몇 줄기가 파랗게 튀어나와 있었다.

"불쾌한 질문일지도 모르지만, 너 요즘 날마다 여섯 시에 퇴근한다고 했지?"

"그래."

"'도쓰가와 경감보다 더 바쁜 남자' 아니었냐? 아니면 이 병 때문이냐?"

"그래. 출장 중에 몇 번 의식을 잃은 적이 있어. 그래서 내근으로 바꿔달라고 한 거야. 지금은 '네로 울프(렉스 스타우트의 추리 소설 주인공인 안락의자 탐정-옮긴이)보다도 우아한 남자'다."

보노의 얼굴에 희미한 웃음이 떠올랐다.

"쇼핑 강박증이 시작된 건 의식을 잃기 전이었냐?"

"아니, 그 뒤. 11월 말부터 조금씩 이상해지더라. 정신이 들어보면 방 안에 본 적도 없는 물건들이 뒹굴고 있게 된 건 크리스마스 때부터고."

"크리스마스? 그럼 혹시 아직 병원에 안 가봤냐?"

뜻밖이라는 얼굴로 바라보자, 보노는 울컥한 듯 노려보았다.

"병원에 가봤으면 너한테 이런 탐정 짓 같은 걸 부탁할 리가 있겠냐?"

"그럼 쇼핑 강박증이라는 생각은 대체 어디서 났는데?"

"야마자키야, 옆집에 사는. 나하고 회사도 같고 친했거든. 이 병에 대한 이야기도 했고. 그 친구도 나처럼 도박을 아주 좋아해서 곧잘 경마니 경륜 같은 걸 같이 하곤 했지. 주식이나 복권을 사러 간 적도 있고."

나는 머리카락에 손을 찔러 넣고 마구 헝클어뜨렸다.

"그 사람, 쇼핑 강박증이라는 말을 용케 아는군."

"워낙 박식한 녀석이라. 너처럼. 나하고는 달리."

보노는 희미하게 웃었다.

"그 야마자키 씨는 지금 뭘 해?"

"본가로 돌아갔어. 어제 걱정된다고 전화했더라. 네가 감시

해주기로 했다는 이야기도 했어. 덩치는 나처럼 크지만, 성격은 너하고 비슷하달까. 너희 둘 다 머리가 좋거든."

다른 녀석 같으면 상당한 빈정거림으로 들렸을 이 말이 보노의 입에서 나오니 아주 자연스러웠다. 나는 눈썹을 찌푸렸다. 그때 레몬스쿼시 빨대를 큼직한 입술에 물려던 보노가 입속으로 나지막이 탄성을 지르며 몸을 일으켰다.

"왜 그래?"

나는 보노의 시선을 쫓아 뒤를 돌아보았다. 내 자리 뒤쪽은 상가를 마주 보고 있는 유리벽이었다. 보노는 히죽 웃더니 말했다.

"호랑이도 제 말 하면 온다더니 야마자키야. 초사흗날에 돌아오다니 꽤나 성급하군. 가자. 녀석을 소개해주지."

"잘못 봤나?"

얼마 남지 않은 빈자리에 컵과 청주 병을 들고 끼어 앉으며 보노가 말했다.

"초인종 소리는 안 들려도 네 목소리가 안 들릴 리는 없겠지. 아직 집으로 안 돌아온 걸지도 몰라."

나는 그렇게 말하며 주위를 둘러보았다. 어처구니가 없었다.

예상했던 것보다 훨씬 심각한 상태였다. 냉장고, 전화, 오디오, 비디오, 카세트 플레이어 같은 가전제품들이 벽 앞에 빽빽하게 쌓여 있고, 침대는 산더미처럼 쌓인 봉제인형에 둘러싸여 있다. 조그만 히나 인형에, 살인이라도 저지를 용기가 없으면 도저히 입고 다니지 못 할 것 같은 괴상망측한 옷. 그것도 여자 것과 남자 것이 뒤섞여 있다. 백화점 쇼핑백, 식기를 넣은 상자, 일회용 기저귀, 딸랑이, 액세서리, 신발들. 나는 겨우 공간이 남아 있는 침대 위에 무릎을 끌어안고 앉아 보노가 내민 컵을 받아 들었다.

"엄청나군."

"연말에는 쓰레기도 안 치워가잖냐. 게다가 어쩌면 몇 푼이라도 받고 팔 수 있을지도 모르고. 영수증이 없으니까 환불은 아마 힘들겠지만."

"하지만 오늘은 죄다 카드로 지불했는데? 그런데 어째서 영수증이 없어?"

보노는 눈을 휘둥그렇게 뜨고 그러고 보니 그렇군, 이라고 중얼거렸다.

나는 웃었다.

"뭐가 우습냐?"

"아니, 옛날 그대로구나 싶어서."

"여전히 얼빠졌다고 말하고 싶은 거지?"

"중학교 때, 너 내가 깨뜨린 비커를 자기가 깨뜨렸다고 착각하고 선생님한테 빌러 간 적이 있었지."

나는 침대 뒤편의 커다란 소 인형에 몸을 기대며 말했다.

"그러고 보니 그런 일도 있었군."

보노는 웃었다. 나는 술을 단숨에 들이켰다.

"네가 쇼핑 강박증에 건망증이라니, 분명히 뭐가 잘못된 거야. 그럴 리가 없어. 신경증이란 건 머리가 훨씬 복잡한 녀석들이 걸리는 거니까."

"너무하는군."

다리를 뻗기 위해 보노가 벗어놓은 코트를 치우려던 나는 이상한 것을 발견했다.

"어이, 보노, 이 코트……."

갑자기 눈앞이 물렁하게 일그러졌다. 손에서 컵이 미끄러져 떨어진다. 산처럼 쌓인 물건들이 어안 렌즈로 보는 것처럼 이쪽으로 부쩍부쩍 다가든다.

"왜 그래? 어이, 무슨 일이야?"

보노의 목소리를 멀리서 들으며, 나는 보노의 분홍빛 손톱이 좌우로 흔들리는 것을 바라보았다. 흔들림이 점점 빨라지고, 멀어지고, 안개가 끼었다…….

눈앞에 파란 말이 있었다. 파란 말이란 게 있던가. 눈앞에 있으니 생각하나마나다, 라고 나는 생각했다. 그러고는 그 말 콧잔등에 꿀벌이 앉아 있는 것을 발견했다. 노란색과 갈색 줄무늬가 있는, 더할 나위 없이 꿀벌다운 꿀벌이었다. 이쯤 되면 곰돌이 푸우도 트집 잡지는 못할 것이다.

나는 부들부들한 말 콧잔등을 밀어내고 몸을 일으켰다. 머리가 지끈지끈했다. 창문으로 햇살이 들이비치고 있었다. 발치에는 보노가 쓰러지듯 몸을 기대고 앉아 있었다. 술병이 쓰러져 카펫에 얼룩이 생겼다. 시계를 보니 열한 시. 명백히 아침. 나는 거의 열여덟 시간을 내처 잔 것이다.

나는 창문을 열었다. 차가운 공기가 흘러 들어온다. 욕지기가 나서 화장실로 달려 들어갔지만, 마지막으로 먹은 음식인 햄버그스테이크 정식은 이미 위가 소화시켜버린 듯 나오는 것은 누런 위액뿐이었다. 찬물로 세수하고, 물을 조금 마시고, 그런 다음 보노를 두들겨 깨웠다.

"이 술 어떻게 된 거냐?"

나는 물었다.

"어? 야마자키가 준 건데. 어차피 설에 혼자일 테니까 이거나 마시라고."

보노는 창백한 얼굴로 말했다. 나는 의식을 잃기 전에 하려던 일이 생각나, 보노의 코트를 살펴보았다.

얼룩 하나 없이 깨끗했다.

나는 일어섰다.

"무슨 일이야?"

보노가 불안스레 물었다.

"네가 쇼핑 강박증이란 건 야마자키가 꾸며낸 거짓말이라는 이야기야."

나는 말했다.

"왜?"

보노는 어리둥절한 것 같았다.

"내가 미행했을 때, 넌 점심을 먹었어. 카레라이스. 디저트로 푸딩을 날라온 웨이트리스가 그릇을 떨어뜨려서 카레가 튀었어. 당연히 네 코트에도 튀었겠지. 하지만 이 코트에는 아무것도 안 묻어 있어. 이건 그때의 그 보노 같은 사람이 입고 있던 옷이 아니라는 소리지."

"같은 사람?"

"난 널 3년 만에 만나는 거였어. 난 네가 입을 거라던 코트를 입은 사람의 뒤를 밟았을 뿐이야. 게다가 너한테 들켜도 안 되니까 거리를 두고 있었어. 그 사람은 얼굴을 선글라스랑 머플러로 가리고 있었으니 얼굴을 제대로 본 것도 아니야. 애초에 나는 그 사람이 이 아파트에서 나오는 걸 봤고 이 아파트로 들어온 건 알고 있지만, 어느 집으로 들어갔는지를 확인한 건 아니거든."

"설마."

보노는 나를 올려다보며 말했다.

"그래. 야마자키 씨가 너로 변장하고 쇼핑 강박증 환자 행세를 한 거야."

"왜 그런 짓을 하지?"

"그건 본인에게 물어볼 수밖에 없겠지. 하지만 그 사람은 너한테 환각제인지 최면제인지를 먹여 의식을 잃게 하고 너를 신경증 환자로 몰았어. 그 결과, 보노 너는 자기가 쇼핑 강박증 환자라고 믿었고. 그랬으니 무슨 까닭이 있을 거다."

나는 일어나 방을 나섰다. 보노가 허둥지둥 따라 나왔다.

초인종을 아무리 눌러대도 야마자키는 나타나지 않았다. 나는 문손잡이를 돌려보았다. 손잡이는 맥 빠질 정도로 간단히 돌아갔다. 보노가 '어떻게 된 거야?' 하고 중얼거렸다.

안은 텅 비어 있었다. 가구고 뭐고 아무것도 없는 방 안에 신문이 한 장 떨어져 있었다. 기사 하나에 빨간 매직으로 테두리가 쳐져 있었다.

나는 신문을 주워 들고 읽었다.

한밤중에 걸려오는 전화는 정말이지 싫다. 나는 수화기에 귀를 갖다 대고 밤의 밑바닥, 그 움직임을 들으려는 듯이 얼마 동안 가만히 있었다. 그러고는 다이얼을 돌렸다.

"누구야."

기분 나쁜 듯한 목소리였다. 그럴 만도 하다. 나 같아도 초목도 잠든 한밤중에 전화가 오면 기분 나쁘다.

"해결됐냐?"

나는 물었다. 하품 섞인 목소리로 보노가 너냐? 라고 했다.

"해결은 무슨. 야마자키는 본가에 안 돌아갔더라. 아무한테도 연락이 없고."

그리고 다시 하품하는 소리가 들려왔다.

"하지만 놀랐다. 그 복권이 당첨됐다니. 난 까맣게 몰랐어."

해마다 크리스마스이브에 금액이 큰 복권 추첨이 있다. 멍한 보노는 눈치채지 못했을지 모르지만, 야마자키는 추첨 결과를 전전긍긍하며 지켜보았다.

"그리고 내 복권이 당첨된 걸 알았어. 같이 샀으니까 알았겠지. 그래서 처음에는 자기 복권하고 내 걸 바꿔치기할 생각을 했어. 하지만 그러려면 내가 내 복권번호를 모른다는 조건이 필요했어. 하지만 난 알고 있었거든."

"어떻게 된 영문인지 넌 옛날부터 숫자에는 강했으니까. 스왈로스 클린업 트리오의 타율을 죄다 외우곤 했지."

나는 말했다.

"그래서 야마자키는 날 신경증 환자로 몰기로 했어. 일시적인 기억 혼란. 엠프티오마니아. 약을 먹여 의식을 잃게 한 다음 산더미 같은 물건들을 늘어놔서 나를 미치광이로 만들려 한 거야. 성공했겠지, 네가 아니었다면."

"그래."

나는 대답했다.

"성공했겠지, 보노. 나한테 도움을 청하지 않았더라면."

"야마자키는 분명히 그 찻집에 있었던 거야. 그래서 우리 이야기를 듣고 계획이 실패로 끝날 것 같다는 걸 눈치챘어. 그래서 집으로 돌아와 야반도주할 준비를 하고 복권을 챙겨 달아난 거야."

나는 깊은 한숨을 내쉬었다.

"야, 보노. 난 너한테 빚이 있지. 그때 그 비커 말이야. 그 빚을 드디어 갚았다고 생각했다. 집으로 돌아와서 차분히 생각해볼 때까지는."

나는 브랜디를 떨어뜨린 홍차를 한 모금 마셨다.

"뭐가 좀 이상하다는 생각이 든 건 네 맨 처음 전화가 생각난 다음이었어. 그때 넌 매달 카드 대금 때문에 통장에 돈이 남아나지 않는다고 했어. 하지만 쇼핑 강박증이 시작된 건 크리스마스 무렵. 그러니까 아직 열흘쯤밖에 안 됐어. 그런데 어째서 매달 카드 대금 때문에 통장에 돈이 남아나질 않지?"

수화기 저편에서 보노가 조그맣게 재채기를 했다.

"뭐, 그건 환각제 때문에 일시적인 기억 혼란이 있었다고 하자. 그럼 야마자키는 왜 야반도주를 했을까?"

"뭐?"

"몸만 달랑 빠져나갔어도 야반도주는 야반도주야. 그런데 어째서 짐을 죄다 싸서 도망쳐야 하지? 복권으로 탈 수 있는 돈이 9천만 엔. 얼마 안 되는 가구까지 죄다 챙겨 도망갈 필요가 전혀 없는 액수야. 그래, 가구는 얼마 안 됐어. 오늘 아파트 집주인한테 전화 걸어봤다. 야마자키가 이사 온 건 11월 말. 이삿짐은 미니밴 한 대 분량밖에 안 됐다더군."

수화기 저편에서 성냥을 긋는 소리가 들렸다. 나는 눈을 감고 관자놀이를 지그시 눌렀다.

"넌 일부러 그런 거였어. 카레라이스 그릇을 일부러 뒤집어 엎어서 코트에 카레가 튀는 상황을 연출했어. 일부러 티가 나게 환각 상태의 보노를 연기했어. 척 보기에도 가짜 신경증 환자라고 알 수 있게. 야마자키가 너인 척 꾸미고 있었다는 결론을 내가 내리게 하고 싶었던 거야. 하지만 그때 내가 미행했던 사람은 바로 너였어. 난 보노인 척하는 야마자키인 척하는 보노를 미행하고 있었던 거야."

"어떻게 알았냐?"

기나긴 침묵 끝에 보노가 말했다.

"손톱이야. 의식을 잃기 전에 내 눈앞에 네 손톱이 있었어. 손톱 끝이 분홍색이더라. 그리고 네가 장난감 매장에서 칠판에 장난을 칠 때, 거기 있던 분필이 바로 분홍색이었어. 분필이 부러지면서 손톱 사이에 분필가루가 끼었겠지. 그리고 그대로 남아 있었던 거야."

나는 잠시 기다려보았으나, 보노는 입을 열지 않았다.

"야마자키가 어떻게 됐는지 그건 나도 모른다. 내가 아는 건 네가 야마자키가 야반도주한 상황을 연출하지 않으면 안 됐다는 것뿐이야. 그러기 위해서는 그 사람 짐을 처리할 필요가 있었어. 너도 말한 것처럼 연말연시에는 쓰레기 수거를 안하지. 물론 미니밴 한 대 분량은 9천만 엔하고 맞바꾸기에는 별 볼 일 없는 재산이지만, 버리기엔 양이 너무 많거든. 그래서 넌 그걸 어떻게 했느냐. 너희 집으로 옮겼어. 그리고 짐이 많아진 걸 엠프티오마니아 탓이라고 꾸민 거야. 그때 방에는 네가 사온 엉뚱한 물건들하고 야마자키의 짐이 섞여 있었어. 안 그래?"

보노는 말이 없었다.

"그렇게 해서 야마자키는 친구의 복권을 가로채서 줄행랑 쳤다는 상황이 만들어졌어. 게다가 그 친구를 신경증 환자로 몰아붙이려 한 악당이지. 하지만 증거가 전혀 없으니까 경찰에 고소할 수도 없어. 자기가 산 복권이라고 증명할 방법도 없고. 그리고 당연히 야마자키는 행방불명. 그렇게 된 거야."

"일부러 그런 건 아냐."

보노가 말했다.

"정말로 일부러 그런 건 아냐. 복권은 처음부터 내 거였어. 그런데 야마자키가 자기 몫을 내놓으라고 하더라. 그 녀석은 내가 도박을 좋아한다는 소문을 회사에 퍼뜨리고 다녀서 나를 한직으로 내쫓더니, 복권의 권리 절반은 자기한테 있다고 했어. 가볍게, 살짝, 때렸을 뿐이야. 그런데 그 녀석이 시디플레이어에 부딪혀서, 주위를 온통 피바다로 만들고 입에서 거품을 뿜더니 그대로 꼼짝도 하지 않는 거야."

나는 길게 숨을 내쉬었다.

"네가 전화를 안 받을 줄 알았다."

보노는 말했다.

"한밤중에 걸려오는 전화가 싫다고 전에 말한 적이 있었잖냐. 널 끌어들이기로 한 다음에도 내내 후회하고 있었어. 한밤중에 전화하면 네가 안 받을 줄 알았어. 그만두고 싶어서. 정말 그만두고 싶어서, 계획을 세운 다음에도 어떻게든 이유를 붙여서 그만두려고 했어. 오랜만에 연락해서 신경증인지 아닌지 확인해달라고 부탁했을 때 들어줄 사람은 너밖에 없으니까. 그러니까 네가 전화를 안 받았으면 시작하지 않아도 됐어. 어째서 그때 전화를 받은 거냐?"

"연습 중이었어."

나는 말했다.

"한밤중에 걸려오는 불길한 전화를 받는 연습."

"정초부터 불쾌하게 해서 미안하다."

한밤중에 걸려오는 전화는 갑자기 끊어진다. 늘 그렇다. 지금도 그랬다.

나는 솜저고리를 걸치고 이불 위에 웅크리고 앉아 텔레비전을 켰다. 한밤중인데도 전통의상을 차려입은 코미디언이 거대한 하고(모감주나무 열매에 새 깃털을 꽂아 치는 전통놀이-옮긴이) 채를 들고 온 스튜디오를 뛰어다니고 있었다.

보노는 변했다. 누나는 비단달걀을 만들지 않게 됐다. 새해 같은 건 텔레비전 속에만 존재한다.

르네상스

표지 제자 建字 건설성 장관 히가시카키 구니오

표지 사진 눈 덮인 시계탑 (촬영 : 삿포로 영업소 가와이 유코)

밸런타인
밸런타인

"여보세요."

"네."

"여보세요? 저 미나코예요."

"여, 오랜만이다. 어라, 밖에서 거냐?"

"네. 전부터 한번 써보고 싶다고 하던 공중전화 있잖아요. 거기 있어요."

"오, 그러냐."

"미나지롱."

"그래그래."

"헤헤헤. 저기요, 내 얘기 좀 들어봐요. 아까 엄청 기이한 일이 있었거든요. 오컬트인 줄 알고 무서워 혼났어요."

"무슨 일인데?"

"지금 2월이죠."

"그래."

"춥죠."

"춥군."

"왜 2월은 추운 걸까요."

"……."

"잠깐, 거기서 조용해지지 마요."

"나보고 어쩌라고?"

"감동해야죠."

"……했다."

"거짓말."

"이 전화를 받고 있는 나 자신한테 감동했어."

"심술쟁이."

"……."

"정말 심술쟁이야."

"그래서?"

"뭐가요?"

"뭐가 기이하냐고."

"기이하다는 말은 지나치고요, 좀 이상하다 싶어서요."

2월 ◆ 밸런타인 밸런타인

"……."

"꼭 그렇게 금세 입을 다물어버린다니까."

"졸려서 그래."

"괜찮아요."

"전혀 안 괜찮아."

"잠이 싹 달아나게 기이한 이야기를 해줄게요."

"짤막하게 부탁한다."

"무리한 말씀 마세요."

"애 좀 씁시다."

"이제 곧 밸런타인데이죠."

"그런 것 같더라."

"초콜릿 받을 것 같아요?"

"아직 한 번도 받아본 적 없는데."

"거짓말."

"거짓말 아냐."

"……의리 초콜릿도?"

"그거라면 받아봤지만."

"그럼 됐잖아요."

"그렇지는 않지."

"아잉, 받은 적 없으면 미나가 줄까 했더니."

"……고맙다."

"좀 더 기쁘게."

"이거 봐."

"이거 봐, 뭐요?"

"기이한 이야기라는 건 어떻게 됐냐?"

"아아, 그거요. 기이하다고 할 정도는 아니지만."

"그건 아까 들었고."

"듣고 싶어요?"

"아무래도 상관없다."

"그거 싫더라."

"뭐가?"

"아무래도 상관없다는 말, 싫어요."

"왜?"

"다른 사람한테 결정을 떠넘기는 거잖아요. 자기가 결정해야죠."

"그 이야기를 하고 싶어서 전화한 거 아냐? 결정은 무슨 결정."

"예의라는 게 있죠."

"예의?"

"추운 밖에서 모처럼 여자애가 전화를 걸었잖아요. 의리를 생각해서라도 듣고 싶다고 해주는 게 남자다운 거 아니에요?"

"……지금 거신 전화는 없는 번호입니다. 번호를 다시 확인하신 후…….”

"심술쟁이."

"심술쟁이냐?"

"심술쟁이예요."

"……."

"거봐, 금세 입을 다물어버린다니까."

"기이한 이야기는?"

"말을 재촉하는 남자는 여자들한테 인기 없어요."

"없어도 된다. 전화카드는 괜찮냐?"

"괜찮아요. 한참 남았어요."

"유감이군."

"뭐라고요?"

"아니, 그냥 혼잣말."

"아까 초콜릿 매장에 갔었거든요."

"그래."

"초콜릿이 엄청 많았어요. 비싼 것, 싼 것, 이젠 흔해빠진 패러디 같은 것도 있고, 커다랗게 '의리 초콜릿'이라고 쓰여 있는 것도 있고요. 아마 올해 간지에서 따온 거겠지만 글쎄 뱀 초콜릿까지 있지 뭐예요."

"저속하군."

"작년에 미나코가 선생님 드린 건 술 들어가고 코코아 가루를 뿌린 고상한 거였죠."

"그래, 기억난다. 코코아 가루가 기관지에 들러붙어서 죽는 줄 알았지."

"……그 이야기는 그만두죠."

"그만?"

"그만."

"그럼 하던 이야기로 돌아가서."

"초콜릿 매장에요, 어떤 여자가 있었어요. 키가 크고, 브라운 계열의 투피스에 스카프, 가방이랑 펌프스까지 죄다 고상하고 멋있는, 예쁜 여자였어요."

"흐음."

"센스도 있더라고요. 금으로 된 가느다란 볼 체인에 납작한 금반지를 끼워서 목에 걸고 있었어요. 귀걸이는 불가리고요. 립스틱은 아마 코티의……."

"그런 전문용어는 좀."

"뭐라고요?"

"아니, 그런 사람한테 초콜릿 좀 받으면 좋겠다고."

"……."

"미나코, 가만히 있지 말고."

"그래서 그 예쁜 여자가요, 초콜릿을 샀거든요. 커다란 판 초콜릿인데, 굉장히 고전적인 느낌이 나는 걸로요."

"음, 이미지 그대로군."

"요즘 시기에는 보통 초콜릿을 사면 포장해달라고 하잖아요? 그런데 그 여자는 포장을 안 해도 된다고 하는 거예요."

"직접 하려나 보지."

"처음에는 저도 그렇게 생각했거든요. 그런데 계산을 끝내고 보니까 가게 구석에 그 여자가 있더라고요."

"그래."

"초콜릿을 꺼내고 있었어요."

"방금 산 초콜릿을?"

"네."

"그 고전적인 초콜릿을?"

"선생님도 알겠지만, 밸런타인데이를 앞둔 초콜릿 매장은 전쟁터보다도 더 아수라장이잖아요. 남을 눈여겨보는 사람은 아무도 없어요. 전 우연히 그 여자가 어쩐지 신경 쓰여서 보고 있었지만, 웬만해서는 아무도 눈치채지 못했을 거예요."

"그러게. 가본 적은 없지만."

"헹, 말은 그렇게 하지만 사실은 선생님도 옛날에 자기가 초콜릿 사다놓고 여자한테 받았다고 거짓말하고 그랬죠?"

"아니라니까."

"정말 그럴까? 미나 눈에는 그런 타입으로 보이는데."

"……."

"이야기 계속할게요."

"응."

"그 여자가 초콜릿을 상자에서 꺼내더니 말이에요, 은박지에 싸인 초콜릿을 멍하니 바라보더라고요."

"흐음."

"그렇게 한참을 보더니 초콜릿을 상자에 도로 집어넣고 테이프를 도로 붙인 다음에, 일어서서 다시 초콜릿 매장으로 뛰어들었어요."

"응."

"그러더니 그 초콜릿을 원래 있던 자리에 슥 되돌려놓는 거예요."

"뭐라고?"

"그러더니 이번에도 또 고전적인 판 초콜릿을 샀어요. 다른 종류로요."

"진짜 이상하긴 하군."

"그러고는 매장 구석으로 가서 또 초콜릿을 꺼내봤어요."

"또?"

"이번에는 초콜릿을 뚫어지게 바라보더니 고개를 커다랗게 한 번 끄덕하고는 금박지째로 초콜릿의 경계선 맨 끄트머리 쪽을 뚝 부러뜨렸어요."

"초콜릿의 경계선?"

"판 초콜릿은 부러뜨릴 부분을 미리 알 수 있게 해놨잖아요. 산 있고 골짜기 있고 하는 부분요."

"좀 아닌 것 같지만, 뭐, 넘어가자."('산도 있고 골짜기도 있다'는 본래 '인생에는 갖가지 힘든 일들이 있게 마련'이라는 뜻-옮긴이)

"꼭 그렇게 금세 남의 이야기를 비판한다니까. 느낌으로 알면 되잖아요, 느낌으로."

"그래서는 말이 성립이 안 되지."

"말이라는 건 느낌을 전달하기 위해서 있는 거잖아요."

"그런 설도 있긴 하더라."

"추잡해."

"뭐가?"

"말하는 품이."

"왜?"

"내가 깊이 생각하면서 말하는 것 같아요?"

"그거야 아니지만."

"그럼 그 이상 뭐라 하지 말아요. 이젠 선생님 제자 아니니까."

"하지만 선생님이라 부르잖아."

"따지지 마요."

"사실 아니냐."

"……저기, 싸우지 말죠."

"……."

"싸우지 말자니까요?"

"알았어."

"그 갈색 옷 입은 여자, 초콜릿을 부러뜨려서 금박지를 벗기고 초콜릿을 먹었어요."

"이번엔 먹었냐?"

"네, 맛있어 보이던데요."

"초콜릿이 싫은 건 아닌가 보군."

"그런가 봐요."

"하지만 처음 샀던 건 안 먹었지."

"먹다 남은 건 가방에 넣었어요. 그 여자 탐정처럼. 그 왜 있잖아요, 만날 가방에 허쉬 판 초콜릿 넣어가지고 다니는 여자 탐정."

"샤론 머콘(미국 추리작가 마사 멀러의 작품에 나오는 등장인물-옮긴이)?"

"맞아요, 그 사람."

"선생님 이상형이야."

"……."

"거봐, 꼭 그렇게 금세 입을 다물어버린다니까."

"그래서 그 샤론은 어떻게 됐냐?"

"판 초콜릿을 먹고 잠깐 가만히 있었던 것 같아요. 잘은 모르겠지만. 그러더니 좀 있다가 가죽장갑을 끼고 가방을 닫으면서 걷기 시작했는데……."

"했는데?"

"바로 그때 갑자기 가게가 정전이 된 거예요. 그래서 잠깐 소동이 벌어졌지만, 10초도 안 돼서 다시 밝아졌어요."

"다치지 않아 다행이다."

"응, 고마워요. 그래서 잘 봤더니 샤론 씨 가방에 든 게 죄다 바닥에 쏟아졌더라고요."

"죄다?"

"죄다. 조금 전에 산 판 초콜릿이랑 콤팩트랑 립스틱이랑 예비용 스타킹이랑 지갑이랑 정기권이랑 전자수첩이랑 초콜릿 포장지랑 액세서리 케이스랑 티슈 케이스랑 손수건이랑."

"용케 기억하는군."

"줍는 걸 도와줬거든요."

"그렇군."

"그래서 미나가 너무 빤히 바라본 탓인지도 모르지만, 갑자기 그 여자가 보답으로 주겠다고 했어요."

"초콜릿을?"

"네."

"먹던 걸?"

"네, 먹던 걸."

"그래서 어떻게 했는데?"

"받았죠, 준다고 하니까."

"미나도 참 느긋한 녀석이군."

"뭐 어때요."

"상관없지만."

"먹었냐?"

"먹었죠. 아깝잖아요."

"맛은?"

"기이하다면 그 부분이 기이해요."

"뭐가?"

"맛은 말이죠, 그 여자가 안 먹은 초콜릿이 맛없었었거든요."

"어떻게 알았냐?"

"호기심이 생겨서 그 여자가 매장에 도로 갖다놓은 초콜릿을 사봤으니까."

"테이프를 도로 붙여놓은 걸?"

"아뇨, 찾아봤는데, 그건 이미 팔리고 없었어요. 그래서 종류가 같은 다른 초콜릿을 샀죠. 아까도 말했지만, 밸런타인데이 전의 초콜릿 매장이잖아요. 여자들이 두툼한 코트를 껴입고 초콜릿 앞에 차곡차곡 포개져 있다고요."

"그래서 처음에 그 여자가 도로 갖다놓은 쪽이 맛이 없었다?"

"그렇더라고요. 가격은 별 차이 없었지만, 맛은 완전히 차원이 다르던데요."

"판 초콜릿도 그렇게 맛이 차이가 나냐?"

"당연하죠. 안 먹은 쪽은 퍼슬퍼슬해서 별로였어요."

"흠."

"그래서 미나, 그 사람한테 투시능력이라도 있나 하고."

"아하하하."

"앗, 너무해, 웃었어."

"그야 당연히 웃는다."

"에엥, 왜요?"

"왜라니, 투시능력이 있으면 처음부터 안 샀을 거 아니냐."

"······그것도 그러네."

"미나코도 꽤 덤벙대는군."

"그것만이 아니었다고요."

"또 뭐가 더 있냐?"

"있고말고요."

"호오."

"초콜릿을 다 먹고 나서 어슬렁어슬렁 걸어가는데, 그 여자가 걸어가는 뒷모습이 보였어요."

"그래."

"마음에 걸렸으니까 뒤를 밟았죠."

"응."

"샤론 씨는요, 천천히, 아주 천천히 걸어서 경찰서로 갔어요."

"경찰서?"

"파출소 말고 진짜 경찰서."

"뭘 하러?"

"경찰서로 가서 그 앞에 섰어요."

"점점 더 여자 탐정 같아지는군."

"그렇게 현실적이지 않아요."

"현실적인 게 아니라고? 설마 경찰서로 쳐들어간 건 아니겠지?"

"비슷한데."

"뭐?"

"비슷해요. 입구에요, 경찰 아저씨가 서 있었거든요."

"응."

"경찰서 앞에 보통 고마이누 아, 고마이누 훔(고마이누는 일본
의 신사나 절 앞을 지키는, 사자처럼 생긴 짐승 석상-옮긴이)처럼 경찰 아저
씨가 서 있잖아요."

"……뭐라고?"

"고마이누 아, 고마이누 훔. 몰라요?"

"몰라. 들어본 적도 없다."

"아줌마가 초등학교 국어책 맨 처음이 이거였다던데."

"뭔 소리야."

"신사 앞에 고마이누가 두 명 있잖아요."

"두 명?"

"아이 참. 일일이 성가셔 죽겠네. 두 마리 있죠?"

"그건 안다."

"그 고마이누, 한쪽은 입 벌리고 있고 또 한쪽은 다물고 있
잖아요."

"그렇지."

"그러니까 고마이누 아, 고마이누 훔이라고요."

"친절하게 설명해줘서 고맙다."

"그래서 경찰 아저씨는 보통 고마이누처럼 두 명이 나란히
서 있잖아요."

"그렇지."

"그런데 거기엔 한 명밖에 없었어요."

"별로 드문 일도 아닐 텐데."

"그건 상관없어요. 아무튼 그 여자가 왼손을 들더라고요."

"초등학생이 수학 문제를 풀었을 때처럼 말이냐?"

"그게 아니라, 어깨 언저리까지였던 것 같아요. 뒤에서는 잘 안 보였으니까."

"그때까지 보고 있었냐?"

"헤헤헤. 미나코 참 별나죠?"

"그렇다고 할 수 있겠군."

"아, 부정 안 하네."

"진실을 말할 권리는 누구에게나 있는 법."

"미나코는 참 착하기도 하지. 이런 말을 듣고도 가만히 있으니 얼마나 착해?"

"이봐, 비꼬지 말고."

"흥."

"흥."

"뭐, 좋아요. 그래서 그 여자가요, 손을 흔든 것 같았어요."

"손?"

"팔랑팔랑, 꼭 무슨 마법을 부리는 것처럼요."

"마법?"

"잠자는 숲속의 미녀에서 드레스를 파랑으로 바꿀 때처럼

요."

"경찰관이 파랗게 됐냐?"

"파랑으로는 안 변했어요. 분홍으로도요."

"그럼 뭐야?"

"갑자기 깡충 뛰었어요."

"뛰었다고?"

"네. 토끼처럼 깡충깡충. 꼭 춤추는 것 같더라고요."

"경찰관이?"

"라디오 체조 두 번째 동작처럼 팔을 높이 들고 뛰는 거예요."

"흐음."

"경찰 아저씨가 미친 줄 알았지 뭐예요."

"그야 누구라도 그렇게 생각할걸. 아니, 어쩌면 정말 미쳤는지도 모르지."

"샤론 씨가 마법을 건 것 같죠?"

"걸었겠지."

"정말?"

"어라? 여기까지 이야기해놓고 이제 와서 아니라고 하는 거냐?"

"하지만 너무 싱겁잖아요. 선생님까지 그냥 가볍게 마법 탓으로 돌리다니."

"뭐 어때? 그러고 나서 샤론 씨는 어떻게 됐어?"

"몸을 빙글 돌려서 이쪽으로 걸어왔어요. 장갑을 끼면서 히죽히죽 웃고 있더라고요. 참으려고 해도 자꾸 웃음이 나오는 것처럼."

"경찰관 쪽은?"

"샤론 씨를 한참 넋 놓고 바라보다가 경찰 아저씨 쪽을 돌아봤더니, 이미 직립부동 자세로 돌아가 있었어요."

"마법이 순식간에 풀렸군."

"네. KFC 할아버지처럼 꼼짝도 안 하게 됐어요."

"하하."

"어떻게 생각하세요, 선생님?"

"미나코는 어떻게 생각하는데?"

"미나는 그 사람이 초능력자라고 생각해요."

"초능력자라."

"맞아요. 투시능력도 직접 만져봐야 발휘할 수 있는 사람도 있잖아요."

"만져봤더니 맛없는 초콜릿이라서 매장에 도로 갖다놨다고 말하고 싶은 거냐?"

"그래요. 분명히 경찰 아저씨한테도 장난으로 마법을 걸어서 춤을 추게 한 거예요. 그런 특별한 능력의 소유자인 거예요, 그 샤론 씨는."

"농담은 그쯤 하고……."

"엥, 농담이라고 생각해요?"

"물론이지."

"에이, 시시해."

"좋을 대로 생각하셔."

"……이런 건 어때요?"

"어떤 거?"

"샤론 씨는 스파이였던 거예요."

"스파이?"

"스파이의 본거지가 그 초콜릿 매장이 있던 가게예요. 샤론 씨는 가게에 있는 자기편한테 정보를 건네주고 싶은데, 적에게 감시당하고 있기 때문에 자칫하면 자기편을 위험에 노출시키게 될지도 몰라요. 그래서 만일의 경우에 대비해 정보전달 방법을 미리 정해둔 거예요."

"그게……."

"그래요, 그게 그 초콜릿 통신인 거예요. 정전이 있고 나서, 도로 갖다놓은 지 얼마 되지도 않았는데 벌써 그 개봉한 초콜릿이 사라져버렸잖아요. 분명히 그 초콜릿에는 통신문이 끼워져 있었던 거예요. 가게에 있던 같은 편 사람이 정전이 되게 수를 썼겠죠. 그사이에 또 다른 사람이 초콜릿을 회수해요."

"그렇군."

"적이 미행하고 있었다면 초콜릿 매장으로 들어가는 것도 봤을 테니까 소지품에도 주목하고 있겠죠. 그래서 샤론 씨는 일부러 넘어져서 가방 속에 든 물건을 죄다 쏟아내 보인 거예요. 그러고는 먹다 만 초콜릿을 미나한테 주고 그쪽으로 적의 주의를 돌린 거죠."

"그리고 초콜릿을 받은 여고생은 그 판 초콜릿을 우적우적 먹고 포장지를."

"근처 쓰레기통에 던져 넣었어요. 적은 분명히 쓰레기통을 뒤졌을걸요."

"경찰관은?"

"경찰 아저씨도 같은 편이에요. 그래서 샤론 씨는 무사히 해결됐다는 걸 알리는 신호를 보낸 거예요. 경찰 아저씨는 알았다는 표시로 춤을 춘 거고요."

"알았다는 표시로?"

"그래요. 깡충깡충 뛰어도, 그냥 서 있기만 하다 보니 힘들어서 체조라도 하나 보다, 그렇게 생각할 사람도 있을 거 아니에요. 그렇게 유별난 행동은 아니잖아요. 그냥 그 여자가 손을 흔든 순간 경찰 아저씨가 깡충깡충 뛴 게 이상한 거죠."

"그렇군."

"지금 그 의견 어떻게 생각해요?"

"재미있군."

"쌀쌀맞아."

"그럼 어떻게 말하란 말이냐?"

"훌륭한 추리군, 홈스."

"그럴 리가 있냐?"

"아, 그럼 선생님은 더 훌륭한 추리를 할 수 있어요?"

"훌륭한지 아닌지는 모르지만."

"말해봐요."

"상상일 뿐인데."

"뭐 어때요."

"……어떤 남자가 있었어."

"서두가 진부하네요."

"듣기 싫으면 그만두고."

"아, 미나 듣고 싶어요오."

"나 원 참. ……남자한테는 좋아하는 여자가 있었어. 고민한 끝에 자기 마음을 고백하기로 결심하고, 어느 날 여자한테 선물을 했어."

"어머, 오 헨리 같아."

"선물은 반지였어. 만일 나하고 사귈 마음이 있다면 이 반지를 낀 걸 보여줘. 싫으면 버려도 돼. 남자는 그렇게 말하고 우두커니 서 있는 여자한테 반지가 든 액세서리 케이스를 억지로 쥐여주고 도망쳤어."

"꼭 옆에서 본 사람 같네요."

"여자도 실은 전부터 남자를 좋아했어. 그래서 당장 반지를 끼고 남자한테 보여주러 가려고 케이스를 열었어. 품위 있는 납작한 금반지였어. 그런데 여자는 터무니없는 사실을 깨달았어."

"터무니없는 사실?"

"남자는 여자의 반지 사이즈를 몰랐던 거야. 귀금속 매장에 가서 보통 여자 사이즈를 골랐겠지. 꽤 덤벙대는 구석이 있는 남자거든. 그런데 그 여자의 손가락은 보통보다 조금 굵어서 반지가 들어가지 않았어."

"너무해요."

"여자는 생각했어. 반지는 보석상에 들고 가면 늘려주겠지. 하지만 그러려면 일주일 아니면 그 이상 시간이 걸리거든. 게다가 남자가 포장지를 벗기고 액세서리 케이스만 건넸기 때문에 어디서 샀는지도 몰라. 그래서 교환할 수도 없었어. 여자는 생각했어. 나의 마음을 남자한테 전하고 싶어. 지금 당장."

"사이즈가 안 맞아서 못 꼈다고 하면 되잖아요."

"어른은 그런 말 안 하는 거야. 말했다가는 자기한테 창피를 줬다고 남자가 낙심할 테니까. 그래서 여자는 사이즈에 관해서는 비밀로 하고 스스로 어떻게 해보자고 생각했어. 그때 머릿속에 멋진 아이디어가 떠올랐어."

"아, 설마."

"그래, 맞아. 남자는 근무 중이라 가까이 갈 수 없으니까 멀리서 손을 흔들어 보이면 그만이거든. 그것만으로도 자기 마음은 충분히 전달되지. 그렇다면 반지가 아니라 금색이고 가느다랗고 반지처럼 보이는 걸 손가락에 끼고 흔들어 보이면

314

되잖아? 여자는 초콜릿 포장지에 금색이 많다는 걸 생각해낸 거야. 그래서 고전적인 판 초콜릿을 샀어."

"그래서 처음에 산 초콜릿은⋯⋯."

"은박지였기 때문에 필요 없었던 거지. 필요 없는 걸 갖고 있어 봤자 소용없으니까 원래 있던 자리에 도로 갖다 놨어. 더 작은 판 초콜릿이라면 옆쪽을 보고 금색인지 은색인지 알 수 있겠지만, 밸런타인데이잖냐. 사실 그 매장에도 값싼 보통 판 초콜릿이 있었겠지만, 사람이 너무 많아서 찾을 수가 없었어. 그래서 고전적이긴 하지만 크고 종이 상자에 든 걸 사고 말았어. 다행히도 두 번째 산 초콜릿은 금박지에 싸여 있었어. 여자는 필요한 만큼만 포장지를 찢어내서 가느다랗게 접어 왼손 약지에 감았어. 그리고 그 위로 가죽 장갑을 끼고 남자한테 갔어. 흥분한 나머지 그만 가방까지 뒤집어 엎어가며 말이야."

"⋯⋯."

"그다음부터는 알겠지?"

"남자는 경찰 아저씨고, 샤론 씨가 그 여자고, 샤론 씨가 왼손을 흔들어 보인 건 반지 꼈어, 하는 신호고, 경찰 아저씨는 좋아서 자기도 모르게 깡충 뛴 거구나."

"경찰관도 인간이니까. 여자가 오케이하면 깡충깡충 뛰고 싶겠지."

"좋네요."

"응?"

"선생님 이야기."

"그냥 이야기야."

"멋진 상상이에요."

"그냥 상상이야."

"분명히 그게 정답일 거예요. 있잖아요."

"응?"

"저 사실 밸런타인데이 별로 안 좋아했거든요."

"왜?"

"그냥요. 뭐랄까, 괜히 티 내는 것 같은 행사기도 하고, 이렇게 허영심이랑 콤플렉스를 자극하는 날이 또 없잖아요."

"그렇지."

"그래서 밸런타인데이가 싫었어요."

"그러냐."

"싫긴 하지만, 그렇다고 완전히 무시하기도 친구들 보기에 좀."

"하긴 체면도 있으니까."

"게다가 남은 열과 성의를 다해서 주는데 무덤덤한 사람도 있고."

"그거 정말 형편없는 녀석이군."

"……그렇게 생각하세요?"

"생각하고말고."

"처음으로 의견이 일치했네요."

"그러게 말이다."

"까하하하."

"왜 웃냐, 미나."

"선생님, 작년에 미나코가 선생님 드린 그 초콜릿, 그거 의리 초콜릿 아니었는데."

"뭐라고?"

"그거 의리 초콜릿 아니라고요……. 까악, 아야야, 하지 마, 하지 말라니까."

"예끼, 미나코, 무슨 장난이냐?"

"아무것도 아니에요! 지금 한 말 다 거짓말이에요, 선생님. 거짓말이에요, 알았죠?"

나는 수화기를 내려놓았다.

"굉장히 떠들썩한 전화네."

내가 전화를 받는 동안, 구부정하게 앉아 만화에 열중하고 있던 사타케가 고개를 들고 말했다.

"그래, 여고생 전화라고, 방금 그 전화. 놀랐지?"

"너도 드디어 밤중에 여고생한테 전화가 걸려오게 됐냐. 어떻게 된 인간이 염문 하나 없나 했더니 엄청난 데다 손을 댔군."

"염문 좋아하네. 전에 과외 가르치던 애야."

"그래도. 아무튼 좋겠다. 나도 여고생하고 밤중에 단둘이 전화 데이트 해보고 싶다."

나는 웃음을 터뜨렸다.

"단둘이? 뭔 소리야?"

사타케는 난로 위에서 주전자를 내려 이미 퍼질 대로 퍼진 찻잎이 꽉 들어찬 홍차 포트에 팔팔 끓는 물을 부었다.

"이제 그만 찻잎 좀 갈지 그러냐?"

"싫어. 너희 집 부엌 춥단 말이다."

사타케는 찻잔에 똑같이 차를 따르고, 자기 찻잔에만 위스키를 몇 방울 떨어뜨렸다.

"그야 내가 여기 있었으니까 단둘이라고는 할 수 없을지 몰라도."

"그게 아니야. 지금 그 전화는 여자애 둘이 건 거고, 나를 포함해서 셋이 통화한 거였어."

"오오."

사타케가 눈을 둥그렇게 떴다.

"상당히 그럴듯한 거짓말을 하는군."

"거짓말 아니야. 그 애들은 2인용 공중전화를 써서 전화를 건 거야. 그 왜 있잖냐, 듀오 폰이라는 거. 두 명이 동시에 한 사람한테 전화를 걸어서 셋이 한꺼번에 통화할 수 있는 공중전화야. 야아, 하지만 얼굴도 안 보고 두 사람을 상대로 이야기하는 것도 쉬운 일이 아니더라. 지쳤다."

그걸로 그 이야기가 끝났다고 생각한 나는 홍차를 마셨다.

향기도 없고 맛도 없고, 따뜻하기만 할 뿐인 액체다. 그런데 사타케에게는 아직 끝나지 않았던 듯, 그는 미간에 주름을 잡고 말했다.

"잠깐. 네 이야기에는 중대한 결함이 있어."

"결함?"

"그래. 아까 네 대화에는 여자애 이름이 하나밖에 안 나왔어. 미나라느니, 미나코라느니. 세 사람이 통화를 하는데 가장 간단한 개체 판별 방법이라 할 이름이 하나밖에 안 나온 건 어째서냐? 이상하잖아."

나는 어처구니가 없어서 사타케를 빤히 응시했다.

"너 아닌 척하면서 다 듣고 있었군."

"친구가 여자랑 전화를 하는데 들어서 뭐가 나쁘냐?"

사타케는 콧구멍을 내보이며 뻔뻔스럽게 배를 내밀었다.

"나쁘진 않지만……."

나는 어깨를 으쓱했다.

"판별은 확실히 하고 있었는데."

"뭐라고?"

"너도 그랬잖냐, 미나하고 미나코라고."

사타케가 입을 떡 벌렸다.

"그러니까."

나는 코 옆을 문지르며 말했다.

"두 아이 다 이름이 미나코거든."

르네상스

표지 제자題字 건설성 장관 히가시시카키 구니오
표지 사진 눈보라 치는 오테마치(촬영: 본사 설계경관2과 무나카타 지로)

봄의
제비검

봄눈은 양도 많지만 녹는 것도 빠르다. 어제 그렇게 눈이 내렸으니까 집 앞에 눈이 산더미처럼 쌓였겠거니 하고 헌 도마를 들고 문을 열어 보니, 이미 거의 대부분 녹고 없었다. 나는 깨끗한 공기를 가슴속 깊이 들이마셨다. 겨울 내내 걸치고 있던 뜨뜻한 솜저고리가 오늘만은 조금 답답하게 느껴졌다. 사시사철 풍경이 별반 다르지 않은 도쿄 거리에도 봄이 찾아왔다.

까끌까끌하게 자란 수염을 깎고, 방 안 공기를 환기한 다음, 트레킹슈즈를 신고 집을 나섰다. 오랜만에 간다에라도 가서 헌책방 구경이라도 할까 생각한 것이다. 그러나 몇 걸음 가지도 않아 얄팍한 지갑이 생각났다. 이틀 전에 가까운 이들이 화촉을 밝히는 경사가 있었던 것이다. 신랑, 신부 모두 친한 선배들이라 경사도 겹경사, 전야제부터 피로연, 2차, 3차까지 줄기차게 축하해주었다. 요즘 세상에 결혼식만큼 돈 드는 일도 없다. 결혼하는 쪽도, 축하해주는 쪽도 여간 큰일이 아니다. 하지만 돈 없다고 참석하지 않을 수도 없는 일. 또 아는 사람끼리 하는 결혼만큼 흥겨운 이벤트도 좀처럼 없다 보니 어쩔 수 없다.

나는 길바닥에 선 채 잠시 생각한 끝에 계획을 변경했다. 돈이 없다고 봄을 즐길 수 없는 건 아니다. 오히려 빈털터리인 편이 즐거움이 더 크다.

내가 사는 스기나미 구는 일반적으로 '주택가'라 불린다. 도심에 가까우면서 나무도 많고 무척 살기 편한 동네다. 나는 두 손을 주머니에 찔러 넣고 걷기 시작했다. 말끔하게 청소한 집과 집 사이의 골목을 적당히 걷는다. 지붕마다 지칠 대로 지친 듯한 눈이 녹아 똑똑 떨어지고 있다. 땡땡하게 부풀어 오른 참새가 지붕 위에서 지저귀고 있다. 나는 발걸음을 조금 빨리했다 늦추었다 유유히 걸었다 하며 볕을 쬐었다. 다른 사람이 보면 겨울잠에서 깨어난 곰처럼 보였을지도 모르지만, 아무튼 봄이 아닌가. 곰 한 마리쯤 출몰할 만도 하다.

걷다 보니 사철私鐵역이 나왔으므로 마침 도착한 열차에 올라탔다. 역마다 정차하는 완행열차다. 노선 안내도를 눈으로 쫓다 보니 갑자기 이노카시라 공원에 가보고 싶어졌다. 왜 그런지 나는 물을 보는 것을 좋아한다. 물고기도 좋아한다. 공원에서 멍하니 있는 사치도 반년 만 아닌가. 바지 뒷주머니에는 현재 읽고 있는 추리 소설이 한 권. 완벽한 아이디어다.

역 매점에서 초콜릿 바를 하나 사들고 어슬렁어슬렁 공원으로 들어섰다. 가족끼리 온 사람들, 데이트하는 커플들 역시 봄 햇살에 이끌려 나온 듯 삼삼오오 걷고 있다. 천천히 연못을 반 바퀴 돌아 벤텐당*에서 참배를 드리고, 적당한 벤치를 찾아 앉았다. 햇살과 나뭇잎이 책 위에 얼룩덜룩한 그늘을 드리우는 근사한 곳이었다. 나는 초콜릿 바를 먹으며 책장을 넘겼다.

소설은 순조롭게 진행됐다. 탐정 역인 농대 교수는 갓 결혼한 아내에게 만족해서 꼴불견이지는 않을 정도로 신혼생활을 즐기고 있다. 수수께끼는 잔인하지는 않지만 흥미롭고, 등장인물은 생생하게 살아 있다. 이런 경우 사람은 자기가 10제곱미터짜리 방에 있는지 밖에 있는지 그런 사소한 문제는 깨끗하게 잊어버리는 법이다. 그렇기 때문에 누가 내 이름을 부르고 있다는 것을 깨달았을 때, 나는 바로 현실로 돌아오지 못하고 얼마 동안 멍하니 있었다.

"오랜만이야."

나는 밥을 눈앞에 두고 주인의 명령을 기다리는 개처럼 여자를 올려다보았다.

"나야, 대학 때 같은 학회에 있던 요시노 미치코."

아아, 하고 나는 얼빠진 소리를 냈다. 학생 때, 그녀는 잊을
수 없을 만큼 강렬한 인상의 소유자였다. 그러나 지금은 그때
와는 180도 다르게 여자다운 차림새를 하고 있는 탓에 못 알
아본 것이다. 요시노 미치코는 늘 낡은 청바지를 입고 일본어
가 아닌 문자가 어지럽게 쓰인 티셔츠를 입고 있었다. 일본어
가 아니라는 건 중국어, 한국어, 네팔어 등의 문자라는 뜻으
로, 야간 아르바이트를 해서 돈을 모아 아시아 각지를 여행하
는 게 그녀의 취미……라기보다는 사는 보람이었다. 소문에
따르면, 그녀가 할 줄 아는 말은 일본어뿐이고 심지어 영어 실
력조차도 영 수상쩍다고 한다. 그러면서 왜 그렇게 아시아에
집착하는지 그것은 분명 본인에게도 수수께끼일 것이다. 하
루하루를 무사태평하게 사는 우리 같은 보통 학생들은 머리
칼을 짧게 치고 눈초리가 치올라간 기름한 눈을 가진 그녀에
게 그저 압도당할 뿐이었다. 강렬한 개성과 기백, 그것이 그녀
의 간판이었다.

지금의 그녀는 기름한 눈은 예전과 다름없지만, 수수하게
웨이브를 넣은 머리는 어깨에서 나풀거리고 투피스와 펌프스
까지 완벽하게 갖추고 있다. 억지라는 것은 알지만, 나는 어
쩐지 기분이 언짢았다. 나를 포함해서 학회의 남학생들은 그
녀를 겁내면서도 존경하고 있었다. 존경이라기보다 동경에

가까운 감정이었는지도 모른다. 그런 그녀가 어디에나 있을 것 같은 평범한 아가씨가 되어버린 것이다. 그녀가 말을 붙이지 않았더라면, 정면으로 마주치더라도 알아보지 못했을 것이다.

"여전히 책벌레구나."

내가 서표로 쓰고 있는, 서툰 그림솜씨로 꿈틀거리는 뱀을 그린 사타케의 연하장을 책갈피에 끼워 넣자, 미치코는 아무렇지도 않게 내 옆에 앉았다.

"강의가 재미없으면 금세 책을 꺼낸다고 교수들이 널 겁냈던 거 아니? 재미있으면 열심히 필기를 하지만, 조금이라도 대충 준비를 해오면 금세 흥미를 잃어버린다고 말이야. 네 손만 바라보던 선생님도 있었을 정도였어."

"그건 몰랐는걸."

나는 얼떨떨해서 대답했다.

"그렇겠지. 넌 늘 자기 외에는 흥미가 없는 것 같았으니까."

이야기는 거기서 끊어졌다. 나는 말없이 잔물결 이는 연못 표면을 바라보았다.

"이야기가 끊어져도 신경 안 쓰는 것도 옛날 그대로네."

미치코는 재미있다는 듯이 말했다.

"다른 남자들 같으면 쩔쩔매면서 어떻게든 다음 이야깃거리를 찾으려고 할 텐데."

"그래?"

나는 몇 초 동안 생각했다.

"넌 달라졌군."

그녀가 웃기 시작했다.

"참 소박한 대답이네."

"원래 대화가 서툴러서."

"달라졌다는 건 겉모습 말이니?"

"겉모습밖에 안보이잖아."

그녀는 코끝으로 웃었다.

"이건 말이지, 남자한테 맞춘 거야."

미치코가 남자에게 맞춰 취향을 바꿨다고? 봄부터 기절초
풍할 노릇이다.

"지금 날 업신여겼지?"

"응."

그녀는 열려던 입을 다물고 한쪽 뺨에 보조개를 새겼다.

"하지만 다 끝났어. 어제 돌이킬 수 없는 실수를 해버렸거
든. 나한테 완벽하게 정나미가 떨어졌을 거야."

✳

미쓰히로를 만난 것은 상하이에서였다. 벽촌을 좋아하는
미치코도 도시에서 나고 자란 어쩔 수 없는 도시 사람이라, 빈
털터리 북부 여행을 끝내고 대도시 상하이로 오자 어쩐지 마

음이 편했다. 이제 그만 일본으로 돌아갈까 생각하며 밤에 호텔에 앉아 고적대 수준의 재즈 연주를 듣는데, 훌쩍 들어온 남자가 미치코의 테이블로 다가왔다.

"앉아도 될까요?"

두 달 만에 듣는 일본어였다. 미치코가 그렇게 말하자, 남자는 싱긋 웃으며 "저야말로 석 달 만에 일본 여자하고 이야기해봅니다"라고 했다.

남자는 쓰카모토 고이치로라고 쓰인 명함을 주었다. 어느 큰 무역회사에 근무하는 그는 철강 관계 업무로 가족을 일본에 남겨두고 홀로 중국에 와 있다고 했다. 회사에서 마련해준 기숙사에 사는데 식사가 형편없어서 애를 먹고 있다, 한심한 이야기지만 얼른 일본으로 돌아가고 싶어 죽겠다고 남자는 시원 털털하게 이야기를 늘어놓았다.

"중국에서 식사가 형편없다고요? 대체 뭘 먹고 사는데요?"

미치코는 어이가 없어서 물었다.

"기숙사에서 나오는 식사는 어쩐지 기름진 것뿐이라 말이에요. 사흘쯤이라면 상관없지만, 금세 몸이 무거워지고 속이 나빠져요. 호텔에서 식사를 해도 야채 좀 달라고 하면 '메이요'('없다'는 뜻의 중국어-옮긴이) 하고 끝이고."

"주방장한테 부탁하면 되잖아요. 야채 좀 먹고 싶다고. 게다가 조금만 걸으면 과일가게도 있고요. 전 사흘 동안 해바라기 씨하고 사과로 연명한 적도 있는걸요. 그리고 댓잎에 싼 찹쌀떡도요. 그런 건 어디서나 아줌마들이 팔잖아요."

"과일은 별로 안 좋아해서요."

쓰카모토 고이치로는 고개를 저으며 말했다.

"건강 상태까지 나빠졌는데 좋아하고 안 좋아하고 따질 때가 아니잖아요."

"그도 그렇군요."

그는 쓴웃음을 지으며 말했다.

"이게 참, 옛날부터 식사는 주위 사람들이 해결해주는 거라는 인식이 있어서요. 뭐, 저뿐 아니라 일본 남자들은 다들 마찬가지예요. 나오는 걸 그냥 먹죠. 사람들이 항의를 하니까 기숙사 쪽에서 일본에서 요리사를 불러다가 중국인 요리사한테 돈가스 덮밥 같은 걸 만드는 법을 가르쳐주게 했는데, 일본에서 온 요리사가 돌아가고 나니 어느새 원상복귀더군요."

"그거야 당연히 무리죠. 모처럼 중국인 요리사가 만든 음식을 먹을 수 있는데 맛있는 중국요리를 부탁하면 되잖아요. 야채랑 두부랑 고기를 사다 달라고 해서 전골을 끓여 먹는다든지 자구책도 얼마든지 있을 텐데요."

"전골이라."

쓰카모토 고이치로는 기쁜 듯이 눈을 빛냈다.

"중국에도 맛있는 감귤류가 많으니 폰즈 소스를 만들어보면 어때요? 끓이면서 바로 먹으면 신선하니까 영양도 듬뿍 섭취할 수 있을 거고요."

"야아, 여자들 발상은 역시 다른데요."

그런 대화가 있고 사흘 뒤, 고이치로가 배낭 여행자들이 모여드는 싸구려 숙소에서 뒹굴고 있던 미치코를 찾아왔다. 당장 전골을 시험해봤더니 일본인 직원들에게 평이 아주 좋았다고 그는 기쁜 듯이 이야기했다.

"감사의 표시로 오늘은 뭔가 맛있는 거라도 대접해드릴까 하는 데 어때요?"

변변치 않은 자금을 들고 상하이에 온 이래로 맛있는 음식과는 인연이 없었다. 미치코는 침대를 박차고 뛰어나왔다.

"그럼 선원 클럽 2층이 좋겠어요. 거기는 일본어 메뉴도 있대요."

고이치로에게는 일행이 있었다. 키가 크고 무뚝뚝한 젊은 남자였다. 고이치로가 그를 소개해 주었다.

"제 동생 미쓰히로입니다. 저하고 같은 회사에 근무하는데, 그저께 이쪽으로 왔답니다."

미쓰히로는 말수가 적어 네, 고맙습니다, 같은 말만 하고, 형과는 성격이 판이하게 달랐다. 세 사람은 항구가 보이는 선원 클럽 레스토랑으로 갔다. 일본어 설명이 붙어 있다는 이야기는 사실이기는 했으나, '누룽지와 눈알', '눈알과 오징어' 등과연 일본어라 해도 될지 알 수 없는 말들이 쓰여 있었다.

식사는 즐거웠다. 미치코는 볶음, 구이, 꼬들꼬들한 볶음밥, 국화차 등 평소에 먹을 수 없는 음식들을 배가 불러 더 이상

못 먹을 때까지 꾸역꾸역 먹었다. 미치코에게는 맏물인 게가 나왔을 때는, 맏물은 서쪽을 향해 웃으며 먹는가, 동쪽을 향해 조용히 먹는가를 두고 논쟁이 벌어졌다. 미치코는 서쪽 파로, 할머니에게 배웠으니 틀림없다고 주장했다.

"뭐니 뭐니 해도 야마토 다케루(일본의 전설상 인물. 백조로 변해 사라졌다고 전해진다-옮긴이)가 날아간 방향은 서쪽이라고요."

미치코는 이를 한껏 드러내고 만족스레 게를 먹으며 말했다. 그러던 중에 고이치로가 메뉴에서 '과일주스 완탕'이라는 것을 발견했다. 그날따라 유난히 들떠 있던 그는 꼭 먹어봐야겠다고 주장했다.

"형은 일본에 있을 때보다 훨씬 흥분한 것 같군."

고이치로가 화장실에 간 사이에 미쓰히로가 미치코에게 소곤거렸다.

"이런 걸 주문해도 정말 괜찮겠어? 주스에 만두가 둥둥 떠 있을 거 아냐. 아무리 그래도 그렇지, 어떻게 그런 기분 나쁜 걸."

"뭐 어때? 뭐든지 일단 경험해봐야지. 난 광둥에서 개고기도 먹었는걸."

미쓰히로는 얼굴을 찌푸렸다.

주스는 오렌지일까, 포도일까, 만두는 피만 있을까, 아니면 속에 고기가 들었을까. 세 사람은 식사를 하며 이야기를 계속했다. 고이치로가 정답을 맞히면 상하이 서커스를 보여주겠다고 제안했다. 그러나 종업원이 날라온 '과일주스 완탕'은 튀긴 만두에 살구 잼을 얹은 괴상망측한 것이었다. 세 사람은 배가 아프도록 웃어댔다.

"뭐, 좋습니다. 식사 끝나면 우리 서커스 구경 갑시다."

고이치로는 눈물을 닦으며 말했다.

식사를 마치고 서커스를 보고 돌아올 즈음, 미치코는 쓰카모토 형제의 가족 사정을 훤히 알게 되었다. 고이치로에게는 일본에 부인과 두 아이가 있다는 것, 미쓰히로의 위로 또 한 명, 고지라는 동생이 있고 일본에서 여행잡지 편집자로 일하고 있다는 것 등을 알았다. 고지는 대학에서 중국어를 전공해서 자기들 두 사람보다 훨씬 중국과 친한데도, 그런 고지가 아니라 중국어 실력이 당최 늘지 않는 우리가 중국에 있다니 별일 다 있죠, 하고 고이치로는 웃었다. 그리고 사흘 뒤에 미치코는 상하이를 떠나 비행기를 타고 일본으로 돌아왔다.

여행 중에 일본 사람과 알게 되는 것은 미치코의 경우 드문일도 아니었지만, 대개는 사진을 교환하거나 기껏해야 연말에 연하장을 주고받는 선에서 그칠 뿐 그리 친해지지는 않았다. 그러나 쓰카모토 형제와의 관계는 그 뒤로도 이어졌다. 미치코가 아르바이트를 하는 작은 펍에 우연히 고이치로가 손님으로 와 다시 만나게 된 것이다. 중국에서 신세졌으니 꼭 집에 놀러와달라고 해서, 굳이 거절할 이유가 없기도 하고 또 미쓰히로를 다시 한번 만나고 싶은 마음도 있었으므로 미치코는 쓰카모토 가를 찾아갔다.

고이치로의 부인 미즈키는 성품이 명랑하고 대쪽 같은 여자였다. 집 그 자체는 미치코가 압도될 만큼 오래되고 커다란 집이었으나, 미즈키의 밝은 성격 덕에 기죽지 않을 수 있었다. 보통 결혼하지 않은 시동생 둘을 데리고 산다는 것은 주부에게 상당히 부담스러운 일이라고들 하지만, 미즈키는 가냘픈 몸에 어울리지 않게 호탕한 어머니 노릇을 하고 있었다. 그것이 무척 자연스럽고 기분 좋기도 했고, 바닥이 둥근 큰 냄비에 재료를 넣고 부글부글 끓였을 뿐인 음식이 맛있어서 미치코는 허물없이 편하게 지낼 수 있었다. 미즈키도 미치코를 마음에 들어해서, 밤에는 펍에서 아르바이트를 하면서 외국 여행 갈 여비를 모으고 있다는 이야기를 듣더니 그렇다면 일주일에 두 번 낮에 아이들에게 과외를 해줄 수 없겠느냐고 했다.

"난 어쩐지 학원이 못 미더워서 말이에요. 요시노 씨처럼 야무진 사람이라면 안심하고 맡길 수 있을 것 같아요."

이렇게 해서 미치코는 쓰카모토 가에 드나들게 되었다.

미치코가 가는 것은 낮 시간이라 미쓰히로와는 자주 만나지 못했으나, 고지와는 여러 번 마주쳤다. 여행잡지 편집자라는 직업 특성상, 하루 온종일 집에 틀어박혀 원고를 쓰는가 하면 취재 때문에 사흘 정도 집을 비우는 일도 있었다. 고지도 학생 때 중국을 비롯해서 대만과 인도, 네팔을 여행한 적이 있으므로, 미치코와는 이야기가 잘 통했다.

"중국의, 음, 어느 마을의 여관 안마당에 대마가 나 있더라고. 같이 있던 이탈리아 친구가 그걸 베어다가 옥상에서 태워 연기를 들이마셔봤거든. 무슨 귀신 쫓기 할 때 솔잎 연기를 쐬는 것처럼 연기가 어찌나 엄청나던지 눈도 뜨기 어려웠어. 결국 한 번도 못 취했지 뭐야."

"오오, 했어?"

"둘 다 그만둬, 그런 이야기는."

이야기가 위험한 방향으로 진전될 것 같으면 미쓰히로는 꼭 언짢은 듯이 이야기를 중단시켰다. 이 사람은 소위 소시민이구나, 하고 미치코는 생각했다. 하지만 그리 나쁜 기분은 들지 않았다. 누가 미치코의 행동을 제지해주거나 꾸짖어주는 것은 오랜만이었다.

"미치코 씨는 탈선이 좀 지나쳐. 그러다 다친다고. 외국으로 여행가는 건 좋지만, 좀 더 자기 자신을 아끼는 게 좋아."

미쓰히로가 시선을 다른 데로 돌린 채 그렇게 말했을 때, 미치코는 어울리지도 않게 조금 감동했다. 그로부터 한 달 뒤, 미쓰히로가 결혼을 전제로 한 교제를 신청했다. 미치코는 승낙했다.

쓰카모토 가에서는 고이치로를 비롯해 미즈키와 두 아이들도 두 사람의 교제를 기뻐해주었다. 미치코는 야간 아르바이트를 그만두었다. 미쓰히로와의 교제는 순조롭게 진행되었다. 다만 고지 한 사람만은 불만인 것 같았다.

"그 녀석은 좋은 녀석이긴 하지만 당신 같은 야생마를 다룰 인재는 못 돼."

미쓰히로가 없는 자리에서 고지가 미치코에게 말했다.

"어머, 어떻게 그런 무례한 말을. 내가 무슨 말이야?"

"그렇잖아. 당신이 얌전히 남편이 퇴근하길 기다리면서 주부 노릇을 하다니, 상상도 안 된다고. 그럴 수 있을 리가 없어."

"왜 못해? 할 수 있어."

미치코는 발끈했다.

"무리야, 무리. 그만둬. 서로 불행해질 뿐이야."

"미치코 씨는 요리도 잘하니까 남편의 영양 상태도 신경 쓰는 좋은 아내가 될 거야."

향기로운 다즐링 차를 끓이며 미즈키가 거들어주었다.

"부부라는 게 그게 다가 아니잖아. 무엇보다도 당신들 두 사람, 취미가 전혀 안 맞잖아. 예를 들어 영화를 본다고 해도 그 녀석 취향은 텁텁한 예술영화, 당신은 시대극이나 액션이지. 대체 데이트는 어떻게 하고 있나 몰라."

"걱정 놓으세요. 공통되는 취미도 확실하게 있으니까."

"호오, 그런 게 있었어?"

"두 사람 데이트 장소는 절이랑 신사라지?"

미즈키가 웃음기를 머금은 목소리로 말했다. 고지는 폭소를 터뜨렸다.

"당신들 대체 몇 살이야? 벌써 저승사자를 기다리는 나이야?"

"요즘엔 종교가 유행이라고."

미치코는 화가 나 맞받아쳤다. 두 사람은 늘 신주쿠에 있는 홍차 전문점에서 만나, 도쿄 근처 지도를 꺼내고는 눈을 감고 아무 데나 펴서 절이나 신사의 표시를 찾아 그곳으로 갔다. 미쓰히로는 제비점을 좋아해서 갈 때마다 반드시 제비뽑기를 했다. 미치코에게 내용을 보여주는 일은 거의 없었고, 그냥 말 없이 윗주머니에서 수첩을 꺼내 소중하게 끼워 넣었다. 손뼉을 치며 합장하는 것도 제법 그럴듯해서, 따라하고 싶어도 따라할 수 없을 만큼 멋진 소리를 내며 손뼉을 딱딱 쳤다.

"그러고 보면 그 녀석 옛날부터 제비 모으는 걸 좋아했지."

고지는 차를 벌컥벌컥 들이켠 다음, 생각났다는 듯이 말했다.

"방에 가면 제비를 정리해둔 앨범을 보여달라고 해봐."

미즈키가 갓 구운 마들렌을 접시에 옮기며 말했다.

그때 현관에 매달아놓은 종이 울리고, 미쓰히로가 돌아왔다. 그는 테이블을 둘러싼 미즈키와 고지, 미치코를 언짢은 듯 둘러보더니 아무 말도 하지 않고 방으로 들어가버렸다. 세 사람은 얼굴을 마주보았다.

"무슨 일이지? '다녀왔습니다'도 안 하는 건 처음이네."

미즈키가 걱정스레 말했다. 고지가 일어나 미쓰히로를 쫓아갔다. 미치코와 미즈키가 홍차를 마시며 걱정하는데, 방에서 고함을 치는 소리가 들려왔다. 미치코가 저도 모르게 일어서자, 미즈키가 눈짓으로 말렸다. 목소리는 점점 커져 급기야 와장창 깨지는 소리까지 들렸지만, 모리가 어쨌다는 말 한마디 외에는 서로 뭐라고 고함을 치는지 도무지 알아들을 수 없었다.

"안 가봐도 될까요?"

미치코는 안절부절못하며 미즈키에게 물었다. 평소에는 침착한 미즈키도 얼굴빛이 흐려져 "내가 결혼한 이래로 저렇게 크게 싸운 적은 한 번도 없었는데. 난처하네"라고 했다. 초등학교 2학년 남자아이가 울음을 터뜨리고, 6학년 여자아이도 눈물을 글썽이며 무서워하고 있었다. 미치코는 결심을 하고 일어섰다.

"제가 한번 가볼게요. ……아, 맞다, 모리 씨가 누구예요?"

"두 사람 친구일 거야. 미타카에 있는 인쇄소 집 외아들인데, 독립해서 지금은 분명히 기타센주에 있을걸. 하지만 점잖아서 시비를 걸거나 하는 사람이 아닌데."

서둘러 방으로 쫓아갔다. 복도를 따라가 막다른 곳이 미쓰히로의 방이었다. 미쓰히로가 벌게진 얼굴로 고함을 치는 것이 보였다.

"남이 모처럼 온건하게 해결하려 했더니……."

"온건 좋아하시네, 이 사기꾼."

이 말과 함께 두툼한 파일이 날아와, 미치코는 반사적으로 고개를 돌려 피하며 그것을 받았다. 그 순간, 고함 소리가 멎었다. 고지가 처음 보는 굳은 얼굴로 나타나 미치코를 보더니 "내 말 잘 들어. 저 자식이 무슨 말을 해도 곧이곧대로 믿지 마"라고 했다.

"뭐?"

"허튼소리를 잔뜩 늘어놓을 거야. 귀담아들을 필요 없어."

고지는 그렇게 말하고는 성큼성큼 복도를 걸어가버렸다. 곧바로 현관문이 쾅 닫히는 소리가 들려왔다. 미치코는 뭐라 말을 걸어야 할지 몰라, 무심코 들고 있던 파일에 시선을 떨어뜨렸다. 표지 한가운데에 고지식한 글씨로 '제비 7'이라고 쓰여 있었다.

"펴봐."

미쓰히로가 말했다. 미치코는 잠자코 파일을 펴보았다.

노란 종이에 제비가 똑바르게 붙여져 있었다. 그 위에는 일시와 장소 등이 적혀 있다. 2월 5일 간다 신사, 2월 12일 센소사*. 페이지를 넘기자, 바로 얼마 전에 간 이노카시라 공원의 벤텐당이 있고 그곳에서 끝나 있다. 그러나 미치코의 말문을 막히게 한 것은 그것이 아니었다. 제비는 모두 여덟 장 붙어 있었다. 가장 최근의 파일이라 그럴 것이다. 그리고 그 제비들은 한 장도 빠짐없이 모두 '흉凶'이었다.

"우리 헤어지자."

미쓰히로가 말했다.

"이렇게 궁합이 나빠서 어떻게 하겠어?"

미치코는 멍하니 그를 올려다보았다. 무슨 말을 해야 될지 몰랐다. 미쓰히로에게 제비 파일을 건네주고 방을 나서려 하는데 문득 발밑에 떨어져 있는 봉투가 눈에 띄었다 커다란 갈색 서류봉투에 '모리 인쇄 주식회사'라고 박혀 있었다. 그리고 그 봉투에 커다란 글씨로 갈겨쓰인 말이 있었다.

✳

"그래서 뭐라고 쓰여 있었는데?"

나와 미치코는 긴 이야기 도중에 벤치에서 일어나 근처 휴게소로 자리를 옮겼다. 덜걱거리는 싸구려 테이블과 의자가 길가에 놓여 있고, 오뎅이나 국수를 먹을 수 있는 곳이다. 우리는 뜨듯한 감주를 홀짝홀짝 마셨다.

"그게 말이야, 어제는 워낙 흥분해서 이거 큰일 났다고 밤중에 미쓰히로 씨한테 전화까지 걸 정도였거든. 하지만 오늘은 날씨도 좋고 이렇게 환한 대낮에 공원에서 이야기하려니까 내가 무슨 착각을 한 게 아닐까 그런 생각이 드네. 내 이야기 들으면 너 웃을지도 몰라."

"웃어서 곤란할 거 없잖아."

"그런데 그게 곤란하거든, 만일 그게 진짜라면."

미치코는 말없이 입술을 깨물었다. 나는 두 손으로 감싸든 찻잔 속에서 피어오르는 김과 생강 향을 잠자코 즐기고 있었다.

"이렇게 쓰여 있는 거야. 그…… 미쓰히로 건件은 살리지 마, 라고."

나는 감주를 내뿜었다.

"정말이야?"

"이런 일 가지고 거짓말하겠니?"

"그게 아니라, 정말 분명히 그렇게 쓰여 있었느냐고."

"그야 갈겨썼으니까 말이야. 약자略字도 있었고. 아무튼 걱정 돼서 어젯밤 늦게 미쓰히로 씨한테 전화해서 물어봤거든. 고지 씨가 모리라는 친구하고 같이 미쓰히로 씨의 목숨을 노리고 있는 거냐고."

"그랬더니 뭐래?"

"바보 자식이래. 너 같은 인간은 두 번 다시 보고 싶지 않고. 형을 오해하지 말라고."

"너무하네."

"그렇지? 그래서 그럼 왜 싸웠느냐고 물었더니 알 필요 없다고."

미치코의 이마에 머리카락 한 줄기가 떨어져 봄의 미풍에 살랑인다. 나는 감주를 한 모금 마시고 나서 생각이 났다.

"고이치로는 넓을 광広에 이치로一郎라고 쓰지? 그럼 고지는 넓을 광에 두 이二 아니면 버금 차次, 미쓰히로는……."

"석 삼三에 넓을 광."

그게 뭐 어쨌다고? 하는 듯한 목소리로 미치코가 대답했다.

"아버님 함자가 고주타広十太셨대. 그래서 아들들이 모두 넓을 광 자를 물려받았다고 들었어."

"약자도 있었다고 했지?"

"응."

그렇게 말하다가 미치코가 흠칫했다. 나는 무시하고 일부러 천천히 말했다.

"석 삼에 넓을 광, 넓을 광은 엄호밑변厂만 있고, 속의 사사 사厶는 생략되어 있었어. 즉 미쓰히로를 말하는 거라고 생각했어. 하지만 어쩌면 다른 엄호밑변 글자였는지도 몰라."

"예를 들면……."

미치코가 내 얼굴을 빤히 응시하며 말했다.

"예를 들면 미타카三鷹. 엄호밑변 속을 생략하고 쓰는 건 대부분 익숙하게 쓰는 글자라 그러겠지만, 귀찮다는 이유도 있을 거야. 미타카의 매 응鷹 자 같은 건 급하게 쓸 때 일일이 쓰고 있기 그렇잖아."

"잠깐. 그럼 고지 씨는 미타카, 즉 모리 씨를 죽이려 한다는 말이야?"

"글쎄, 그건 어떨까."

나는 말했다.

"화가 나 있었던 건 미쓰히로가 아니라 고지 쪽이잖아."

"미쓰히로 씨가?"

내가 하려는 말을 대번에 알아들은 모양이다. 미치코는 숨을 훅 들이 마시더니 눈길을 허공으로 돌렸다.

"하지만 그건 아니야. 온건하게 해결하고 싶다고 한 건 미쓰히로 씨 쪽이잖아. 만일 미쓰히로 씨가 죽이고 싶어하는 거라면, 온건하게, 라고 말할 사람은 고지 씨 쪽일 거 아냐."

나는 신음했다. 몸이 어제까지 입던 가죽 코트의 묵직함을 그리워하고 있다. 털 깎인 양처럼 선뜩하다.

"그건 그렇지만 묘한 문장이군. 아무리 갈겨썼다 해도, 그 것만 쓰여 있었다는 건 그것만으로도 다른 사람한테 의미를 전달할 수 있다는 뜻일 거 아냐. 메모일 수도 있겠지만. 하지만 보통 같으면 미쓰히로를 살리지 마, 아니면 미타카를 살려 두지 마. 뭐 그런 식으로 쓸 것 같은데."

"그러고 보니 그러네. 살린다는 말도 보통 같으면 생활의 생生 자를 쓸 텐데, 활活 쪽을 썼더라고."

"활? 삼수변의 활자였다고?"

"응. 그래서 이상하다고……."

나는 웃기 시작했다. 숨이 멎을 만큼 웃었다. 몸을 부들부들 떨다가 감주가 손에 쏟아질 뻔했으므로 겨우 웃음을 멈추었다. 눈앞에서 미치코는 놀라 얼떨떨한 얼굴로 내가 눈물을 닦는 것을 보고 있었다.

"그거 활 아냐."

"활이 아니라고? 하지만 분명히 삼수변에 설舌을 썼던 데……."

"삼수변이 아니라 말씀언변이었던 거야. 말씀언변에 설을 써서 말하다. 미타카 건은 말하지 마."

"아무리 그래도 말씀언변이랑 삼수변 정도는 구별할 줄 알아."

"아니, 못 해."

"해."

"못 해. 중국어 경우에는 못 해."

나는 테이블 위에 어렴풋이 덮인 먼지에 글씨를 썼다.

讠

"이게 중국어 말씀언변의 생략형이야. 일본의 한자도 많이 생략됐지만, 중국에서는 중국식으로 문자를 생략하거든. 말씀언변을 이렇게 생략할 때가 있어. 제대로 다 쓸 때도 있지만. 나는 내가 워낙 게으르니까 이 말씀언변 생략형을 자주 쓰곤 했어. 회의會議라든지, 강의講義 같은 글자를 일일이 다 쓰기 귀찮잖아. 뭐, 중국어 학점을 전부 따는 데 4년이나 걸렸지만 지금 기억나는 건 짜이젠하고 워아이니하고 이 말씀언변 생략형뿐이야."

미치코는 얼마 동안 먼지 위에 쓴 생략형을 우두커니 바라보았다. 그 목에서 소리 죽인 웃음소리가 새어나왔다.

"바보 같아."

그녀는 말했다.

"정말 바보 같아. 아무것도 모르면서 남을 살인자 취급이나 하고. 정나미가 떨어질 만도 해. 하느님한테 올 F 받을 만도 하네."

두 눈 가득 눈물이 그렁거리고 있었다. 기름하고 박력 있는 눈에도 눈물이 고이는구나 싶어 나는 신기하게 그 눈물을 바라보았다.

"잘은 모르지만."

나는 말했다.

"그 미쓰히로라는 남자하고는 헤어지길 잘했다고 생각해. '흉'이 계속 나온 것도 3분의 2는 그 사람 책임이라고. 몇 장이나 수집했는지는 모르지만, 흉이 나온 제비를 갖고 돌아와서 모아두는 바보가 어디 있어? 그 녀석이 나쁜 거지, 네 탓이아냐."

울음을 그치게 하려고 한 말이었건만, 완전히 역효과였다. 미치코는 한동안 감주에 눈물 콧물 빠뜨려가며 엉엉 울었다. 데이트하는 커플들이 그녀의 그런 모습과 내 얼굴을 빤히 바라보며 몇 쌍이나 지나갔다. 나는 고개를 돌리고 감주를 더 주문했다.

"고마워."

두 잔째 감주를 다 마셨을 무렵, 미치코가 말했다.

"이제 후련해졌어. 뭐가 뭔지 모르겠지만, 하느님이 나한테 그만두는 게 좋다고 경고를 해준 건지도 모르지."

그녀는 벌떡 일어섰다.

"고마워. 여기서 이렇게 널 만나 다행이야."

나는 그녀가 내민 손을 잡았다. 촉촉하고 부드러운 손이었다.

"다시 야간 아르바이트를 시작할래. 외국 여행을 갈 거야. 이번에는 아마 인도네시아에."

"조심해라."

미치코는 펌프스에 투피스 차림으로, 그러나 학생 때와 전혀 다름없는 상쾌한 뒷모습을 보이며 슬슬 짙어져가는 어둠 속으로 녹아들어갔다.

나는 결국 결말을 읽지 못한 미스터리를 쥐고 한숨을 내쉬었다. 연못과 쓸쓸한 나무 그림자에 어젯밤 내린 눈이 흙과 뒤섞여 어렴풋이 남아 있다. 이미 어두워 글자도 보이지 않는다.

한껏 기지개를 켠 다음, 미치코가 사라진 길로 기치조지를 향해 걸었다. 도중에 벤텐당이 있었다. 요시노 미치코와 쓰카모토 미쓰히로가 마지막으로 제비점을 친 곳. 나는 100엔짜리 동전을 꺼내 제비를 뽑았다.

그리고 1분 뒤, 나는 미친 듯이 기치조지를 향해 뛰고 있었

3월 ♦ 봄의 제비점

다. 정확히 말하자면 미치코의 뒷모습을 향해. 토요일 저물녘, 거리는 평소보다 몇 배나 더 많은 사람들로 북적이고 있었다. 나는 뛰었다. 그러나 생각처럼 그렇게 나아가지 못했다. 기치조지 역 바로 옆에서 그녀의 뒷모습을 분명히 발견한 것 같았다. 그러나 그 뒷모습은 금세 사라졌다. 그 뒤로는 아무리 찾아도 보이지 않았다.

집으로 돌아간 나는 대학 시절 주소록을 몽땅 끌어내 미치코의 주소를 찾았다. 같은 학회 사람들에게 죄다 전화를 걸었다. 하지만 그녀의 연락처를 아는 사람은 아무도 없었다. 두 시간 넘게 전화통에 매달려 있던 끝에 나는 지쳐 큰대 자로 벌렁 드러누워 천장을 올려다보았다.

벤텐당의 제비. 요즘 곧잘 볼 수 있는 멋대가리 없는 자동판매기 제비와는 달리, 그곳 제비는 옛날식으로 팔각형 제비통을 흔들어 제비 막대기를 뽑은 다음, 옆에 놓인 서랍을 열고 막대에 적힌 번호에 해당하는 칸에서 제비를 꺼내는 시스템이었다. 내가 뽑은 번호는 44. 길吉이다. 나는 반쯤은 재미로 열 개 있는 서랍을 죄다 열고 안을 보았다. 번호는 1부터 50까지, 서랍 하나가 다섯 칸으로 나뉘어 있다.

결론을 말하자. 그 서랍 안에 흉은 없었다. 1부터 50까지 가장 나쁜 것이 말길末吉이고, 흉 따위는 한 장도 들어 있지 않았다.

여기서부터는 나의 상상이다.

있을 리가 없는 흉의 제비. 그것은 미치코와 헤어지기 위해

조작한, 즉 일부러 위조한 것이었다. 위조한 사람은 친구인 모리. 그는 인쇄소 집 아들이니 견본, 즉 진짜 제비를 몇 개 보여주고 가짜 흉 제비를 만들게 하면 된다. 미쓰히로가 흉이 한두 번 나왔다는 이유로 미치코와 헤어지겠다고 해도, 미치코는 물론 형인 고이치로나 형수인 미즈키가 수긍할 리가 없다. 그러나 여덟 번씩이나 나온다면, 아무리 평소에 미신이라 업신여기는 사람이라도 신경이 쓰일 것이다. 게다가 미치코는 맏물을 서쪽을 향해 먹을 정도다. 신경 쓰이지 않을 리가 없다. 미쓰히로는 그것을 계산에 넣고 가짜 제비를 이용해 헤어지려 한 것이다.

그렇다면 어째서 그런 번거로운 일을 했을까. 자기가 먼저 이야기를 꺼내면 파혼의 책임이 자기에게 돌아오기 때문일까. 형들에게 면목이 없다고 생각했기 때문일까. 아니다. 미쓰히로는 어디까지나 두 사람의 책임이 아닌 이유로 헤어지고 싶었다. 이유는 무엇인가. 응어리를 남기지 않기 위해서다.

이유는 형인 고지가 아니었을까.

고지가 미치코를 좋아했던 게 아닐까. 그리고 미쓰히로가 그것을 눈치챘다면. 미쓰히로가 자기를 위해 가짜 제비를 만들었다는 것을 고지가 깨닫고 형제간에 싸움이 벌어졌다. 미쓰히로가 무슨 말을 하든 믿지 말라고 한 고지의 말. 온건하게 해결하려고 했다는 미쓰히로의 말. 이것은 그 상황을 가리키는 게 아닐까. 그리고 '미타카 건은 말하지 마'. 즉 인쇄소 건은 고지에게 말하지 말라고 미쓰히로가 형의 친구이기도 한 모리를 입막음한 것이다. 두 사람에게 공통되는 친구는 고지뿐이다. 주어가 생략되어 있어도 미쓰히로와 모리 사이에서는 뜻이 통했다. 그리고 봉투는 미쓰히로와 모리 사이를 오갔다.

사이좋은 형제.

나는 이 이야기를 미치코에게 해주고 싶었다. 내가 비방한, 네가 반해 있던 미쓰히로라는 남자는 실은 이런 마음으로 홍제비를 너에게 보여주었다고. 결국 그는 형에게, 그리고 무엇보다도 미치코에게 상처를 주고 싶지 않았던 것이다. 만일 고지가 눈치채고 싸움을 벌이지 않았더라면, 미치코는 역시 상처를 입기는 했겠지만 엉뚱한 걱정을 할 필요도 없었고 피가 머리끝까지 치받쳐 올라 있던 미쓰히로에게 호통을 듣지도 않았을 것이다. 좀 더 수월하게 이야기를 끝냈을 것이다. 아니면? 고작 그깟 일로 포기하는 일은 없었을지도 모른다. 나는 천장의 못대가리를 하나하나 세며 언제까지고 상상의 바다를 표류했다.

그로부터 6개월 뒤에 본가를 경유해서 청첩장이 배달되어 왔다. 쓰카모토와 요시노, 양가의 초대였다. 나는 신부 요시노 미치코의 이름을 보았다. 그리고 눈으로 신랑의 이름을 찾았다. 신랑의 이름은……

어느 쪽이었는지는 독자 여러분의 상상에 맡기기로 하자.

나 혼자서 상상의 대해를 언제까지고 방황하는 것은 불공평하니까.

르네상스

1 대특집

각 부서, 각 지점 이 말만은 하고 싶다!

표지 제자題字 건설성 장관 히가시사카키 구니오

표지 사진 사나다 건설 컨설턴트 주식회사 본사 빌딩(촬영: 본사 설계경관2과 무나카타 지로)

조금 긴 듯한 편집 후기

편집장·와카타케 나나미

복숭아꽃에 가차없이 비가 퍼붓던 날 저물녘, 나는 우산의 물방울을 털며 경사가 완만한 비탈길을 올라가고 있었다. 서툰 약도와 주변 경치를 번갈아 보며 걷다 보니, 철조망에 철사로 얽어맨 워드프로세서 화면 크기의 간판이 나타나 발걸음을 멈추었다.

부용芙蓉 연립

지난 일 년 동안 이 사내보에 단편 미스터리 원고를 보내준 베일 속의 작가가 이곳에 살고 있다. 나는 땀이 밴 손을 면바지에 문질러 닦고 심호흡을 한 다음 102호의 문을 노크했다.

지난 일 년 동안 이 사내보의 편집을 담당했다.

돌이켜보면 실수의 연속이었다. 사진 설명을 엉뚱한 데다 붙여놓은 적도 있다. 교정 실수로 우리 부서 사람들의 폭소를 산 적도 있다. 차례에 쪽수를 잘못 적은 적도 있었다. 기타간 토까지 취재하러 갔다 돌아와 사진을 현상해보니 생각했던 것과는 전혀 딴판인 사진이라 아연실색한 적도 있었다. 셔터를 어떻게 잘못 눌렀는지, 미남이신 모 소장님이 선하품을 참으며 뿌연 안개 저편에 계시는 것이다. 허겁지겁 전화를 걸어 아름답게 찍힌 사진을 새로 받았으나, 그렇게 식은땀을 흘린 적은 생전 처음이었다. 악마가 나의 카메라에 쒼 게 틀림없다.

사장님의 권두언을 받았을 때도 한바탕 난리를 떨었다. 원고 제목은 정월에 걸맞게 '초봄을 생각하다'였다. 교정쇄를 꼼꼼히 살펴보며 교정을 본 다음, 사장님 비서에게 건네주며 "아마 없겠지만, 그래도 혹시 잘못된 부분이 있으면 연락주세요"라고 거들먹거리고 자리로 돌아오자마자 전화벨이 울렸다.

"비서과의 하야시타니입니다."

방울 굴러가는 듯한 목소리가 말했다.

"조금 전에 받은 교정쇄에 조금 잘못된 부분이 있어서요……."

"엑, 정말요?"

잘못된 부분이 있을 리가 없다고 굳게 믿고 있었으므로 나도 모르게 목소리에 힘이 들어갔다.

조금 긴 듯한 편집 후기

"네. 실은 제목 말인데요, '초봄을 생각하다'였죠?"

"그런데요……."

"그런데 '초봄을 냉각하다'라고 되어 있네요."

혀를 깨물고 죽고 싶다는 것은 이런 기분을 말하는 것이리라. '초봄을 냉각하다'라면 어쩐지 우리 회사가 경영 부진으로 인한 한파에 시달리는 것 같지 않은가. 하마터면 신춘 벽두부터 사원들의 사기를 꺾어놓는 사내보를 배포할 뻔했다.

그런 식으로 내가 저지른 수많은 실수를 열거하려면 한도 끝도 없다. 우리 부서에서는 '나나미의 이번 달 실수'라는 코너를 만들면 어떻겠느냐는 의견까지 나왔을 정도다. 진부한 말이지만, 그런 나를 지탱해주고 격려해주신 것은 오로지 독자 여러분의 감상이었다. 이번 달 재미있더라. 다음에 우리 쪽에도 취재하러 와라. 실수투성이에 얼빠진 편집장에게 해주는 이런 말씀들에서 얼마나 용기를 얻었는지 모른다. 사내보 같은 걸 누가 본다고 그래, 라는 말을 계속 들으면서도, 기다려주는 분들이 많아서 얼마나 마음이 든든하고 기뻤는지 모른다. 필설로 다 할 수 없다는 것은 바로 이런 것을 말한다. 다시 한번 감사 말씀을 드리고 싶다.

각설하고, 매달 나의 책상에 배달되는 산더미 같은 의견 및 요망 편지들 중에 특히 달을 거듭할수록 늘어난 것이 매달 게재되는 단편 미스터리에 대한 것이었다. 재미있다고 말해주는 사람부터 어딘가 허전하다, 중간에 이미 해답을 알았나, 어째서 이번 달은 미스터리가 아니라 괴담이냐 등등 반향이 대단했다. 그중에는 틀린 부분이 있다, 등장인물 중에 사장님하고 성이 같은 사람이 있는데 그거 좀 그렇지 않나, 어구가 통일되어 있지 않다 등등 상세하게 지적해주는 분도 있었다. 하긴 이것은 '나나미의 이번 달 실수'에 들어갈 만하다. 작가보다는 편집자인 나의 책임이다.

그리고 칭찬해주는 쪽과 헐뜯는 쪽, 양쪽 모두에서 대체 작가가 누구냐는 질문이 나온 것도 특기할 일이다. 익명을 희망하는 작가라 해서, 많은 분들이 흥미와 호기심을 대단히 자극받으신 모양이다. 가을 초입부터는 몇 번이나 끈질기게 작가의 이름을 밝히라고 들이대더니 끝내는 그렇게 계속 숨기면 신상에 이롭지 않을 것이라는 식의 편지를 보내오는 열렬하신 분까지 급격히 늘어났다. 이것저것 추리해본 결과 작가는 인사과 아무개 씨일 것이라고 하는 분, 아니 좀 더 윗사람으로 상무이사인 아무개 여사가 아니냐, 심지어 와카타케 나나미너지, 하는 분까지 있었다.

내가 작가의 신원을 밝히지 않은 이유는 간단하다. 나 자신이 그 사람이 대체 어떤 사람인지 몰랐기 때문이다.

사내보를 시작하기에 앞서 나에게 난제가 하나 주어졌다. 이 월간지에 원고지 30매에서 40매 정도로 완결되는 오락성 글을 실으라는 주문이 내려온 것이다. 나는 대학 시절 소설을 썼고 지금은 세미프로 작가로 활약하는 선배에게 연락했다.

조금 긴 듯한 편집 후기

선배가 소개해준 사람이 이 익명 작가였다. 내가 그에 대해 아는 것이라고는 선배의 친구라는 것, 마감을 정확하게 지킨다는 것, 워드프로세서를 사용한다는 것, 그것뿐이다. 편집자로서는 그것으로 충분했다.

독자로서는 그럴 수 없었다.

나는 독자 여러분이 상상을 부풀리는 것과 비슷한 정도로, 아니 그 이상으로 이 익명 작가에게 흥미를 품었다. 소개해준 선배에게 술을 사며 유도심문을 해본 적도 있다. 사내 작가설이 농후해진 단계에서, 실은 선배의 친구고 회사와는 무관하다는 사실을 공표할까 생각한 적도 있었다. 그러나 하룻밤 생각해보고 그만두었다. 선배의 친구가 회사 사람이 아니라는 보장은 없다. 선배에 따르면, 그는 실제로 있었던 이야기만 쓴다고 한다. 그것이 사실이라면, 적어도 원고에 등장하는 일이 일어난 시점에는 우리 회사와 무관했었는지도 모른다. 그러나 그 이후로 어떤 형태로 우리 회사와 관련을 맺게 됐을지도 모르는 일 아닌가.

열한 번의 게재가 끝나고 3월호 원고를 받아든 시점에서 나는 더 이상 참지 못하고 선배에게 연락했다. 선배는 전화를 걸어와 작가를 소개해주겠다고 했다. 작가 본인이 연재도 마쳤으니 나에게 인사라도 한마디 하고 싶어한다고 했다. 나는 기쁜 마음으로 12회분의 고료를 가방에 넣고 익명 작가의 집을 찾아갔다.

노크 소리를 듣고 문이 열렸다. 나는 되도록 상대방의 얼굴을 빤히 바라보지 않으려 조심하며 침착하게 인사했다.

"사나다 건설 컨설턴트의 와카타케라고 합니다."

"아아, 오셨군요. 들어오세요."

실례합니다, 하고 나는 현관을 들어섰다. 마루가 깔린 부엌이 보이고, 그 안쪽으로 10제곱미터쯤 되는 방 한가운데에 거대한 등판이 떡 버티고 있다. 나의 선배, 미스터리에도 등장한 사타케 노부히로 씨의 등판이다.

"오오, 타케냐. 오랜만이다."

소설 속에서 특별히 언급한 적은 없지만, 사타케 선배는 거한巨漢이다. 대학 때는 그리즐리 곰이라 불린 적도 있다. 이런 사람이 방 안에 있으면 10제곱미터 방도 5제곱미터 기능밖에 하지 못한다. 나는 방 한복판에 떡하니 똬리를 틀고 있는 선배의 거구를 타고 넘어 반대편에 자리를 잡았다.

"타케, 이 녀석이 문제의 익명 작가다. 헨리."

차를 끓이느라 한바탕 대소동이 벌어진 다음, 정좌를 하고 앉은 나를 우스꽝스러운 듯이 보며 사타케 선배는 집주인을 나에게 소개해주었다.

"헨리입니다. 그동안 감사했습니다."

이, 이 사람이 이 사람이 문제의 익명 작가라고!

솔직히 나는 조금 놀랐다. 이미지로는 좀 더 까다로울 것 같고, 키가 크고, 평범한 얼굴에 쉽게 상처받을 것 같은 눈을 지닌 소년(20대 후반씩이나 돼서 소년은 아니겠으나)을 상상했던 것이다. 그러나 내 앞에 앉아 있는 사람은 여위고, 핸섬하고, 어떻게 보면 가부키 극의 악역 미남처럼 눈이 기름하고, 몸집이 자그마한 남자였다. 하긴 사타케 선배 옆에 있으면 대부분의 사람들은 몸집이 작아 보인다.

"이미지하고 다른가요?"

헨리 씨는 싱글싱글 웃으며 나에게 물었다. 동양적인 얼굴이구나, 라고 나는 생각했다. 거무스름한 피부도 그렇고, 개암빛 눈도 그렇고, 규슈 언저리에 흘러든 해양민족의 후손이 분명하다.

"아, 예. 저, 여쭤보고 싶은 게 있는데요."

나는 몹시 긴장해 땀을 뻘뻘 흘리며 말했다.

"어째서 익명으로 했느냐고요?"

"그것도 있어요. 하지만 아마 이 답을 들으면 어째서 익명으로 했는지 그것도 알 수 있을 거라고 생각합니다."

두 사람이 의아한 듯이 시선을 주고받는 것을 보며 나는 폭탄을 떨어뜨렸다.

"저, 다키자와 씨를 죽인 건 헨리 씨 아닌가요?"

사타케 선배의 턱이 뚝 떨어졌다. 얼마 동안 입을 뻐끔거리나 싶더니,

"……다키자와가 누군데?"

라고 말했다. 나도 모르게 맥이 탁 풀렸다.

"8월 이야기에 나온 남자야. 나팔꽃한테 살해당한."

헨리 씨는 내 얼굴을 뚫어지게 바라보며 그렇게 말했다.

"그 사람을 왜 헨리가 죽였다고 하는 거냐?"

"저 지금까지 보내주신 이야기를 여러 번 되풀이해서 읽어 봤어요."

나는 심호흡을 하고 이야기를 시작했다.

"그런데 읽다 보니까 이상한 점이 있었습니다. 아, 작가가 의도적으로 집어넣은 이상한 점은 아니에요. 읽는 사람의 고 정관념 때문에 이상하다고 인식하게 되는 부분이죠. 저도, 독자도 4월호부터 매달 헨리 씨의 이야기를 읽었잖아요. 매달 한 번씩 '나'라는 익명의 일인칭으로 서술되는 이야기를요. 독자는 '나'의 시점에서 이 이야기를 읽게 되죠. 그래서 저는 무심코 이 이야기가 시간순으로 진행된다고 생각했어요."

나는 홍차잔을 입으로 가져갔다. 좋은 향기가 코끝을 촉촉하게 적셨다.

"차 좋지? 헨리의 본가에서 보내주는 거야."

사타케 선배가 긴장된 분위기를 풀어주듯 말했다. 나는 가볍게 고개를 끄덕이고 이야기를 계속했다.

"하지만 실은 그게 아니었어요. 그래요, 선배는 헨리 씨가 일기에서 이야깃거리를 골랐다고 했지만, 일기라면 작년 것 이든, 재작년 것이든, 그 전 것이든 상관없잖아요? 그래서 호기심이 나서 이야기의 연대를 정리해봤어요."

나는 두 사람 앞에 종이를 폈다. 작품의 타임 스케줄을 작성해 들고 온 것이다.

토끼
9월 길상과의 꿈

용
1월 정월 탐정
4월 벚꽃이 싫어
5월 귀신
7월 상자 속의 벌레   ('나'는 회사를 쉬고 있다)
8월 사라져가는 희망
10월 래빗 댄스 인 오텀
11월 판화 속 풍경
12월 소심한 크리스마스 케이크

뱀
2월 밸런타인 밸런타인
3월 봄의 제비점
6월 눈 깜짝할 새에
8월 사라져가는 희망 (일 년 뒤) 다키자와의 죽음

"어떻게 이런 걸 조사했냐?"

선배는 커다란 콧구멍이 더욱 커져 나를 보았다.

"그렇게 힘들지 않았어요. 힌트는 죄다 작가가 준걸요. 어라, 해가 다르네, 라고 깨달은 건 9월의 〈길상과의 꿈〉을 읽었을 때였어요. '나'가 고야 산에 가서 숙방에 묵죠. '나'가 묵은 방의 장식용 단상에 종이 오리기 그림이 붙어 있는데, 그게 토끼 그림이라고 되어 있거든요. 고야 산에는 그해의 간지에 연관된 종이 오리기 그림을 장식용 단상에 붙여두는 풍습이 있어요. 그러니까 이건 토끼띠 해 이야기구나 알 수 있었어요. 그런데 6월의 〈눈 깜짝할 새에〉에서는 뱀이 그려진 달력으로 수수께끼를 풀거든요. '그해의 간지에 연관된 달력'이라고 분명하게 쓰여 있죠. 그래서 이 두 이야기가 실은 2년이나 떨어져 있다는 걸 알 수 있었던 거예요."

나는 차를 마시고 이야기를 계속했다.

"그다음부터는 비교적 수월했어요. '나'가 회사를 그만두고 쉬고 있을 때 이야기라고 알 수 있는 게 네 편 있어요. 5월의 〈귀신〉, 7월의 〈상자 속의 벌레〉, 8월의 〈사라져가는 희망〉, 그리고 그런 상황을 알고 아르바이트를 안 하겠느냐고 제안이 들어오는 10월의 〈래빗 댄스 인 오텀〉. 11월의 〈판화 속 풍경〉은 그 아르바이트하는 곳에서 친구를 만나러 가는 이야기였으니까 이것도 같은 해 이야기라고 해도 되겠죠. 12월에도 그해 회사를 그만두었다고 쓰여 있으니까 같은 해예요. 그리고 10월 이야기에서는 그 전해 달력이 버니 걸 복장을 한 사진이고요."

"잠깐만. 토끼띠 해라고 버니 걸 달력이라니, 너."

"전 그렇게 생각해요……는 거짓말이고, 아무리 저라도 그렇게 바보는 아니고요. 묵화로 그린 용 달력이 같이 나오잖아요. 그래서 5월, 7월, 8월, 10월, 11월, 12월은 모두 용띠 해 이야기라는 걸 알 수 있었어요. 그리고 1월의 〈정월 탐정〉에서는 백화점의 커다란 용 인형이 나오죠. 2월의 〈밸런타인 밸런타인〉에서는 뱀 초콜릿, 3월의 〈봄의 제비점〉에서는 사타케 선배한테 받은 연하장에 '서툰 그림 솜씨로 꿈틀거리는 뱀'이 그려져 있다고 했고요. 4월의 〈벚꽃이 싫어〉에서는 나가가 그려진 티셔츠를 입은 남자가 나오는데, 그해가 그 사람 띠 해라고 했죠. 나가는 용이잖아요. 게다가 보현보살은 용띠 해의 수호불이고요. 이렇게 헨리 씨는 작품 곳곳에 힌트를 확실하게 박아놓았던 거예요."

"너."

사타케 선배는 나와 헨리 씨를 번갈아 보며 말했다.

"용케 이런 단편……."

말하다 말고 잠시 헛기침을 하더니 이어 말했다.

"뭐 됐다. 그건 그렇다고 치고, 이제 그만 본론으로 들어가자."

"네. 저, 다만 이 이야기, 사타케 선배는 인정하지 않을지도 몰라요. 별로 현실적이지 않은 게 추리의 전제가 되거든요."

"됐으니까 말해봐."

사타케 선배는 조바심이 나는 듯 나를 노려보았다.

"9월 이야기 말이에요. 9월의 〈길상과의 꿈〉. 이건 참 불가사의한 이야기였어요. 전날 밤에 만난 사람하고 똑같이 생긴 사람이 나와서 불가사의한 이야기를 들려줘요. 그리고 그 사람은 실은 귀자모신의 화신이었다는 거죠. 누가 봐도 이상한 이야기일 거라고 생각해요."

"믿지 않으셔도 됩니다. 그야 보통 사람 같으면 신상神像이 나타나서 이야기를 들려주고 석류를 주다니 무슨 바보 같은 이야기냐고 하겠죠. SF나 괴담 같은 이상한 이야기라고 생각할 겁니다."

헨리 씨는 온화한 말투로 끼어들었다. 나는 고개를 흔들었다.

"그게 아니에요. 저는 그 이야기를 믿었어요. 아니, 말이 이상하네요. 믿은 게 아니라, 당연하게 있어도 되는 일이라고 생각했어요. 신이나 부처와 이웃해 살던 옛날 사람들이 그 만남을 설화로 남긴 것처럼, 지금 시대에도 이런 이야기가 실제로 있어도 상관없다고 저는 생각합니다. 제가 이상하게 생각한 건 그게 아니라 왜 '나'한테 귀자모신이 나타났느냐, 그리고 왜 석류를 건네주었느냐 하는 점이에요. 왜 그런 일을 했을까요? 나팔꽃이 이유가 있어서 다키자와 씨의 꿈에 나타난 것처럼, 귀자모신도 무슨 이유가 있어서 지물持物을 건네준 게 분명하다는 생각이 들었어요. 그래서 이렇게 생각해본 거예요. 이 '나'는 다른 이야기들에 나온 '나'가 아니다, 이 '나'는 여자가 아닐까 하고요."

나는 거기서 말을 멈추었다. 선배는 눈을 둥그렇게 뜨고, 헨리는 조금 날카로워진 눈으로 나를 보고 있다.

"고야 산의 숙방 안내소에서 숙소를 잡았다고 쓰여 있죠. 그리고 여자의 옆방에 묵게 되었다고요. 이건 좀 이상해요. 그 절에는 다른 손님이 없었어요. 다른 숙방이 다 차 있었던 것도 아니거든요. 그런데 왜 남녀를 이웃하는 방에 묵게 했을까요? 혼자 여행하는 여자와 혼자 여행하는 남자를 이웃하는 방에 묵게 했다기보다는, 두 사람 다 여자라서 같은 숙방에 묵게 했다고 생각하는 편이 자연스럽죠. 일반적인 여관이 아니라 절이니까요. 그 정도 배려는 해줄 테죠. 그리고 이틀째 아침요. '나'는 설교가 끝나자 메슥거리는 속을 참으며 '고야 참배'를 드리는 신세가 되었다고 해요. 이것도 이상했어요. 어째서 고야 참배에 따옴표가 붙어 있는가. 그래서 사전에서 '고야 참배'를 찾아봤어요. 그리고 안 거예요. '고야 참배'에는 '화장실에 가다'라는 뜻이 있다는걸요. 이 '나'는 속이 메슥거리는 걸 참으며 화장실에 간 거예요. 왜 그렇게 됐을까요? 왜 귀자모신은 이 '나'한테 석류를 주고 아이를 죽이려 한 여자 이야기를 들려줬는가."

나는 헨리 씨의 눈을 마주 보았다.

"이 '나'가 임신하고 있었으니까, 그리고 남몰래 아이를 낙태시킬 결심을 하고 있었으니까. 그렇게 생각하면 이상한 걸까요. 그걸 만류하기 위해 귀자모신은 이 '나'의 앞에 모습을 드러냈다. 저는 그런 생각이 들었어요."

"계속해요."

헨리 씨는 조용한 목소리로 말했다.

"계속하세요."

"……이 '나'가 임신한 여자라는 데 대해 여러 가지로 생각해봤어요. 대체 이 여자는 누굴까. 문체가 달라지지 않은 걸 보면 아마 이 이야기를 소설 형태로 보내온 사람은 다른 '나'하고 같은 인물, 즉 헨리 씨일 거예요. 그럼 헨리 씨는 이 9월의 이야기를 어떻게 해서 알게 됐을까. 아마 일기를 봤겠죠. 헨리 씨가 다른 사람, 그것도 여자의 일기를 볼까. 아예 남이라면 그런 일은 있을 수 없겠죠. 하지만 가까운 사이라면. 헨리 씨와 가까운 여자, 일기를 볼 기회가 있고, 그러면서 일기를 읽어도 불평을 안 할 여자. 딱 한 사람 있었어요. 누님이에요. 작품 중에 여러 번 등장하는 누님. 다섯 남매 중에서 단 한 사람, 작중의 '나'와 친한 누님 말이에요."

사타케 선배가 뭐라 하려는 것을 헨리 씨가 눈짓으로 제지했다.

"하지만 아무리 사이가 좋아도 형제한테 일기를 보여줄까. 저 같으면 싫어요. 헨리 씨도 아무 말 없이 누님 일기를 훔쳐보거나 하지는 않겠죠. 일기를 봤다면 무슨 이유가 있었을 거예요. 예를 들어 누님이 죽었고, 그 죽음에 의문이 있어 일기

조금 긴듯한 편집 후기

를 봤다든지."

"계속하세요."

헨리 씨는 고개를 수그린 사타케 선배의 옆구리를 찌르며 말했다. 나는 고개를 끄덕였다.

"거기까지 생각하고 저는 다시 한번 열두 편의 이야기를, 이번에는 시간순으로 읽어봤어요. 누님 이야기는 1월과 4월, 7월, 11월, 이렇게 네 번 나와요. 그런데 7월에 '지금은 그 누나도 없다'고 명기되어 있거든요. 4월의 〈벚꽃이 싫어〉에서는 누님 이야기가 현재형으로 나와요. '저희 누나도 중요한 부분을 일부러 빠뜨리는 짓을 자주 한다고요.'라고요. 즉 누님은 4월의 벚꽃놀이와 나쓰미의 생일 사이에 돌아가신 거예요. 그 뒤 11월에서는 누님의 이야기가 과거형이 되어 있고요."

나는 헨리 씨를 향해 히죽 웃었다.

"실은 저 이 단편들 중에 등장한답니다. 누군지 아시겠어요?"

"네?"

이것은 헨리 씨도 예상치 못한 일인 듯, 놀란 것 같았다.

"정말입니까?"

"그럼요. 거짓말 안 해요. 트릭을 밝히자면 간단해요. 제 이름이 나나미七海니까요, 고등학교 때는 마린이라고 불렸답니다."

"아아."

두 사람은 동시에 탄성을 질렀다.

"그렇군. 전 또 마리라는 사람을 마린이라 부른 줄 알았어요. 일곱 개의 바다라 마린이었군요."

"네. 여담이지만 래비라는 부장도 금요일에 늦잠을 잤기 때문에(미국 추리작가 해리 케멀먼의 《금요일에 랍비rabbi는 늦잠 잤다》를 말하는 것-옮긴이) 래비가 아니라, 성이 우사라서 그래요. 우사는 '토끼'(일본어로 '우사기'-옮긴이)의 머리 부분이잖아요? 그래서 래빗 rabbit에서 머리 부분만 따서 래비가 된 거예요."

"세상 참 넓고도 좁군. 하지만 어째서 그걸 안 시점에서 나쓰미였던가, 그 친구한테 연락해보지 않았냐?"

"나쓰미, 없어요. 건방지게시리 뉴욕에서 유학 중이지 뭐예요."

나는 어깨를 으쓱했다.

"연락이 된다 해도 이 '나'의 정체를 캐낼 생각은 없었지만요. 제가 일 년 동안 무사히 편집장 노릇을 해낸 데 대한 상으로 삼을 생각이었거든요. 저 자신한테 주는 상이죠. 이야기가 딴 길로 샜지만, 전 이 누님이 돌아가신 게 아마 5월 초 아니면 4월 말일 거라고 생각했어요. 헨리 씨가 회사를 그만두기 직전이 아닐까 하고요. 헨리 씨가 회사를 그만둔 건 병 때문만이 아니라 누님의 죽음에 충격을 받아서가 아니었을까. 이건 제 억측일 뿐이지만요. 1월의 〈정월 탐정〉에서 첫머리에 누님한테서 한밤중에 전화가 걸려오거든요. 좀 묘한 전화예요. 한밤

조금 긴 듯한 편집 후기

중에 사이좋은 동생한테 거는 것치고는 상당히 묘하다고 해
도 될걸요. 누님은 '너 친구는 조심해서 사귀어라'라고 해요.
'친구를 잘 가려 사귀지 않으면 나중에 후회해'라고도요. 왜
이런 이상한 전화를 걸었을까요? 실례를 무릅쓰고 누님의 심
정을 생각해보면, 그런 이상한 전화를 걸고 싶어질 만한 어떤
일이 그때 누님 신변에 일어나고 있던 거예요. 거기서 아까
말씀드린 누님 임신설을 생각해보면, 귀자모신의 설득 때문
에 낙태를 포기하고 아이를 낳기로 결심했을 경우, 이 12월은
임신 24주 정도일 거예요. 어떤 예기치 못한 일이 발생해서 누
님의 몸에 변고가 생겨도 이상할 것 없을걸요. 그리고 그것과
는 별도로, 이 토끼띠 해 연말하고 용띠 해 연초에 또 한 인물
의 이야기가 겹쳐져요."

"다키자와군요."

조용한 목소리로 헨리 씨가 말했다. 나는 선수를 빼앗겨 조
금 발끈했지만, 곧 말을 이었다.

"네. 다키자와 씨는 미야코라는 여자와 사귀다가 그 전해
여름에 헤어졌어요. 나팔꽃이 피기 시작했을 무렵의 일이니
까 6월이나 7월. 그리고 헤어지고 나서 얼마 안 돼서 다른 연
상의 여자하고 사귀기 시작해서 '연말에' 헤어졌다고 해요. 헨
리 씨 누님 몸에 변고가 생긴 시기하고 정확히 일치하죠."

"거 잘도."

사타케 선배가 말하려는 것을 또다시 헨리 씨가 가로막았

다. 선배는 어이없다는 듯이 눈알을 데굴데굴 굴리고 입을 다물었다.

"누님은 친구를 조심해서 사귀라고 했어요. 누님은 혹독하게 배신당해서 상처를 입고 있었어요. 그것도 동생 친구한테. 그래서 그런 말을 남긴 거예요. 누님이 어떻게 돌아가셨는지 저는 몰라요. 유산이 원인이 돼서 몸에 이상이 생겼는지, 아니면……."

나는 하려던 말을 삼켰다.

"……헨리 씨는 그해 8월에 다키자와 씨를 만났어요. 다키자와 씨한테 듣고 그 사람이 연상의 여자와 사귀다가 헤어졌다는 걸 알았어요. 누님이 '친구를 조심해서 사귀어라'라고 전화를 걸어온 시기와 일치하거든요. 이상하게 생각했겠죠. 구실을 대고 본가로 돌아가서, 누님의 물건 중에서 일기를 발견하고 읽었어요. 그리고 거기서 아마 다키자와 씨의 이름을 발견했을 테죠."

홍차는 싸늘하게 식어버렸다. 나는 그것을 조금 마셨다. 나의 일거일동을 두 사람이 주목하는 것을 알 수 있었다.

"그로부터 일 년 뒤에 다키자와 씨는 죽었습니다. 어떻게? 툇마루 유리를 뚫고 나가 마당의 바위에 머리를 부딪혀 쓰려져 있었어요. 나팔꽃 유령 때문에 겁먹어서, 라고 하기에는 상당히 폭력적인 죽음이라고 생각 안 하세요? 게다가 나팔꽃으로부터 도망치려는 사람이 왜 나팔꽃이 있는 마당 쪽으로 도망쳤을까요? 보통 같으면 출입구가 있는 복도 쪽으로 도망치지 않을까요? 그래서 저는 생각했어요. 누가, 다키자와 씨한테 원한이 있는 어떤 사람이, 다키자와 씨를 찾아가서 말다툼을 벌이다가 다키자와 씨를 밀친 게 아닐까. 다키자와 씨는 유리를 뚫고 나가 마당의 바위에 머리를 부딪혀 죽었어요. 해마다 여름이 되면 다키자와 씨는 나팔꽃 때문에 노이로제 상태였어요. 악몽에서 도망치려다가 그만 죽어버렸다는 해석을 주변 사람들은 아무런 의심 없이 받아들일 테죠. 아마 그 점을 계산에 넣고 범인은 일부러 여름, 칠석제 전에 그 사람을 찾아갔을 거예요. 처음부터 다키자와 씨를 죽일 작정으로⋯⋯."

나는 이야기를 마쳤다. 온몸에서 땀이 흐르는 것을 알 수 있었다. 입속이 말라붙어 목구멍 안쪽까지 칼칼했다.

"풋."

고개를 숙이고 있던 사타케 선배가 갑자기 괴상한 소리를 냈다. 나는 나도 모르게 매서운 눈으로 선배를 째려보았다. 그러자 이번에는 헨리 씨가 불명료한 소리를 냈다.

"잠깐, 선배⋯⋯."

나는 불안해져 말을 걸었다. 그때, 눈앞에서 갑자기 선배가 몸을 뒤로 젖혔다.

"아하하하하하하."

"하하하하."

뜻밖에도 두 사람은 느닷없이 웃음을 터뜨린 것이다. 몸을 뒤로 젖히고 사뭇 웃겨 죽겠다는 듯이. 숨을 헉헉 몰아쉬며. 아니 이 사람들, 내가 지금 한 이야기가 무슨 콩트라고 생각하나. 난 살인 이야기를 했다고. 충격 때문에 머리가 이상해졌나. 아니면 악당이 마지막으로 웃음을 남기는 그건가.

"아하하하하, 용케 간파했군, 아케치 군(일본 추리작가 에도가와 란포가 창조한 명탐정-옮긴이)."

나도 모르게 코트와 가방을 챙겨 도망치려 하자, 웃던 헨리 씨가 괴로운 듯이 몸을 꺾으며 말했다.

"도망 안 쳐도 됩니다, 와카타케 씨. 저희 미친 거 아니니까요. 그저 와카타케 씨 이야기가 하도 재미있어서."

그 뒤로는 말도 못 하고 웃어대느라 정신이 없다.

한 10분쯤 웃었을까, 겨우 선배와 헨리 씨는 웃다 지친 얼굴을 들고 골이 잔뜩 난 나를 보았다.

"와카타케 씨의 추리, 아주 재미있었습니다. 가끔씩 비약이 있었고, 결과를 먼저 상상하고 나서 거기에 갖다 붙이는 논리를 편 탓에 엄청난 결론에 도달하기는 했지만요. 뭐니 뭐니 해도 한 가지 큰 착각이 있어서요. 그게 무효가 되면 전체가 홀렁 뒤집혀버리는 엄청난 미스랍니다."

"그야말로 미스 유니버스지."

사타케 선배가 하나도 재미없는 농담을 했으므로 나는 울컥 화가 나서 선배를 무시해주었다.

"와카타케 씨의 타임 스케줄에서 가장 중요한 부분이 한 해

조금 긴 듯한 편집 후기

어긋나 있거든요. 4월이에요. 〈벚꽃이 싫어〉, 이건 실은 뱀띠 해 이야기랍니다. 와카타케 씨는 나가를 용이라고 해석했죠. 틀린 말씀은 아닙니다만, 나가는 동시에 뱀의 신이기도 하거든요. 게다가 와카타케 씨가 말씀하신 것처럼 보현보살은 분명히 용띠 해의 수호불이긴 하지만, 동시에 뱀띠 해의 수호불이기도 하답니다."

나는 입을 딱 벌렸다.

"아시겠어요? 4월은 뱀띠 해입니다. 그럼 이거 큰일이군요. 저희 누나는 와카타케 씨가 생각한 것보다 일 년이나 더 산 셈이 되는데요. 그래요, 누나는 안 죽었어요. 멀쩡히 살아 있답니다."

"하지만 7월에 헨리 씨는 누님이 없다고 하셨잖아요."

나는 혼란스러운 머리에서 필사적으로 말을 쥐어짜냈다.

"와카타케 씨, 아까 나쓰미에 대해서 뭐라고 하셨죠?"

헨리 씨는 온화하게 웃었다. 나는 앗 하고 소리를 질렀다.

'나쓰미, 없어요. 건방지게시리 뉴욕에서 유학 중이에요.'

나는 분명히 그렇게 말했다. 죽지도 않은 나쓰미를 없다고 표현했다.

"이걸 보세요."

헨리 씨는 나에게 사진 한 장을 내밀었다. 나는 사진을 받아들고 보았다. 검은 머리에 눈이 아몬드형인 여자가 살갗이 거무스름한 통통한 남자아이를 안고 웃고 있는 사진이었다.

"누나예요. 지금은 네팔에 있죠. 와카타케 씨가 지금 마시는 홍차도 누나가 친정에 보낸 걸 나눠 받은 거랍니다."

"헨리의 누님은 일본에 유학 온 네팔 남자하고 사랑에 빠져서 결혼한 뒤 그쪽으로 갔어. 여러 가지로 힘들었던 것 같더라만."

사타케 선배가 말했다. 내 머리는 점점 더 혼란스러워질 뿐이다.

"그럼 어째서 4월에 누님 이야기가 현재형이고 11월 이야기에서는 과거형이죠?"

"그러네요. 그건 그저 제가 수업이 부족한 탓입니다. 누나는 거의 가출하다시피 해서 일본을 떠났거든요. 와카타케 씨가 말씀하신 것처럼 용띠 해 5월의 일이었죠. 갖은 우여곡절 끝에 겨우 작년에 가족하고 화해해서, 그 4월 이야기를 쓰고 있을 때 잠시 귀국해 있었어요. 그때는 누나가 있었으니까 어쩐지 현재형이 되고, 11월에는 누나가 네팔에 있었으니까 어쩐지 과거형이 된 거랍니다. 깊은 뜻은 없었어요. 헷갈리게 해서 죄송합니다."

고개를 숙여 사과하는 헨리 씨를 보며 완전히 헛발질을 했다는 것을 겨우 실감한 나는 온몸의 피가 거꾸로 치솟는 기분이었다. 그는 그런 나를 측은한 듯이 바라보며 말했다.

"와카타케 씨가 9월 이야기를 제가 아니라 누나 이야기라고 추리한 건 정답입니다. 그 이야기는 누나 이야기가 맞아요.

조금 긴듯한 편집 후기

누나가 임신하고 있었던 것도 사실이고, 가족이 반대할 걸 예상해서 중절수술을 받을 결심을 하고 고야 산으로 간 것도 사실이에요. 전 그 경위를 본인한테 들었기 때문에, 이번에 원고를 쓰면서 누나한테 양해를 구하고 본가에 남아 있던 일기를 참고했습니다. 사타케는 와카타케 씨를 비웃었지만, 이 친구는 그게 여자 이야기라는 걸 눈치도 못 챘어요."

위로해주는 것이겠지만, 나는 다다미를 들어내고 바닥을 파서 구멍으로 기어들어가고 싶은 심정이었다.

"죄송해요. 멋대로 소중한 작가 선생님을 살인자로 몰고……."

"내 말이 그 말이다. 조금만 생각해보면 알 거 아니냐. 4월 이야기 말이야. 툭하면 기침 발작을 일으키는 헨리가 쌀쌀한 날씨에 벚꽃놀이를 하러 가서 헛기침도 한 번 안 하잖냐. 그런 바보 같은 일이 있겠냐?"

"오오, 사타케도 한 가지 정도는 머리를 썼군."

"뭣이? 너 날 너무 바보 취급하지 마라. 나도 말이다. 이렇게 보여도……."

한심해서 눈물이 나올 지경이라는 것은 이런 것을 말하는 것이리라. 나는 이 일 년 동안 나쓰미가 손뼉을 치며 좋아할 것 같은 실수담을 줄기차게 만들어왔지만, 이것이 그중에서 가장 막강하다는 데에는 아마 독자 여러분도 이의가 없으리라 생각한다. 실은 사내보 편집을 계속 맡아 해보라는 말씀을 윗분들로부터 들었지만, 과연 이 이야기를 읽고도 여전히 나에게 맡길 생각이 드실까. 아마 이거 안 되겠군, 하시지 않을까.

그건 그렇고, 실수담을 좋아해 마지않는 나쓰미가 일본에 없다는 사실만이 현재로선 유일한 위안이다. 만일 이번 일이 그녀에게 알려진다면……. 아아…….

마지막
편지

✉

와카타케 나나미 귀하

저번에는 여러 가지로 실례가 많았습니다. 와카타케 씨의 추
리, 무척 즐거웠습니다. 사타케와 둘이서 웃음이 좀 지나친 나
머지, 결과적으로 와카타케 씨를 바보 취급한 것처럼 된 점 사
과드립니다.

솔직히 저에게 와카타케 씨의 추리는 어떤 의미에서 충격이
었습니다. 어째서 일부러 어떤 의미에서^(따옴표를 붙여도 됩니다만)
라고 쓰는가. 와카타케 씨의 추리가 한 군데 틀리는 바람에 그
이상 언급되지 않고 넘어간 어느 사건에 대해, 범인의 정체를
제외하고 저와 거의 동일한 추리를 하셨다는 의미에서 충격
이었기 때문입니다.

와카타케 씨는 그때의 대실수 때문에 혼란스러운 나머지 잊어버리셨을지도 모릅니다만, 마지막 결론, 즉 다키자와가 누군가에게 죽임을 당했다는 그 부분 말입니다.

저도 와카타케 씨와 똑같은 이유로 다키자와는 노이로제 탓에 일어난 사고로 죽은 게 아니지 않을까, 하는 의심을 품게 되었습니다. 와카타케 씨가 말씀하셨듯이, 어떤 것으로부터(즉 나팔꽃으로부터) 도망치려던 다키자와가 일부러 나팔꽃이 있는 마당으로 가다가 죽었다는 건 부자연스럽다고 느꼈습니다.

와카타케 씨는 그렇게 말씀하시지는 않았지만 제가 저희 누나의 죽음에 대한 복수를 했다는 긴 이야기를 그 서툰 열두 편의 이야기에서 꿰맞춰내셨을 때, 우선 다키자와의 부자연스러운 죽음이 무의식중에 마음에 걸려서 거기에서부터 추리를 펴나가신 게 아닐까, 저는 그렇게 상상하고 있습니다. 그리고 그와 마찬가지로 부자연스러운 9월 이야기에서 9월의 화자만은 여자라는 사실을 알게 된 탓에, 이 두 가지 부자연스러운 일을 결부시키려다가 그릇된 방향으로 나아가버린 게 아닐까요.

저희 누나가 살아 있고 다키자와와는 아무런 관계가 없다는 걸 알게 되셨으니, 먼저 저에게는 다키자와를 죽일 동기가 전혀 없다는 걸 믿어주셨으면 합니다. 저는 물론 처음부터 제가 한 짓이 아니라는 걸 알고 있습니다. 제가 범인이 분명하다고 생각한 사람은 작중에 등장한 유카와라는, 다키자와의 선배입니다.

빈소에서 그 사람이 보인 행동이 제 뇌리에 강한 인상을 남겼습니다. 녀석은 병이었어. 그 사람은 그 말을 연발하고, 급기야 다른 사람들이 다른 방으로 데리고 갈 정도로 동요했습니다. 왜 그렇게까지 이상하게 행동했을까요. 제 눈에는 단순히 다키자와가 나팔꽃에 씌어 죽었기 때문에 충격을 받아서라 하기에는 도가 지나친 것처럼 보였습니다.

하지만 증거는 아무것도 없어요. 그 사람에게 이야기를 들어보려 해도, 다키자와 외에 유카와 씨와 관계가 있는 친구는 없었습니다. 게다가 그 사람은 당시 이미 대학원을 그만두고 어느 건설관련 대기업에 입사했다고 들었습니다.

어쩐지 석연치 않은 기분을 품은 채 시간이 흘렀습니다. 그러던 어느 날 사타케의 집에 갔을 때, 사타케가 저에게 와카타케 씨가 보낸 편지를 보여준 것입니다. 사타케는 단편은 잘 못 쓰기도 하고 매달 쓰기는 힘드니까 거절할 생각이라고 했습니다. 저는 별 관심 없이 이야기를 들으며, 와카타케 씨가 동봉한 회사 홍보자료를 무심히 보았습니다.

그리고 그 속에서 어떤 이름을 본 순간, 저는 놀라 그야말로 숨이 멎을 것 같았습니다. 대표이사 사장 유카와 다다스케, 라고 쓰여 있었습니다.

유카와라는 다키자와의 선배는 미나토 구에 있는 중견회사의 사장 아들입니다. 그리고 그 사람은 건설관련 회사에 입사했습니다. 민속학을 전공하던 유카와 씨가 분야가 전혀 다른 회사에 입사한 건 아버지 회사에서 경영수업을 하기 위해서라고 생각해도 이상할 게 없지 않을까. 저는 그렇게 생각한 것입니다. 사타케를 경유해서 다달이 받은 와카타케 씨 회사의 사내보를 보더라도, 와카타케 씨 회사의 임원은 혈연으로 구성되어 있다는 걸 알 수 있습니다. 전무나 상무와 성이 같은 이사와 부장, 영업소장 등이 꽤 많더군요. 뭐, 그건 나중에 알게 된 일입니다만, 아무튼 그때 저에게는 몹시 중대한 일처럼 느껴졌습니다. 이 회사에 분명히 유카와 씨가 있고, 아마도 와카타케 씨가 만드는 사내보를 읽을 것이라는 사실이.

와카타케 씨도 말씀하셨지만, 저는 인간의 둘레에 '현실적'이지 않은 것이 당연하게 있어 마땅하다고 생각합니다. 와카타케 씨가 유카와 씨가 다니는 회사에 있고, 사내보 편집을 맡아 소설을 실으라는 지시를 받고 사타케에게 연락을 했고, 그리고 사타케의 친구 중에 제가 있었다. 이것을 우연이라 한다면, 무서운 우연입니다. 어떤 힘…… 그게 무엇인지는 모르겠습니다만, 그 어떤 힘이 작용해서 그렇게 되었다고, 예컨대 다키자와의 의지일지도 모르지만, 그런 것이 우리에게 작용했다고 저는 그렇게 생각합니다.

저는 다키자와의 죽음을 소설로 꾸며 유카와 씨의 눈에 띄게 하기로 했습니다. 만일 그 사람이 어떤 형태로든 다키자와의 죽음에 관련되어 있다면, 적어도 그 사람을 뒤흔들어놓을 수는 있을 것이다. 저는 그것을 목적으로 와카타케 씨에게 소설을 보내기로 결심한 것입니다.

와카타케 씨는 '조금 긴 듯한 편집 후기'에서 이렇게 쓰셨죠. 회를 거듭할수록 작가가 대체 누구이고 어떤 인물이냐는 문의가 늘어났다고. 그것도 가을 초입에 들어 급격히 늘어났고, 협박 비슷한 문의까지 있었다고. 와카타케 씨는 그것을 농담처럼 여겼지만, 저에게는 '어쩌면 혹시' 하는 단순한 상상을 깨부수는 심각한 반응이었습니다.

유카와 씨는 분명히 〈사라져가는 희망〉을 읽은 것입니다. 읽고 이 익명의 작가가 누구인지 불안해진 게 틀림없습니다. 가명일 때보다 익명일 때가 상대방에게 더 심한 불안감을 준다고 생각합니다. 제가 필명을 쓰지 않고 익명으로 발표하게 해달라고 부탁드린 데에는 그런 의도도 있었습니다.

만일 유카와 씨가 정말 다키자와를 죽였고, 보는 사람 눈에는 명백히 부자연스럽다고 알 수 있는 이 괴담 이야기에 공포를 느꼈다고 한다면, 그 사람은 어떻게 할까요. 작가를 알고 싶어 하겠죠.

그리고 그 사람은 이제 '조금 긴 듯한 편집 후기'에서 작가의 이름을 알게 됐습니다. 작가의 이름이 헨리라는 것을. 다키자와의 고등학교 때 친구라는 것을 알게 됐습니다.

그러니까 유카와 씨가 저를 찾아내는 것도 이제 시간문제라고 생각합니다. 어쩌면 그 사람은 저를 그냥 내버려둘지도 모릅니다. 하지만 그냥 내버려두지 않을지도 모릅니다.

그 사람이 대체 어떻게 할 것인가. 그것은 앞으로 두고 봐야겠죠.

와카타케 씨는 그 사람 아버지가 경영하는 회사에 근무하고 있습니다. 그런 와카타케 씨에게 저의 이 또 하나의 이야기를 말씀드리는 건 조금 가혹한 일인지도 모르겠습니다. 하지만 저의 이런 의심을 알고 있어줄 사람으로 저는 와카타케 씨 외에 다른 사람은 생각할 수 없었습니다.

지금 시각 밤 두 시. 이런 초목도 잠든 한밤중에 전화벨이 여러 번 울렸습니다. 저는 잠에서 깨어 이 편지를 쓰고 있습니다. 지금부터 우체통에 넣으러 가렵니다.

안녕히 주무십시오.

　헨리 노리유키

선배 작가에게 이런 말을 들은 적이 있다.

"어지간히 잘 팔리는 사람은 별개지만, 보통 작가는 책으로 받는 인세가 봉급. 3년 지나 문고판으로 나오면 그 인세가 보너스. 그걸로 겨우 봉급쟁이 수준이 될 수 있어. 3년 동안은 보너스 없이 버텨봐."

문고판이 나오기까지 6년 걸렸다. 감개무량하다.

이딴 소리를 하면 빈정거리는 것 같지만 그렇지 않다. 솔직히 말해 기쁘다. 한평생 불로소득과는 인연이 없겠거니 포기하고 있었으니까……. 점점 더 빈정거리는 게 되려나. 아무튼 6년 지나면 사람은 성장하기도 하고 퇴보하기도 하는 법. 이번에 문고판 교정을 하느라 얼마나 귀찮았는지, 전혀 불로소득이 아니었다. 아니, 정말로.

당시 아직 직장에 다니던 나는 틈틈이 단편을 한 편씩 썼다. 햇수로 2년 걸렸나. 순서도 게재된 순서와는 다르다. 그러므로 어구의 통일 따위는 전혀 안 되어 있다. 통일해야 한다는 생각 자체를 못 했다(하긴 지금도 어지간한 경우가 아니면, 히라가나로 썼다가 한자로 썼다가, 한자를 이렇게 썼다가 저렇게 썼다가 한들 무슨 상관이냐고 생각하는 형편이라 한심하지만).

표현을 고를 때도 실로 마음 내키는 대로. 시간의 흐름에도 조금 모순이 있다. 문고판 교정 담당자는 세세하고 꼼꼼하게 고쳐주셨건만 죄송스럽다. '~잖느냐'가 옳아도 '~잖냐'로 내내 일관하고, '돌아가셨다'가 옳아도 '죽었다'를 쓰고, '사장 영식'보다 '사장 아들', '딸기 무늬가 점점이 박힌 원피스'보다 원문의 '딸기 무늬 원피스'를 선택했다. 조금 이상하더라도, 이 작품을 쓰던 당시의 기세를 그대로 남겨두자고 결심했기 때문이다.

지금은 직업으로 글을 쓰고 있다. 즐거움을 위해 쓰는 것과는 또 다른 쾌락이 있고, 그렇기 때문에 그만둘 수는 없지만, 이 소설을 쓰던 당시의 나 자신으로는 아마 두 번 다시 돌아갈 수 없을 것이다. 그렇기 때문에 작품에만은 거의 손을 대지 않았다. 읽기 불편했다면 죄송하다. 하지만 일종의 열기만큼은 틀림없이 독자 여러분에게도 전해질 것이라고 생각한다.

단행본이 세상에 나올 때도 도가와 편집장, 오사카 고 선생님, 기쿠치 지히로 선배, 이토 요코 씨 등등 여러분께 신세를 졌다. 문고판이 나올 때까지 와카타케 때문에 고생한 사람의 수로 말하자면 이루 셀 수가 없다. 본인들은 분명히 알고 있을 테니, 그들의 가슴 속에 전해지리라 믿으며 감사와 사랑을 담아 한마디. 번번이 고맙습니다.

1996년 11월 와카타케 나나미

지은이의 말

일본 미스터리에는 사회파라든지 신新본격 미스터리 같은 여러 가지 흐름이 있는데, 그중 하나가 1980년대 말에 등장한 이른바 '일상의 수수께끼' 계열이다. '일상의 수수께끼'는 살인사건 같은 극단적 사건 대신 일상 속에 숨어 있는 작은 수수께끼들, 예를 들어 '옆 테이블에 앉은 세 여자가 홍차에 설탕을 몇 스푼씩 연거푸 떠 넣는 이유는?' 같은 소소한 수수께끼를 풀어나가는 미스터리라 할 수 있다. 몰라도 상관없고 의식하지 못한 채로 지나가는 일도 많지만 일단 의식하기 시작하면 궁금하고 알면 기쁜, 그리고 생각지도 못한 진상을 담고 있는 작은 수수께끼. 기타무라 가오루의 데뷔작 《하늘을 나는 말》(위에서 언급한 설탕 이야기도 《하늘을 나는 말》에 등장하는 것이다)에서 시작된 이 '일상의 수수께끼' 계열은 와카타케 나나미와 가노 도모코 등 도쿄소겐샤東京創元社 출신 작가들이 뒤를 이어받아 지금도 많은 작가들을 통해 활발하게 전개되고 있다.

이 《나의 미스터리한 일상》은 1991년에 발표된 작가의 데뷔작이다. 새로 창간하는 사내보에 단편소설을 실으라는 지시를 받은 신임 편집장 와카타케 나나미. 우여곡절 끝에 익명의 작가를 섭외해서, 그가 보내오는 단편이 4월부터 이듬해

3월까지 열두 달 동안 사내보에 실린다. 4월은 벚꽃, 8월은 나팔꽃, 10월은 팔월대보름 달, 12월은 크리스마스 케이크, 2월은 밸런타인데이 초콜릿. 일 년 열두 달, 사시사철의 계절감 넘치는 일상적인 소재로 때로는 아기자기하고, 때로는 유머가 넘치고, 때로는 오싹한 이야기 열두 편이 그려진다.

여기까지는 열두 편의 재미있는 미스터리다. 그러나 그 뒤에 숨어 있는 또 하나의 이야기가 작가 와카타케 나나미가 가진 또 하나의 맛이다. 이 작가를 말할 때 흔히 언급되는 것은 다름 아닌 '악의'와 '독'이다. 희대의 살인마나 악당이 아니라, 주변에서 흔히 만나는 평범한 사람이 일상생활 속에 얼핏 드러내는 악의가 마치 무색무취의 독처럼 차츰차츰 스며든다. 그렇기 때문에 와카타케 나나미는 읽고 나서 '뒷맛'이 오싹한 작가로도 유명하다, 이 책에서처럼. 그것은 이어서 소개될 다른 작품들에서도 맛볼 수 있을 것이다.

열두 편의 이야기에는 각각 그달의 사내보 차례를 곁들였는데, 본편을 끝까지 읽은 분들은 아시겠지만 이 차례도 그냥 심심풀이로 붙인 것이 아닐 정도로 이 책은 꼼꼼하고 치밀하게 짜여진 작품이다. 한 가지 아쉬운 것은, 일본의 언어 및 문화 자체에 얽힌 트릭들이 많기 때문에 우리나라 독자들에게는 불가피하게 수수께끼를 푸는 즐거움이 반감될 것이라는 점이다. 역자 나름대로 노력한다고 했지만, 역시 아쉽다. 또

옮긴이의 말

가끔 '틀린' 부분이 있는데, 이것이 고의적인 실수(마찬가지로 끝까지 읽은 분은 아시겠지만, 고의적인 실수, 고의적인 오자도 분명히 있다)인지 아니면 진짜 실수인지를 가릴 수 없어서 편집자와 마지막 순간까지 고민해야 했다. 실은 지금도 고민스럽다. 하지만 그런 불리한 조건(?)을 감안하더라도, 이 책의 재미는 틀림없다고 감히 단언하고 싶다.

마지막으로, 이번에도 역시 몰라도 아무 상관없는 배경지식 조금. 영미 미스터리에 조예가 깊은 와카타케 나나미는 대학시절, 도쿄소겐샤에서 다른 여대생 두 명과 함께 '여대생은 채터복스(수다쟁이)'라는 제목으로 간단한 미스터리 서평을 쓴적이 있다. 그때 쓰던 필명이 이 열두 개의 목차에 등장하는 무수한 이름들 중에 있다. 또 이름치고는 상당히 기괴해서 역자를 잠시 고민하게 만든 모 공장 이름은 당시 같이 서평을 쓰던 사람의 이름을 반대로 뒤집은 것이다. 몰라도 작품을 읽는데에는 상관없지만, 작가의 그런 장난기가 묻히는 것이 아쉬워 덧붙여본다.

2007년 권영주

미스터리하고 사랑스러운 와카타케 나나미 월드의 출발점

《나의 미스터리한 일상》이 여러 번 재탄생한 끝에 2022년의 옷을 입고 독자 여러분 앞에 섰다. 편집자로서는 긴장되면서도 감개무량한 순간이다. 무엇보다도, 빛나는 데뷔작으로 천재성을 증명한 와카타케 나나미 선생이 예순을 바라보는 지금도 현역 작가로 활동하고 있다는 점이 기쁘다. 혹시 작가의 요즘 작품인 '살인곰 서점 시리즈'를 먼저 읽고 이 책을 집으셨다면, 살인곰 서점의 점장 '도야마 야스유키'가 바로 이 책의 실제 담당 편집자를 모델로 한 캐릭터임을 밝혀두고 싶다. 한 작가의 세계관이 서로 연결되고 확장되는 것을 발견하는 것도 독자의 즐거움일 것이기에.

작가는 대학을 졸업하고 5년 동안 편집부에서 일하는 등 평범한 회사원으로 살며 이 책을 썼고 1991년 스물여덟 살의 나이로 데뷔했다. 그래서인지 직장인이라면 공감할 수밖에 없는 디테일이 생생하게 담겨 있다. '저 사람은 대체 뭐가 문제지?', '그래서 저 둘은 사귀는 건가?', '여기 좀 이상한 것 같아!'를 종일 외치다 보면 회사만큼 미스터리한 곳이 또 있겠는가 싶다. 작가만의 회사 미스터리에 매력을 느끼셨다면 후속작 《나의 차가운 일상》도 꼭 읽어주셨으면 한다. 회사원으로 산다는 일의 갖은 애환과 그럼에도 옆에 있는 사람들을 포기하지 않는, 작가만의 어둡고 착한 고집이 전해지는 작품이다. 처음에는 독자를 깜짝 놀라게 하는 책 속의 책 〈르네상스〉를 어떻게 실을 것인가에 대해서도 디자이너와 고민을 거듭했다. (사실 원서의 디자인이 훨씬 더 본격적이었다!) 작가가 의도한 그대로, 당황스러우면서도 귀엽게, 미스터리를 담아 전달되기를 바라본다. 개인적으로는 소설 편집에 관심을 갖게 한 '인생책'을 오늘의 독자에게 새롭게 선보이게 되어 행복하다. 번역자와 상의하여 '옮긴이의 말'은 구판의 것을 살려서 실었고, 편집자의 부족한 글솜씨로 개정판 후기를 쓰게 되었다. 도야마 씨처럼 전설의 편집자라면 얼마나 좋을까 싶은 순간이다.

'모든 소설은 성장소설'이라는 말이 있다. 비슷한 이유로 좋은 소설에는 반드시 미스터리 요소가 있어야 한다고 생각한다. 장르문학(굳이 순수문학과 장르문학을 나누고 싶지 않지만)이 아닌 소설에서도 우리의 눈과 손을 바쁘게 하는 것은 미스터리이다. 그런 면에서 와카타케 나나미의 데뷔작 《나의 미스터리한 일상》은 일상 속 크고 작은 비밀들이 맞물리며 이야기의 쾌감을 선사하는 사랑스러운 소설일 뿐만 아니라, 소설에서 미스터리의 역할이 어때야 하는지를 보여주는 한 권의 텍스트북 같은 작품이다.

사계절을 담은 풍경과 맛있고 위험한 계절 음식, 어디선가 한 번은 만날 것 같은 캐릭터, 아기자기하면서도 파워풀한 미스터리를 즐겨주시길.

나팔꽃 피는 여름
내 친구의 서재 편집부 올림

편집자의 말

옮긴이 권영주

서울대학교 외교학과를 졸업하고 동 대학원에서 영문학을 전공했다. 온다 리쿠의 《나와 춤을》, 《유지니아》 등을 옮겼으며, 특히 《삼월은 붉은 구렁을》로 일본 고단샤에서 주최하는 제20회 노마문예번역상을 수상했다. 그 밖에 무라카미 하루키의 《오자와 세이지 씨와 음악을 이야기하다》, 《애프터 다크》, 미쓰다 신조의 《미즈치처럼 가라앉는 것》, 미야베 미유키의 《세상의 봄》, 마쓰이에 마사시의 《우리는 모두 집으로 돌아간다》 등 다수의 일본소설은 물론, 《어두운 거울 속에》, 《데이먼 러니언》 등 영미권 작품도 우리말로 소개하고 있다.

나의 미스터리한 일상

1판 1쇄 인쇄 2022년 9월 1일
1판 1쇄 발행 2022년 9월 15일

지은이 와카타케 나나미
펴낸이 문준식
편 집 이승희

디자인 즐거운생활
제작 제이오

펴낸곳 내 친구의 서재
등록 2016년 6월 7일 제25100-2016-000044호
주소 서울시 성북구 정릉로 305, 104-1109 (우편번호 02719)
전화 070-8800-0215 **팩스** 0505-099-0215
이메일 mytomobook@gmail.com **인스타그램** mytomobook

ISBN 979-11-91803-07-5 03830